생텍쥐페리의
어린 왕자 백과사전

지은이_ **크리스토프 킬리앙** Christophe Quillien

프랑스에서 제9의 예술로 명명된 '연재만화' 분야의 전문 저널리스트인 크리스토프 킬리앙은
《100종의 연재만화 필수 가이드》(제 뤼 출판사, 2009)를 비롯해 《연재만화》(갈리마르 출판사, 2012),
《연재만화》(파리그람 출판사, 2003) 등을 펴낸 작가이다.
2013년에는 후긴과 무닌 출판사에서 《악당, 음란한 자와 비열한 자》(2013)를 펴냈고,
2014년에는 같은 출판사에서 《위대한 여류탐험가들과 팜므파탈》이라는 연재만화를 선보이기도 했다.

옮긴이_ **강만원** 姜晩元

성균관대학교 불문과를 수석으로 졸업하고 프랑스로 아미엥대학교에서 석사 및 박사과정을 공부했다.
문체론의 저명한 학자인 필립 르 뚜제 교수의 지도로 텍스트 분석의 새로운 방법론인 문체론을 전공하였다.
그는 현재 문체론의 분석 방법을 통하여 《성경》의 심층 메시지를 파악하는 작업에 몰두하고 있다.
지은 책으로 《그것은 교회가 아니다》, 《당신의 성경을 버려라》 등이 있다.
옮긴 책으로 《단순한 열정》, 《프리다 칼로》, 《신이 된 예수》, 《젊은 날, 아픔을 철학하다》, 《오직, 사랑》, 《루나의 예언 1, 2》 등이 있다.

Le Petit Prince : L'Encyclopédie illustrée

Le Petit Prince

생텍쥐페리의
어린 왕자 백과사전

크리스토프 킬리앙 지음 | 강만원 옮김

평단

서문

이 책은 다른 아이들과 같지 않은 어떤 소년의 이야기를 담고 있다. 그의 이름은 '어린 왕자'다. 우리는 그 소년의 나이도 모른다. 가까스로 어디에서 왔는지 알고 있을 뿐이며(하지만 소행성 B612가 도대체 어디에 있는가?), 그 누구도 소년이 언젠가 지구로 돌아올지 알 수 없다. 우리는 어린 왕자가 어디서 태어났는지 모른다. 어른들은 이렇게 말할 것이다. "답은 아주 간단해. 어린 왕자는 1943년 미국, 앙투안 생텍쥐페리의 책에서 태어났지."

세속적인 어른들은 모든 질문에 이렇게 거침없이 대답하지만, 그들은 종종 상상력이 부족하다. 그들이 무엇을 알고 있는가? 어쩌면 어린 왕자는 모로코 사막에서 태어났거나, 그의 어머니가 아들에게 들려준 우화 안에서 태어났거나, 그가 어린 시절에 무턱대고 그린 그림 속에서 태어났을 것이다. 또는 어린 생텍쥐페리가 동화를 읽으며 느꼈던 감동에서 태어났을지도 모른다. 생텍쥐페리는 "어린 시절의 감동은 인생의 유일한 진실"이라고 말한다.

이 책은 또한 생텍쥐페리의 역사를 이야기하고 있다. 아니, '생텍쥐페리들'이라 말하는 것이 더 좋을 것이다. 그는 어린아이, 단편작가, 조종사, 작가, 발명가, 철학자, 여자들을 사랑한 다양한 모습의 남자였기 때문이다. 그의

인생은 이미 열 살에 뚜렷한 윤곽이 그려졌다. 그때부터 글을 쓰고 그림을 그렸으며, 비행기를 타고 여행하는 꿈을 꾸었다. 결코 분리될 수 없는 삶의 모습 속에서 결국 하나가 되었지만, 그것은 그가 겪은 수많은 사고를 거쳐 만들어진 것들 가운데 으뜸이다.

앙투안이라는 그의 이름에는 이미 '생-텍스Saint-Ex'가 뒤따르고 있다(Saint은 '거룩'을, Ex는 '외향'을 가리킨다. 따라서 '생텍스'라는 그의 별명은 세상에 갇히지 않고 외부로 향하는 그의 모험을 상징한다. - 역주). 어린 왕자는 그에게서 멀리 있지 않았다. 어린 왕자는 생텍쥐페리의 호기심, 그가 마음에 품은 숱한 질문과 항상 함께 있었다. 그리고 주인공이 저자와 공유하는 외로움 속에 어린 왕자는 언제나 함께 있었다.

생텍쥐페리는 언젠가 정원사가 되고 싶다고 말한 적이 있다. 그런 생각과는 달리 인생은 그를 선혀 다른 길로 이끌었지만, 그것은 생텍쥐페리를 위해 그리고 우리를 위해 오히려 나은 길이 되었다. 그의 책과 더불어 작가 생텍쥐페리는 우리에게 무엇을 꿈꾸며 살아야 하는지를 알려주었고, 그것이 우리에게는 정원사의 조경만큼이나 중요한 일이기 때문이다.

《인간의 대지》나 《야간비행》을 읽는다는 것은 달빛 비

치는 사막 위를 함께 비행하는 것이며, 바람이 애무하듯 비행기의 기체를 쓰다듬는 불안한 침묵 속에서 함께 상공을 나는 것이다. 《어린 왕자》를 읽는 것은 결코 고갈될 수 없는 풍요가 있는 멋진 세상의 문을 밀고 들어가는 것이다. 나이에 상관없이 그곳으로 돌아가서 우리는 오랜 질문과 새로운 질문에 대해 전혀 뜻밖의 답을 발견할 수 있다. 앞으로 우리는 일몰, 가로등, 바오밥나무(바오바브나무)를 이전과 같은 눈으로 보지 않을 것이다.

이 백과사전은 '어린 왕자의 세계'를 다양한 형식으로 하나하나 점검하기 위한 책이다. 작가 또는 그의 아바타들과 함께 끝없이 나아갈 기회가 있다. 어린 왕자는 끊임없이 다시 태어나고 다시 창조되기 때문이다. 영화나 연극, 오페라 무대나 책(심지어 어떤 작가들은 생텍쥐페리 단편의 속편을 상상한다), 언어학습 교재, 만화, 노래와 유행, 뮤지컬 코미디와 광고, 고속도로 휴게소, 애니메이션 영화는 물론 심지어 지폐에서도 어린 왕자는 다시 태어나고 창조된다(재미있는 사실은 생텍쥐페리는 지폐를 절대로 오랫동안 가지고 있지 않았다는 것이다. 그는 돈이 있으면 있는 대로 다 써버렸다).

각자의 필요에 따라 다시 만난 어린 왕자, 후대에 수정된 어린 왕자는 하나의 모델로부터 자유롭게 영감을 받았

다. 때로는 원작에 전혀 영향을 받지 않은 경우도 있지만, 결국 모든 것이 어린 왕자의 명성에 기인한다.

어린 왕자는 세상 어디에나 있다. 브라질 어린왕자병원의 환자 곁에 있는가 하면, 태풍 미치로 엄청난 피해를 입은 온두라스의 어린아이들과 함께 있고, 어린 왕자라는 명칭의 여러 협회들의 도움으로 꿈을 실현하는 어린 환자들 곁에도 있다. 미국의 배우이자 영화감독 오손 웰즈는 《어린 왕자》를 영화로 각색했다.

그를 만나려면 유명해질 필요도 없고, 그가 나타났던 사막으로 가야 할 이유도 없다. 어린 왕자는 항상 우리 곁에 있기 때문이다. "본질은 눈에 보이지 않는다"고 하지만, 우리 주변에 있는 대상을 바라볼 줄 알고 다시 느낄 수 있는 것만으로 충분하다.

270개 언어로 번역된 《어린 왕자》, 앙투안 드 생텍쥐페리가 상상한 이 인물은 이제 우주적 존재가 되었다. 어린 왕자는 소통을 방해하는 많은 국경을 조롱하며 사람들 사이를 가로막는 장벽을 비웃는다. 그는 신분증도 없고 국적도 종교도 없다. 어린 왕자에게는 그런 것이 필요하지 않다. 그는 온 세상에 속하기 때문이다.

생텍쥐페리 연대기

1900 — 앙투안의 출생.
아버지 장 드 생텍쥐페리 백작의 2남 3녀 중 셋째로 프랑스 남서부 도시 리옹에서 태어남.

1904 — 아버지의 죽음.

1912 — 첫 비행.

1917 — 동생 프랑수아의 죽음.

1919 — 해군사관학교 면접시험에서 낙방, 미술학교(건축 분야)에 입학.
문학에 관심을 보이면서 파리 문단을 발견하고, 〈신프랑스평론NRF〉과 만남.

1921 — 군에 입대. 스트라스부르의 제2 항공여단에 배속.
처음으로 조종을 배우고 첫 번째 비행사고를 겪음.

1922 — 제33 항공여단의 정찰부대에 배속.

1923 — 루이즈 드 빌모랭과 약혼. 약혼녀 가족의 반대로 조종사를 포기하고 공군을 떠남.
파리의 한 회사에 회계원으로 취직해 틈틈이 시와 소설을 습작함.

1924~
1925 — 소래 자동차회사에서 트럭 세일즈맨으로 일하면서 저술에 몰두함.
파리에 사는 이모의 소개로 앙드레 지드, 장 프레보 같은 유명 문인과 친분을 맺음.

1926 — 〈르 나비르 다르장〉지에 단편소설《비행사》발표.
누나 마리 마들렌의 죽음.
약혼녀 루이즈 드 빌모랭과 파혼.
툴루즈에 있는 라테코에르 항공사에 입사. 이 시기에 장 메르모즈와 앙리 기요메를 만남.

1927 — 툴루즈-카사블랑카, 다카르-카사블랑카 간 우편물을 운송하는 정기노선에 조종사로 취직.
18개월간 모로코 남부의 케이프 주비에서 파견근무를 하며 《남방우편기》를 씀.

1929 — 아르헨티나의 부에노스아이레스에서 아에로포스탈의 개발책임자로 근무.

1930 — 민간항공 부문의 공로를 인정받아 레지옹 도뇌르 훈장(기사 등급)을 받음.
콘수엘로 순신 산도발을 만남.
《야간비행》 집필.

1931 — 아게에서 콘수엘로와 결혼.
카사블랑카-포르테티엔 간의 야간 시험비행을 거쳐 새 항로 개척.
앙드레 지드가 서문을 쓴 《야간비행》 출간. 10월에 페미나상을 수상, 외국어로 번역·출판됨.

1932 — 기요메가 창간한 주간지 〈마리안〉에 기사를 씀.

1933 — 수상비행기로 시험비행.
영화 〈안 마리〉의 시나리오 작가로 활동.

1934 — 프랑스의 새로운 통합 항공사인 에어프랑스의 홍보실에 입사.
영화화된 〈남방우편기〉의 시나리오를 쓰고, 직접 조종사로 출연.
《야간비행》을 번역하고 각색한 〈나이트 플라이트〉가 영화로 제작됨.

1935 — 모스크바에 체류하며 일간지 〈파리 수아르〉에 탐방기사를 씀.
'가장 좋은 친구' 레옹 베르트와 만남.
파리-사이공 노선 시험비행 도중 사고를 당해 리비아사막에 불시착.

1936 — 《성채》를 쓰기 시작함.

일간지 〈앵트랑시장〉에 스페인 내전에 대한 탐방기사를 씀.

남대서양에서 메르모즈가 실종되고, 생텍쥐페리는 이에 대해 라디오와 언론에 기사를 보냄.

1937 — 〈앵트랑시장〉과 〈파리 수아르〉에 스페인 내전에 대한 탐방기사를 보냄.

1938 — 카사블랑카-통북투, 다카르-카사블랑카 간 직항노선 시험비행.

뉴욕-티에라델푸에고 노선의 시험비행을 자원, 사고를 당함.

뉴욕에서 과테말라로 가는 비행기를 이륙하던 중 추락, 중상을 입고 프랑스로 귀국함.

《인간의 대지》를 쓰기 시작함.

항공학 관련 특허를 등록함.

1939 — 파리로 돌아와 《인간의 대지》 출간. 아카데미 프랑세즈의 소설 분야 그랑프리 수상.

미국에서 《바람과 모래와 별들》이라는 제목으로 번역 출간돼 '이 달의 책'으로 선정되고, 전미 도서상을 수상함.

프랑스에서 다시 레지옹 도뇌르 훈장을 받음.

제2차 세계대전의 발발로 9월 4일에 대위로 기술교육대에 소집됨. 조종사를 자원해 오르콩트에 있는 공군 제33 정찰대 2팀에 배속됨.

1940 — 아라스 지역의 정찰임무 수행. 당시의 긴박한 경험은 뒷날 《전시조종사》의 집필에 영감을 줌.

6월의 독일-프랑스 휴전으로 징집이 해제된 뒤 《성채》 집필에 몰두.

기요메 사망.

영화제작자 장 르누아르와 함께 미국으로 떠남.

1941 — 로스앤젤레스에서 수술.

회복기 동안 《전시조종사》를 씀.

1942 — 콘수엘로가 뉴욕에 옴.

《전시조종사》가 미국에서 《아라스로의 비행》이라는 제목으로 출간돼 베스트셀러가 됨. 이 책의 삽화를 친구 베르나르 라모트가 그림.

캐나다에서 강연.

《어린 왕자》 집필 시작.

프랑스에서 《전시조종사》가 출판됐으나 독일 정부의 요청으로 판매금지 조처가 내려짐.

11월 20일에 '생텍스'라는 이름으로 라디오방송에 출연, 독일과 맞선 프랑스인의 단결을 호소함.

1943 — 2월에 《어느 인질에게 보내는 편지》를 출판하고, 4월 6일에 레이날 앤드 히치콕 출판사에서 《어린 왕자》를 출판함.

다시 전쟁이 시작됨에 따라 제33 비행정찰대에 배속, 6월에 소령으로 진급. 정찰임무를 마친 뒤 착륙사고로 조종사 임무 중단, 대기명령을 받음.

《성채》의 집필에 열중함.

상사의 도움을 받아 조종사 복귀를 청원함. 항공정찰대의 편대장으로 부대에 다시 배속되고, 5회로 제한된 출격승인을 받음.

1944 — 5회의 출격을 넘어 8번째 비행 시도. 7월 31일 8시 30분에 프랑스 그르노블과 안시 상공을 정찰하기 위해 마지막 임무 수행. 교신이 끊기고 오후 2시 30분에 실종됨.

1998 — 마르세유의 먼 바다에서 생텍쥐페리의 이름이 새겨진 팔찌 발견.

2004 — 프랑스 공군에서 생텍쥐페리의 비행기 잔해 확인.

2008 — 당시 참전했던 독일군 호르스트 리페르트가 생텍쥐페리의 정찰기를 격추시켰다고 주장했으나 어떤 증거도 제시되지 않음.

차례

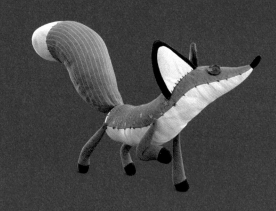

"나는
동화처럼 이 이야기를 시작하고 싶었다.

그리고
이렇게 말하고 싶었다.

그는
크기가 자기만 한
아주 작은 별에서 살았고
친구가 필요했던 …

어린 왕자였다."

01
앙투안 드 생텍쥐페리

Antoine de Saint-Exupéry

행복한 어린 시절

앙투안 드 생텍쥐페리는 1900년 6월 29일, 프랑스 리옹의 가족들이 살던 아파트에서 5형제 중 셋째로 태어났다. 휴가철이 되면 가족들은 모두 뷔제 지방에 있는 생모리스드레망 성채에서 즐거운 시간을 보냈다. 그 성채는 18세기에 지은 석조건물로 앙투안의 어머니의 증조모이자 대모인 가브리엘 드 레트랑주의 소유였다. 큰 정원으로 둘러싸인 이 작은 성에서 앙투안은 누나 마리 마들렌과 시몬, 여동생 가브리엘, 남동생 프랑수아, 그리고 사촌들을 불러 맘껏 놀 수 있었다. 성채 주위를 넓은 정원이 둘러싸고 있어 어린 시절의 모험을 맘껏 즐길 수 있었기 때문이다.

아이들은 미로를 헤매듯 밝고 따뜻한 방들을 신나게 돌아다녔다. 앙투안은 어른들이 모여서 브리지 게임을 하고 '신비한' 대화를 나누던 거실을 좋아했고, 당구장에 있던 멋진 서재에 온 마음을 빼앗겼다. 가끔 잠 못 이루는 밤이면 앙투안은 어스름히 비치는 벽난로 불빛에 기대어 곤히 잠들 수 있었다. 앙투안의 형제들은 그를 '태양왕'이라 불렀다.

그는 명령하기를 좋아했고, 다양한 놀이를 만들어 형제들이 불평 없이 자신을 따르게 했다. 그는 어떤 반대도 견디지 못했다. 앙투안은 대담하고 저돌적이었으며, 다른 사람에게 쉽게 굽히지 않았다. 지나치게 관대한 여자들에게 둘러싸여 극진히 보호를 받으며 자란 그는 어떤 일에도 도무지 두려움을 느끼지 않았다.

> "늙는 것은 잘못이다.
> 어린 시절에
> 나는 정말 행복했다."

1.앙투안의 어머니 마리 드 생텍쥐페리(본명 마리 드 퐁스콜롱브) 2.앙투안의 아버지 장 드 생텍쥐페리 3.앙투안의 형제들. 마리 마들렌, 가브리엘, 프랑수아, 앙투안, 시몬(좌로부터)

"나는 자주 어른들의
집에서 살며 그들을
가까이에서 보았다.
그들과의 생활이 내 생각을
바꿔주지는 못했다."

앙투안은 가구에 올라가지 않을 때는 계단 난간부터 시작해 긴 복도를 따라 미끄럼을 즐겼다. 때로는 걷고 때로는 자전거를 타고 다니며 하루 종일 정원을 누비던 그가 보이지

않을 때는 어김없이 짧은 희곡을 쓰고 있었다. 다 쓰고 난 뒤에는 형제들에게 일일이 희곡을 나눠주며 연기를 주문했다.

앙투안이 아홉 살 때 가족은 르망으로 이사했다. 예수회 소속의 생크루아 학교에 입학한 앙투안은 재능이 남다른 데다 성격은 조금 변덕스러웠다. 그는 틀에 박힌 학교 수업보다는 시에 더 관심이 많았다. 교사들은 책상 앞에 앉아 공책을 보려고 머리를 숙인 앙투안보다는 저 멀리 달을 바라보는 앙투안을 자주 볼 수 있었다. 하지만 친구들이 '피크 라 륀Pique la lune'이라고 부른 것은 그가 달을 사랑했기 때문이 아니라 그의 코를 보고 놀려댄 말이었다(초승달의 양 끝처럼 앙투안의 코가 약간 들렸기 때문이다. - 역주).

그의 어린 시절은 행복했지만 슬픈 일도 적지 않았다. 아버지가 역에서 뇌출혈로 쓰러져 세상을 떠났을 때 그의 나이는 불과 네 살이었다. 1917년에는 남동생 프랑수아가 관절 류머티즘 합병증으로 그의 팔에 안겨 영원히 잠들었다. 뒷날 그가 《전시조종사》에서 회상했듯이 "수증기 모터 한 개와 자전거 한 대, 그리고 소총 한 정"을 남긴 채 프랑수아는 열네 살에 앙투안의 품에서 숨을 거뒀다. 사랑하는 동생의 갑작스런 죽음은 앙투안에게 깊은 상처를 남겼다. 그때부터 그의 어린 시절은 더 이상 평온하지 않았다.

SAINT-MAURICE DE RÉMENS (Ain)

1. 바르에 있는 라 몰 성채에서 앙투안과 그의 숙모. 1906. 2. 생모리스 드레망 성채 3. 생텍쥐페리는 그의 보물과 편지, 사진을 일곱 살 때부터 한 상자에 모았다. 그는 여자친구 리네트에게 이렇게 편지한다. "내 인생에서 중요한 것은 이 상자뿐이다."

비행의 열정

새처럼 나는 것은 어린 시절부터 앙투안의 소중한 꿈이었다. 그가 스스로 '하늘을 나는 기계'를 고안한 것은 채 열 살이 되기 전의 일이었다. 마을 목수의 도움을 받아 그는 '돛 달린 자전거'를 만들었다. 나무로 틀을 만든 다음 그 안에 천을 넣고 바짝 당겨서 자전거 핸들에 묶었는데, 힘껏 페달

을 밟으면 자전거가 잠깐 땅에서 벗어났다. 하지만 그리 오래가지 않았다. 자전거가 구덩이에 박히면서 엔진은 작동을 멈췄다. 무릎이 벗겨지는 상처를 입었지만 그는 비행에 대

한 열망을 쉽게 포기하지 않았다.

2년 뒤, 앙투안은 자전거를 타고 그 지역을 돌아다니다가 성채에서 약 6킬로미터 떨어진 곳에서 앙베리외 비행장을 발견했다. 그리고 조종사이자

1. 코드롱 시문을 탄 앙투안 드 생텍쥐페리, 1935.
2. 생텍쥐페리가 그린 비행기 데생 3. 작가이자 조종사, 발명가인 생텍쥐페리가 제출한 자격증 중 하나

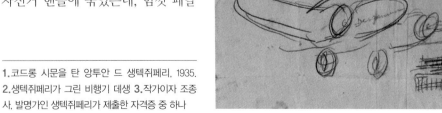

비행기 기획자의 형제인 가브리엘 로브레프스키를 설득해 마침내 처녀비행에 성공했다. 가브리엘에게는 어머니가 허락했다고 말했지만, 그것은 새빨간 거짓말이었다. 조종사와 함께 상공을 두 바퀴 돌면서 앙투안은 더없이 행복했다. 마침내 하늘을 날고 싶다는 꿈을 실현했기 때문이다. 비록 집에 돌아와 어머니에게 따귀까지 맞을 정도로 크게 혼났지만, 꿈을 이룬 그에게는 전혀 문제가 되지 않았다. 열두 살 때 앙투안에게는 분명한 소명이 생겼다.

1921년, 입대할 나이가 되자 앙투안 드 생텍쥐페리는 당연히 공군에 지원했다. 그런데 공군 조종사가 되려면 입대 전에 먼저 민간자격증을 취득해야 했다. 그는 스트라스부르 근방의 노이호프에 있는 제2 항공연대에 배속되었다. 하지만 조종사 자격증이 없었기 때문에 기구와 활주로를 정비하는 지상근무원으로 배치되었다. 그는 마음속에 끓어오르는 불평을 간신히 억누른 채 끝까지 포기하지 않고 때를 기다렸다.

어머니가 보내준 돈으로 조종술 수업을 받으며 앙투안은 마침내 파르망 40기를 타고 비행연습을 할 수 있었다. 비행수첩에 기록된 대로 2주 동안 이론을 배우고 2시간 30분의 실기를 거쳐 그는 마침내 혼자 이륙할 수 있었다. 당시에 비행은 매우 위험한 모험이었으며, 용기 있는 사람들만 가까스로 시도할 수 있는 특별한 스포츠였다. 앙투안에게 처녀비행의 추억을 남겨준 로브레프스키 형제는 2년 뒤 시체로 발견되었다. 조종사는 당대의 영웅으로 칭송을 받았다.

처음 비행을 하면서부터 그는 개인적인 조종술을 실행했다. 그것은 부주의와 규율에 대한 불복종, 자신의 취향을 고집하고 명령을 무시하는 태도가 고루 뒤섞인 매우 돌출적인 행동이었다. 앙투안의 '무훈'을 일일이 열거하자면 아마 끝도 없을 것이다. 안경을 잃어버리거나 이륙하면서 기구를 제대로 통제하지 못하고 연필을 잃어버려 목표지점을 기록하지 못하는가 하면, 다행히 모조품이긴 하지만 폭탄을 다른 장소에 투하하기도 했다. 결국 그는 '비행기를 부수는 사람'이라는 부끄러운 명성을 얻었고, 그 명성은 일생을 따라다녔다.

어쨌든 그는 1921년 모로코의 카사블랑카에서 공군조종사 자격증을 획득해 제37 전투연대로 전출되고, 1922년에는 소위로 임관해 부르제 제33 비행연대에 배속된다. 마침내 앙투안 드 생텍쥐페리의 조종사 경력이 시작된 것이다.

"따라서 나는 다른 직업을
선택해야 했고,
비행기 조종을 배웠다."

1.생텍쥐페리가 개인 비행기에 발을 올리고 있다. 그는 자신의 성과 이름에서 두 자씩 조합해 'F-Anry'라 이름 붙였다. 2.파리-사이공 공습 때 리비아사막에 불시착한 비행기 코드롱 시문을 조종사가 물끄러미 바라보고 있다.

초기의 편지들, 초기의 글들

어린 앙투안은 작가보다 건축가가 되고 싶어 했다. 그런데 책이 그를 매혹했다. 뒷날 그는 '나의 기억에 남아 있는 책들'에서, "나는 네 살 반에 이미 진정한 책을 읽고 싶다는 열망에 불탔다"고 썼다. 어린 시절, 어머니는 그에게 재미있고 유익한 이야기를 들려주었고, 《안데르센동화집》을 자주 읽어주었다. 그는 책의 매력에 푹 빠져들었다.

아직 제대로 이해하지는 못했지만, 그에게 책은 신비한 기호로 가득한 신기한 대상이었다. 아주 어려서부터 시작된 독서 취향에 이어 글쓰기에 대한 열망이 서서히 그를 사로잡았다. 앙투안은 생모리스 성채의 가족 도서관에 있는 책들을 집으로 가져와서 방바닥을 온통 책으로 뒤덮었다. 그는 색색의 표지와 페이지마다 멋지게 장식된 삽화, 그리고 책에서 풍기는 종이향을 매우 사랑했다.

글쓰기를 시작할 나이가 됐을 때부터 앙투안은 짧은 극본을 쓰고 어른들 앞에서 배우처럼 연기했다. 앙투안에게는 아주 일찍이 시작돼 평생 그를 떠나지 않은 습관이 하나 있었다. 어머니에게 느끼는 자신의 열정을 모두 글로 증명하려는 듯 앙투안은 어머니에게 꾸준히 편지를 보내는 습관이 있었다.

열세 살에 앙투안은 학급 친구들과 함께 소신문을 창간해 시詩 부문을 맡았다. 교사들은 막 태동하는 어린 제자의 '문학적 재능'에 별로 관심이 없었기 때문에 앙투안은 그리 주목을 끌지 못했다. 다만 방과 후에도 교실에 남아 글을 쓰며 시간을 보낼 수 있었을 뿐이다. 사실 그의 글에 드러난 많은 철자의 오류를 보면 그에게 호의적일 수 없었으리라는 짐작이 가능한데, 앙투안은 전혀 개의치 않았다. 그는 글을 썼고, 글을 쓴다는 것이 더 중요했기 때문이다.

열네 살이 되었을 때 앙투안은 수업 시간에 작문을 하며 실크해트의 무용담을 구상했다. 문체는 활기찼으며, 어조는 밝고 명랑했다.

"나는 모자를 만드는 큰 공장에서 태어났다. 며칠 동안 나는 온갖 체형을 당했다. 사람들은 나를 재단하고 잡아당기고 내 몸에 에나멜을 입혔다. 어느 날 저녁, 나는 형제들과 함께 파리의 큰 모자 상점에 보내졌다. 어떤 사람이 나를 진열장으로 옮겼고, 그때부터 나는 가장 아름다운 실크해트가 되었다. 내 모습이 아주 빛나

> "언젠가 세상에
> 나갈 날을 기다리며
> 편안한 휴식을 즐겼다."

이 편지에서 앙투안은 글쓰기의 열정과 화가로서의 재능을 함께 드러낸다.

1. 앙투안이 이야기하는 실크해트의 무용담. 1914. 2. 앙투안의 형제자매

서 상점 앞을 지나던 여자들은 누구나 내 에나멜 속에서 자신의 모습을 바라보았다. 내가 아주 우아했기 때문에 상점 앞을 지나던 신사들은 모두 욕망에 불타는 눈길로 나를 볼 수밖에 없었다. 그때 나는 언젠가 세상에 나갈 날을 기다리며 편안한 휴식을 즐겼다."

1년 뒤, 앙투안은 위대한 문학작품들을 발견했다. 그는 발자크와 보들레르, 도스토옙스키의 문학작품을 두루 읽었다. 그는 시를 썼고, 오페레타를 지었다. 다만 활발한 문학활동이 성적을 지켜주지는 못해 그의 성적은 매번 하위권을 맴돌았다. 하지만 그에게 글쓰기는 평생 고통을 치유하는 효과적 수단이었으며, 외로울 때마다 그와 함께한 신실한 동반자였다.

화가 생텍쥐페리

1

지금까지 보관된 앙투안 드 생텍쥐페리의 초기 그림의 기원은 1911년경으로 거슬러 올라간다. 그 당시에 쓴 편지와 시의 여백에는 연필이나 수채물감으로 그린 그림이 있었다. 그는 어머니와 누이들, 친구들에게 보내기 위해 자기가 지은 재미있는 극본을 머리에 담았다. 그는 편지 수신자들을 의도적으로 풍자했는데, 막상 그 편지를 받은 사람들이 항상 즐겁지는 않았던 것 같다.

그의 그림에 동반한 비평에서 알 수 있듯이 그는 자신의 그림에 결코 만족하지 않았다. 1918년의 편지에서 앙투안은 "내 그림들은 너무 끔찍하다"고 말했다. 다음 해에는 "나는 그림을 그릴 줄 모른다"며 유감스러운 심정을 드러냈다. 또한 그는 이렇게 고백했다. "나에게 그림이 반드시 필요한 이유 중 하나는 글을 통해 내가 얻고자 하는 표현을 예상할 수 없는 나의 무능력이다."

어른이 되어서도 그는 계속 그림을 그렸다. 대부분의 사람들은 나이가 들면 그림이 낙서처럼 점잖지 못한 행동이며, 어른으로서 지녀야 할 새로운 조건에 걸맞지 않다는 이유로 그림을 포기한다. 이와는 달리 앙투안은 그림을 통해 글의 의미를 더 분명히 전하려고 했다. 카사블랑카에서 군인으로 복무할 때도 그는 동료들의 모습을 크로키하곤 했다. 1925~1926년에는 자신이 자주 드나들던 호텔이나 식당에서 사용하는 종이에 유머와 자조가 섞인 모습을 자주 그렸다. 그 그림에는 트럭회사에서 판매 세일즈맨으로 일하던 시절 느낀 직업의 무료함이 잘 표현돼 있다.

그는 아무 때나 다양한

1. 생텍쥐페리가 그린 친구 베르나르 라모트의 초상화, 1942~1943. 2. 어머니에게 보낸 편지

> "어른들은 나에게
> 보아뱀 그림을
> 포기하라고 충고했다."

재료 위에 거침없이 그림을 그렸다. 예를 들면 편지나 식당 메뉴, 친구들에게 보낸 책, 청구서나 낱장 종이 등 가리지 않고 그렸다. 그는 그림을 통해 시적인 의미를 추가하기 위해 식당 테이블 위의 쟁반에 대고 직접 그릴 수 없더라도 방법을 가리지 않았다.

또한 1930년대의 사교계 생활에

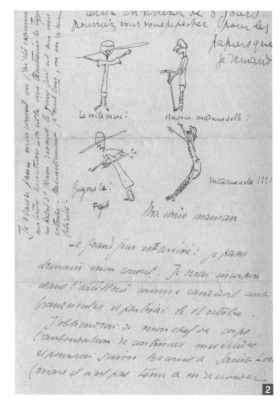

2

크게 영향을 받았던 그는 여자 초상화를 많이 그렸다. 당시 그의 그림에는 사교계 여자나 교태를 부리는 여자, 벌거벗은 여자들이 뒤섞여 있었다. 그런가 하면 남자의 초상화를 통해서는 이상한 피조물, 전혀 균형이 맞지 않는 그림으로 불안한 사람을

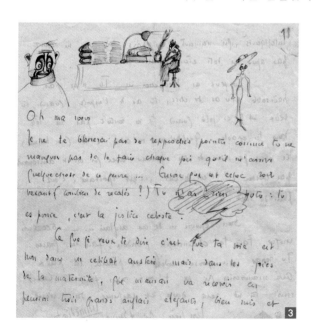

표현했다. 그는 다른 사람들의 초상화뿐 아니라 자화상도 그렸으며, 짐승과 기술적인 그림도 그렸다.

어머니에게 쓴 편지에 "그날 나는 내가 무엇을 위해 만들어졌는지 알게 되었습니다. 나는 석탄심이 박힌 말하는 연필입니다"라고 썼던 그는 종종 그림기법을 혼합해 사용했다.

그는 전통적인 재료인 붓과 잉크를 주로 사용하면서 연필, 파스텔, 색연필, 과슈, 수채물감, 담채물감을 자주 사용했고, 반투명종이에 선으

로 그리는 그림을 좋아했다. 서명은 거의 하지 않았고, 그림을 친구들에게 기꺼이 나눠주었으며, 마음에 들지 않는 그림들, 즉 대부분의 그림은 주저 없이 버렸다.

생텍쥐페리의 작품은 글을 통해서만이 아니라 그림을 통해서 이해돼야 한다. 그의 그림에는 글의 의미를 한껏 살리는 풍요로움이 넘치며, 시적 상상력과 유머도 담겨 있다. 이런 관점에서 보면 글과 그림을 곁들인《어린 왕자》는 그의 다양한 재능이 돋보이는, 가장 완전하고 정확한 표현이다. 그렇다면 그의 그림은 단순히 글에 삽화를 넣는 데 만족하기보다는 훨씬 중요한 가치를 지니는 것이다.

"그날 나는 꼭 필요한 것을 알았다.
내게는 석탄심이 박힌 데생용 콩트가 필요했다."

아에로포스탈에서 겪은 모험

1926년, 앙투안 드 생텍쥐페리는 라테코에르 항공사에 채용된다. 뛰어난 사업가인 라테코에르가 소유한 이 회사는 우편물은 물론 승객도 운송했다. 생텍쥐페리는 처음엔 디디에 도라의 지시에 따라 기술자로 일하며 기체의 모터를 분해, 정비하는 일을 맡았다. 이곳에서 장 메르모즈와 앙리 기요메를 만나 오랜 우정의 역사를 이어가게 된다.

앙투안은 마침내 프랑스 툴루즈-스페인 알리칸테 노선에서 그의 첫 비행을 장식한다. 첫 출항을 앞둔 생텍쥐페리에게 기요메는 자신의 비행 경험을 들려주면서 비상시 조종사가 살아남기 위해 필요한 사항을 조언해 주었다. 그것은 그가 실제 비행 경험에서 터득한 생존요건으로 비행기 안전수칙에는 기록되지 않은 소중한 내용이었다.

기요메는 비행기가 불시착할 경우에 대비해 물줄기 또는 세 그루의 오렌지나무뿐인 사막 한가운데서도 쉽게 눈에 띌 수 있는 방법을 알려주었다. 비행에 자신이 붙은 생텍쥐페리는 이렇게 썼다.

"내 지도에 있는 스페인이 비행기의 램프 아래서 점점 동화 속 나라가 되었다. 나는 피난처와 위험한 지점에 열십자로 항공표지를 설치했다.

농부와 개울, 30마리의 양 떼가 있는 자리를 표시했다. 지금까지 지리학자들이 무시했지만, 나는 목동이 있는 정확한 자리를 표지로 정했다.”

1927년, 6개월간 툴루즈–카사블랑카, 카사블랑카–다카르 노선을 쉴 새 없이 누비고 다닌 뒤 생텍쥐페리는 모리타니에 있는 케이프 주비로 자리를 옮겼다. 그곳은 스페인령 사하라 사막이 있는 지역이었다. 전해에 라테코에르 항공사는 '아에로포스탈'로 회사명을 변경했다. 케이프 주비는 장거리를 운항하는 아에로포스탈의 조종사들이 휴식을 취하고 브레게 14기를 정비하는 중간 기착지였다.

사하라를 지나는 노선은 매우 위험했다. 갑작스런 기체 이상으로 불시착해야 하는 위급상황이 종종 일어나곤 했다. 그럴 때면 사하라 원주민인 모르족이 어김없이 나타나 조종사들

을 인질로 잡고 몸값을 요구했다. 앙투안은 17개월 동안 세상과 완전히 유리된 작은 보루에서 마치 수도사처럼 외롭게 지내야 했다. 회사에서 운항하는 비행기는 고작 일주일에 한 번 지나갈 뿐이었다.

하루하루가 지루한 나날이었다. 그는 일상의 권태를 이기기 위해 종종 짚을 욱여넣어 만든 매트 위에서 낮잠을 잤다. 그리고 밤이 되면 불면에 맞서 육필원고에 손을 댔다. 케이프 주비에서 그가 쓴 글은 뒷날 《남방우편기》로 출간됐다.

그는 모르족과 협상하기 위해 아랍어를 배웠다. 사막에 불시착한 조종사를 인질로 잡고 몸값을 요구하는 모르족과 상대해 유리한 협상을 하려면 아랍어가 꼭 필요했기 때문이다. 동료들은 앙투안의 용기를 칭찬했다. 그것은 분명 존경받을 만한 일이었지만, 정작 앙투안은 “내 의무를 수행했을 뿐”이라며 어떤 찬사에도 손사래를 쳤다.

1929년 여름, 그는 아르헨티나 부에노스아이레스의 '아에로포스탈 아르헨티나'로 발령을 받았다. 라테코에르는 멀리 볼 줄 아는 사업가였다. 그는 향후 상업비행의 미래는 유럽과 남미의 수도를 잇는 노선 개척에 달려 있다고 확신했다. 물론 당시의 비행조건을 고려할 때 새로운 노선의 개척은 매우 위험하긴 했지만 대서양 횡단 노선은 더 이상 허황된 꿈이 아니었다. 이전에 비해 고장이 훨씬 적

“나는 지리학자들이 무시했던 그 목동을 정확한 위치에 표시했다.”

은 신형 모터가 개발됐기 때문이다.

하지만 앙투안은 부에노스아이레스를 좋아하지 않았다. 케이프 주비처럼 세상과 완전히 단절된 극도의 외로움을 느꼈기 때문이다. 그에게 외로움과 일상의 권태를 이기는 유일한 돌파구는 새로운 대서양 횡단 노선을 확인하기 위해 비행하는 순간이었다. 1931년 1월 그는 프랑스로 돌아왔고, 그의 가방에는 차기작인 《야간비행》의 수사본이 들어 있었다.

1. 아에로포스틸의 조종사들과 정비사들 2. 생텍쥐페리의 친구 앙리 기요메 3. 생텍쥐페리의 친구 장 메르모즈

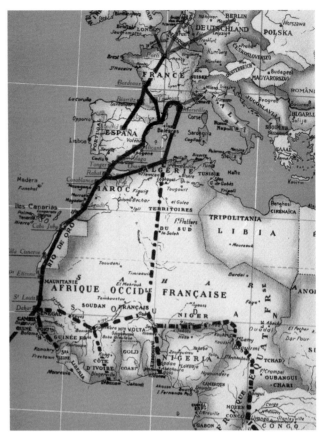

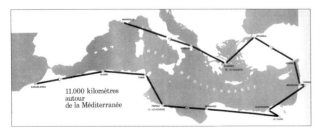

생텍쥐페리와 글쓰기

1926년 4월, 앙투안 드 생텍쥐페리는 서점주인이자 발행인인 아드리안 모니에가 운영하는 문학잡지 〈르 나비르 다르장〉지에 《비행사》라는 제목으로 단편을 발표했다. 〈르 나비르 다르장〉의 편집자이자 갈리마르 출판사에서 발행하는 〈신프랑스평론NRF〉의 공동편찬자 장 프레보는 생텍쥐페리의 단편을 읽고 문학적 재능을 알아봤다. 그는 앙투안이 가지고 있던 네 권의 수사본으로 갈리마르 출판사와 출판계약을 하도록 자리를 주선했지만, 일은 생각대로 신행되지 않았다.

하늘에서 그랬듯이 견고한 땅에서도 여전히 신중하지 못했던 '생텍스'가 가지고 있던 수사본을 모두 잃어버렸기 때문이다. 기억을 더듬어 다시 쓰기에는 시간이 너무 부족했다. 게다가 생텍스는 프레보와 만나기로 한 약속시간에 늦었고, 프레보는 더 이상 기다리지 않고 약속장소를 떠났다.

1929년이 돼서야 그는 첫 소설 《남방우편기》를 갈리마르에서 출판할 수 있었다. 이 책의 서문을 쓴 당시의 유명 소설가 앙드레 뵈클레는 "생텍쥐페리는 작가가 아니다"라며 문학이 아니라 개인적 경험의 독창성만을 강조했다. 2년 뒤인 1931년 10월, 앙투안은 《야간비행》을 세상에 선보였다. 호평이 이어졌지만, 그것은 작품이 심사될 때까지만이었다.

어떤 비평가들은 《야간비행》에서 비행에 대한 독창적 증언을 보았지만, 어떤 비평가들은 진정한 문학작품이 아니라며 혹평을 마다하지 않았다. 편협한 문인세계에서는 앙투안을 비행기 조종사로만 인정할 뿐 작가로서의 능력은 철저히 무시했다. 하지만 그들의 생각은 오래가지 않았다. 그들의 판단이 틀렸다는 것이 곧 세상에 드러났기 때문이다. 같은 해 12

"쓰는 것이 아니라
보는 것을 배워야 한다.
글쓰기는 그 결과다."

월, 프랑스의 권위 있는 문학상인 페미나는 《야간비행》을 수상작으로 선정했다.

"글을 쓰는 동안에는 좋은 책이 되리라고 확신한다. 하지만 글을 마치고 나면 전혀 가치가 없는 책이라는 것을 알게 된다." 생텍쥐페리는 이처럼 그림뿐만 아니라 글쓰기에서도 자신의 능력을 적이 의심했다. 그는 정

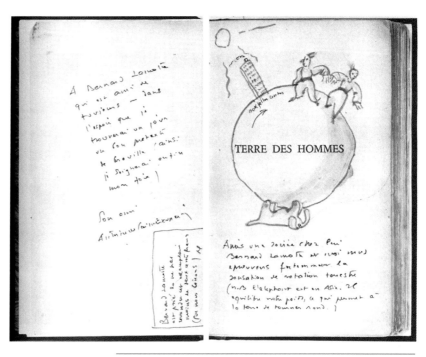

1939년 《인간의 대지》에 생텍쥐페리가 그린 그림. 베르나르 라모트에게 선물했다.

규적인 문학수업을 받지 않은 자신이 작가라고 주장하기 위해서는 반드시 필요한 조건이 있다고 생각했다. 그래서 자기가 쓴 문장을 끊임없이 다시 고쳤다. 일부를 삭제하고, 휘갈겨 쓰고, 자신 위에 다른 사람들은 읽을 수 없는 글씨로 육필원고를 가득 채웠다.

앙투안은 자신의 소설 《성채》에서 "쓴다는 것 또는 교정한다는 것이 무엇인가?"라고 자문하며 좋은 글을 쓰기 위한 노력을 아끼지 않았다. 그에게 모욕은 자신의 작업을 완성하기 위한 스승이었다. 1942년에 앙투안은 "나는 문학을 위한 문학이 두렵다. 열심히 살았기 때문에 나는 구체적인 일을 기록할 수 있었다. 작가의 의무를 규정할 수 있는 것은 자신이 열심히 일했던 경험이다"라고 썼다. 글쓰기는 목적이 아니라 수단이며, 또한 그것은 자신과 세상에 대해 최상의

지식에 접근하는 방법이다. 생텍쥐페리는 이렇게 말했다. "글쓰기를 배우는 것이 아니라 보는 방법을 배워야 한다. 글쓰기는 그에 따른 결과다."

《인간의 대지》로 아카데미 프랑세즈 문학상을 수상하긴 했지만, 생텍쥐페리는 고전적 의미에서 볼 때 소설 형식의 전문가는 아니다. 그는 줄거리를 중요시하지 않았다. 생텍쥐페리의 책은 기존의 문학을 새로운 길, 이른바 '행동주의 문학'으로 이끌었다. 그의 소설은 자신의 삶을 관찰, 성찰하며 스스로 터득한 연속적 순간과 섬광 같은 감동으로 구성된다. 그는 조각들을 모아 글쓰기를 실행한다. 조각들을 끊임없이 다듬고 다시 구성해 마침내 완성된 텍스트를 만든다.

오늘날 그에게 남은 것은 조종사의 경험을 멋지게 다룬 서사시가 아니라 많은 독자들을 감동시키는 작가의 진

정한 문학작품이다. 그가 선택한 하나의 단어, 하나의 문학적 가치에 대해 후대에서 함부로 반박할 수는 없을 것이다.

책상 앞에 앉은 생텍쥐페리의 모습

생텍쥐페리의 여인들

앙투안 드 생텍쥐페리와 여인들. 이 것은 분명 하나의 흥미로운 역사다. 그의 인생에서 첫 여인, 그리고 그의 삶에 가장 큰 영향을 끼친 여인은 바로 어머니다. 어머니 마리는 그가 평생 마음을 다해 충실하게 대한 유일한 여인이었다.

마지막 순간까지 앙투안은 어머니에게 편지쓰기를 멈추지 않았으며, 어려운 일을 당할 때면 어머니의 품으로 돌아가곤 했다. 스물두 살 때 앙투안은 "내가 슬플 때 당신은 나의 유일한 위안입니다" 하는 내용의 편지를 썼다. 3년 뒤 어머니에게 보낸 편지에는 이렇게 썼다. "내가 바라는 것은 안정이며, 당신의 사랑 같은 그런 사랑입니다."

스물여덟에 남편을 잃은 마리 드 퐁스콜롱브는 화가이자 음악가였다. 마리는 앙투안이 어릴 때부터 동화를 읽어주고 수많은 이야기를 들려주면서 아들이 이야기의 즐거움을 느끼고 문학에 눈뜰 수 있게 했다. 사촌 이본 드 레트랑주의 소개로 앙투안은 파리 문단에 발을 들여놓게 된다. 마르셀 프루스트가 소중하게 생각했던 것처럼 앙투안도 마침내 꽃을 든 젊은 여자들을 발견하고, 첫사랑 루이즈 드 빌모랭을 만나게 된다. 루이즈를 시작으로 앙투안은 수많은 연인을 만난다. 앙투안에게 연인은 자신의 번민을 달래기 위해 선택한 가장 이상적인 동반자였다. 1925년, 생텍쥐페리는 "내가 여자에게 바라는 것은 내 불안과 걱정을 덜어주는 것"이라고 말했다.

앙투안과 처음 만났을 때 루이즈는 열일곱 살로 앙투안보다 두 살이 어렸다. 그들은 문학과 음악을 사랑했다. 둘은 1923년에 약혼했고, 그해 말에 결혼식을 올릴 예정이었다. 앙투안은 루이즈의 걱정을 덜어주기 위해 조종사라는 직업을 서둘러 포기했지만, 그들의 약혼은 가을을 넘기지 못했다. 루이즈가 점점 거리를 두기 시작했고, 그녀의 가족은 앙투안에게 호의적이지 않았다. 무엇보다 조종사라는 위험한 직업을 마음에 들어 하지 않았다.

그토록 원했던 조종사를 포기하고 파리의 한 회사에서 회계원으로 일했지만, 앙투안은 매일 몽파르나스의 구석진 바에 앉아 외로움과 권태를 달랬다. 1924년에는 세일즈를 하기 위해 지방에 자주 갔다. 그때부터 시작된 2년간의 외로운 시기에 앙투안은 즉흥적이고 불만족스러운 여성 편력에 만족하며 지냈다.

누나 마리 마들렌에게 보낸 편지에서 그는 이렇게 썼다. "콜레트, 폴레트, 수지, 데이지, 가비에게 두 시간 동안 단조로운 수업을 시리즈로 들려주었다. 그들과의 만남은 잠시 머무르는 대합실이었다." 앙투안은 결혼하고 싶은 마음이 없었던 것은 아니지만, 파혼의 아픔이 채 가시지 않아 누군가와 결혼할 엄두가 나지 않았다.

1929년, 생텍쥐페리는 콘수엘로 고메즈 카릴로와 만난다. 본명이 콘수엘로 순신 산도발인 그녀는 작가이자 외교관이었던 과테말라인의 미망인으로 앙투안과 동갑이었다. 그녀는 체구가 작았고, 머리는 갈색이었다. 앙투안이 키 큰 금발 여자를 좋아했던 점을 생각하면 조금 의아하지만, 그는 그녀의 매력에 푹 빠져들었다. 여러 언어에 능통했던 콘수엘로는 환상적인 여자였고, 예술가였으며, 자유분방했다. 그녀는 앙투안과 달리 외향적인 성격이었으며, 파리 사교계의 여왕으로서 지칠 줄 모르는 매력을 발산했다. 마음이 조급해진 앙투안은 시둘러 청혼했다.

앙투안의 가족은 '영화관의 백작부인'이라는 소문이 자자한 여자와의 결혼을 못마땅하게 여겼다. 하지만 이미 콘수엘로의 매력에 사로잡힌 그는 가족의 반대에도 아랑곳없이 결혼을 감행했다. 앙투안과 콘수엘로는 1931년 4월 아게 성당에서 마침내 결혼식을 올린다. 그들의 결혼생활은 소란스럽고 열정적이었다. 서로 불륜을 저지르는가 하면, 함께 사는 동안 불화와 화해를 반복했다.

콘스엘로에게는 앙투안이 매우 소중하게 생각하는 재능이 있었다. 어렸을 때 어머니가 그랬듯이 그녀는 아름다운 이야기를 자주 들려주었다.

"내가 슬플 때
당신은
나의 유일한
위안입니다."

2

1. 파리의 립 맥주바에 앉아 있는 생텍쥐페리와 콘수엘로. 두 명의 〈디텍티브〉지 기자와 작가 레옹 폴 파르그가 자리를 함께했다. 2. 1930년대에 색연필과 흑연필로 그린 누드화와 여성의 상반신

하지만 둘의 결혼은 결코 평탄하지 않았다.

1938년, 남편과 헤어지기로 결심한 콘수엘로가 산살바도르에 사는 가족들과 재회를 기다리며 과테말라 시티 Guatemala City에 있었을 때, 그녀는 앙투안이 비행기 추락사고로 중상을 입고 병원에 입원했다는 소식을 듣는다. 뉴욕-푼타아레나스 노선을 운항하다가 비행기 사고를 당한 것이다. 사고 소식을 듣고 단숨에 앙투안이 입원한 병원으로 달려온 콘수엘로는 앙투안의 다리를 절단하자는 의사들의 의견을 단호히 거부했다.

콘수엘로도 정숙한 아내는 아니었지만, 연인이나 정부를 가리지 않은 앙투안의 여성 편력은 그에 비할 바가 아니었다. 그녀는 남편의 부재를 견뎌야 했고, 조종사라는 직업의 지속적인 위험에 항상 마음을 졸였다. 그녀는 초조한 기다림과 외로움을 고스란히 감당해야 했고, 앙투안을 에워싼 경쟁자들에게 지지 않는 방법을 배워야 했다. 경쟁자들 가운데 특히 넬리 드 보게는 뒷날 피에르 슈브리에라는 필명으로 생텍쥐페리의 첫 번째 평전을 쓸 만큼 특별한 관계를 유지하고 있었다.

경쟁자들의 목록은 여배우 아나벨라부터 실비아 해밀턴까지, 나탈리 팰리부터 나다 드 브라강스에 이르기까지 끝이 없었다. 후대가 이름조차 기억하지 못하는 여자들도 여러 명이었다. 하지만 앙투안은 언제나 콘수엘로에게 돌아왔고, 평생 그녀를 지키겠다는 의무를 결코 저버리지 않았다. 물론 유난히 개성 강한 두 사람 사이에는 불화와 심각한 갈등이 끊이지 않았다.

1931년 4월, 앙투안과 콘수엘로의 결혼

미국 망명

생텍쥐페리와 베르나르 라모트가 뉴욕에 있는 화가의 아파트 테라스에 함께 자리한 모습

1940년 12월, 독일과 프랑스 간에 휴전협정이 체결된 뒤 앙투안 드 생텍쥐페리는 뉴욕행 시보네 여객선에 홀로 몸을 실었다. 처음에는 몇 주 동안 머무를 계획이었다. 그곳에 체류하는 동안 미국이 항독연합군에 합류하도록 설득할 생각이었다. 그런데 엉뚱하게도 생텍쥐페리는 혹시 있을지도 모를 상륙에 대비해 신형 잠수기계를 선보이겠다고 마음먹었다. 나름대로 욕조에서 실험을 거친 비장의 발명품이었지만, 미국인들은 그를 정신 나간 사람이라 생각했고 FBI는 요주의 대상 명단에 그의 이름을 올렸다.

하지만 그가 쓴 책들 덕분에 앙투안 드 생텍쥐페리는 미국에서 성공한 작가로 이름을 떨친다. 약 2만 5천 부를 판매한 《야간비행》은 영화로 제작돼 당대 최고의 배우 클라크 게이블이 주연을 맡았다. 대중은 그를 스타로 깍듯이 대접했고, 미국 에디터들은 그에게 세심한 배려를 아끼지 않았다. 뉴욕에서 그는 그레타 가르보, 찰리 채플린, 마를렌 디트리히 같은 은막의 스타들과 자주 만났다. 하지만 외국어를 배우면 자칫 작가의 문체를 해칠 수 있다는 생각에 영어는 한마디도 하지 않았다.

뉴욕에서 화려하게 생활하면서도 그는 자신이 미국에 살고 있는 프랑스인 공동체를 분열시키는 파워 게임의 제물이 되었다고 생각했다. 당시 뉴욕에서는 조국을 떠난 프랑스인들이 비시정권 지지자들과 드골 지지자들로 갈려 첨예하게 대립하고 있었다. 생텍쥐페리는 그들을 '5거리의 저항자'라 불렀다. 그는 동족을 화해시키겠다는 불가능한 꿈을 포기하지 않았으며, '생텍스'라는 이름으로 미국 라디오방송에 출연해 조국을 떠난 모든 프랑스인의 단결을 호소했다.

생텍쥐페리는 이국에서 사는 망명자의 삶을 원치 않았다. 그는 마치 뿌리가 뽑힌 나무처럼 상실감을 느꼈

1942년 11월, 미국의 NBC 라디오방송에 출연한 생텍쥐페리가 프랑스인의 단결을 호소하고 있다.

1. 생텍쥐페리 2~5. 뉴욕에 사는 동안 작가는 찰리 채플린, 마를렌 디트리히, 그레타 가르보, 클라크 게이블 등 유명 배우들과 자주 만났다.

다. 그저 시간을 보내기 위해 체스 게임을 하고 측근들과 카드마술을 즐기는가 하면 화류계 여성들과 방탕하게 생활했다. 홍차를 마셨고, 크레이븐 담배를 물고 살았다. 그런가 하면 그는 평소 습관대로 한밤중에 친구들을 깨워 자신이 방금 쓴 글을 읽어준 뒤 의견을 듣곤 했다.

미국 에디터들은 생텍쥐페리에게 호의적이었으며, 원고가 없는 상태에서도 선금을 아끼지 않았다. 그들은 생텍쥐페리가 체류기간을 연장하고 새 작품에 착수하기를 바랐다. 8개월 동안 《전시조종사》를 쓰면서 생텍쥐페리는 이 책을 통해 은연중에 미국의 참전을 독려했다.

1942년 여름 그는 롱아일랜드에 있는 베빈하우스에 자리를 잡았고,

마침내 콘수엘로가 그 집을 찾아내 두 사람은 다시 동거에 들어갔다. 앙투안 드 생텍쥐페리는 그곳에서 《어린 왕자》를 집필하고, 다음 해에 미국에서 출판하게 된다.

앙투안은 전쟁을 바라지 않았고 전쟁을 '모험의 모조품'이라고 멸시했다. 하지만 그는 다시 프랑스로 돌아가 나치즘에 맞서 항독전쟁에 참전하기를 바랐다. 실비아 해밀턴에게 보낸 편지에서 그는 "나의 가장 큰 잘못은 내 동족이 전쟁으로 죽어가는 동안 미국에서 살고 있는 것"이라고 말했다.

1943년, 미국 정부가 여행허가증을 발급해 그는 마침내 참전의 기회를 얻었다. 분명 그것은 생텍쥐페리에게 새로운 출발이었다.

마지막 임무

미국에서 돌아온 앙투안 드 생텍쥐페리는 자신이 바라던 것을 행동으로 옮겼다. 그는 즉시 북아프리카로 가서 1943년 7월 첫 비행을 한다. 하지만 마흔셋이라는 나이는 결코 녹록지 않았다. 사고 후유증으로 이미 오래전부터 건강에 심각한 문제가 있었다. 때로는 과도하게 몸을 혹사하고 잠을 잘 자지 못하는 등 그는 쉽지 않은 삶을 살았다. 전쟁터에 나가 결연히 싸우겠다는 의지는 굳건했지만, 생텍쥐페리는 자신이 이제 늙었고 몸도 많이 지쳤다고 느꼈다.

그는 미국 최신에 전투기 독히드 P-38기에 탑승하게 되었는데, 여전히 영어를 못했기 때문에 항공관제사와 무선연락을 하기가 쉽지 않았다. 또 다른 문제도 있었다. 전투기에 탑승할 수 있는 나이는 35세까지로 군법에 따라 엄격히 제한됐다. 그가 조종사로 전투에 참전하기 위해서는 북아프리카 기지사령관 아이젠하워 장군의 특별한 허락이 필요했다.

그런데 평생 생텍쥐페리의 곁을 떠나지 않았던 악마가 다시 그를 괴롭혔다. 연습비행을 하는 동안 그는 여러 번 치명적인 실수를 저질렀다. 2만 피트의 고도를 2천 미터로, 즉 고도 7천 미터를 2천 미터로 잘못 판단한 것이다. 다른 비행에서는 1만 피트와 1만 미터를 잘못 읽는가 하면, 실수로 기체 덮개를 열어 모자가 벗겨지는 사고도 발생했다. 프랑스 남부에서 작전임무를 수행하게 되면서 다행히 아게 성채 위를 비행할 수 있었지만, 그 지역은 전략적 요충지가 아니었다.

미숙한 착륙으로 비행기가 부서져 그는 마침내 해고당했다. 그의 정신 상태는 좀처럼 나아지지 않았다. 언젠가 점쟁이가 "바다의 파도 속에서" 머잖아 일어날 그의 죽음을 예언했는데, 그 점쟁이는 아마 생텍쥐페리의 항공복을 해군제복과 혼동했던 것 같다. 생텍쥐페리는 등과 머리, 어깨 통증을 호소했다. 견딜 수 없는 고통으로 그는 척추가 골절되고, 머리가 깨지고, 이가 부러졌다고 생각했다. 육체뿐 아니라 정신까지 극도로 피폐해진 것이다.

생텍쥐페리는 더 이상 할 일이 없었고 실업자가 되었다. 그는 모든 사람을 원망했지만, 포기하지 않았다. 다행히 그는 2/33 비행정찰대에 다시 배속됐지만 8개월이 넘도록 비행을 하지 않았으며, 건강악화로 매우 불안정한 상태였다. 혼자서는 비행복을 입을 수도 없었고, 기체 안에 들어가는 순간 호흡곤란을 느껴 서둘러 산소마스크를 써야 했다.

1944년 7월 31일 8시 45분, 알프스 상공 정찰임무를 맡은 생텍쥐페리는 마지막 담배를 피운 뒤 서서히 기체에 올라 코르시카의 바스티아-보르고 기지를 떠났다. 하지만 몇 시간 뒤 그의 흔적이 사라졌고, 사람들은 다시는 그를 찾을 수 없었다. 언젠가 "나는 지중해에서 열십자로 죽을 것"이라고 선언했던 생텍쥐페리의 실종이었다.

이에 대해 수많은 기정이 제시되었다. 독일군 방공포에 맞았다는 가장 가능성이 큰 주장에서 독일 전투조종사와 교전 중 사망했다는 주장까지, 심지어 자살이라는 주장도 나왔다. 1998년 9월, 마르세유의 한 어부가 그의 이름이 새겨진 팔찌를 발견했다. 2004년 4월 7일에는 전해 가을 리우섬 근방에서 발견된 P-38 기체 조각이 앙투안이 탔던 비행기의 잔해로 판명됐다. 2008년에는 독일군 조종사 호르스트 리페르트가 1944년 7월 31일 프랑스 비행기를 격추시켰다고 주장했다. 그때 앙투안 드 생텍쥐페리의 나이는 44세였다.

"나는 지중해에서
열십자로 죽을 것이다."

1944년 코르시카 알게라의 대축제에서 생텍쥐페리의 친구들 가운데 한 명이 찍은 사진. 다음 날 코르시카를 떠나야 했던 존 필립을 기념하기 위한 자리다. 대축제에 사람들은 열 마리의 양을 잡았고, 존 필립은 200리터의 포도주를 제공했다. 다음 날 존 필립이 짐을 꾸리는 동안 생텍쥐페리는 그에게 약속했던 자료를 건넸다. 그것이 오늘날 '한 미국인에게 보낸 편지'로 알려진 기사다.

02

어린 왕자의 기원

Aux origines
du Petit Prince

등장인물의 출처

《어린 왕자》는 결코 무에서 출현하지 않았다. 작가의 전기에서 흘러나왔으며, 그의 경험과 만남 그리고 어린 시절의 기억에서 형성됐다. 《어린 왕자》에서 사막은 작품의 토대가 되었다. 생텍쥐페리는 아프리카로 향한 첫 비행에서 사막을 발견했다. 그는 회사 동료 르네 리겔과 함께 카사블랑카-다카르 노선을 비행했다. 두 사람은 기요메의 비행기에 동승했다. 그들이 조종하던 비행기의 크랭크암이 부러지면서 사막의 모래밭에 불시착하는 바람에 임무는 예상보다 빨리 끝났다. 리겔이 기체 안에 있는 동안 앙투안은 밤새 외부에 혼자 있었다. 권총 두 정을 쥔 채 그들은 구조를 기다렸다.

기체 밑에 조용히 앉아 있던 앙투안은 자신도 모르는 사이에 사하라사막에 불시착한 《어린 왕자》의 조종사를 예고하고 있었다. 그는 "바다의 뗏목 위 난민보다 더 세상과 고립된" 조종사였다. 생텍쥐페리는 《인간의 대지》에서도 이 일화를 상기시킨다.

"나는 사막에서 길을 잃고 시시각각 생명의 위협을 느꼈다. 모래와 하늘 사이에서 발가벗은 채 극단의 고요로 인해 마치 생명에서 멀리 벗어난 것 같은 내 처지를 가만히 묵상해보았다. 내가 몇 날, 몇 주, 몇 달을 기다려도 사람들이 나를 구조하지 못한다면 비록 내일 모르족이 나를 고문하지 않더라도 나는 더 이상 세상에서 아무 것도 소유하지 못하리라는 것을 알았다. 모래와 별 사이에서 방황하는 나는 호흡만을 의식할 뿐 죽음을 면할 수 없는 가녀린 목숨에 지나지 않기 때문이다."

1935년 12월, 파리와 사이공을 비행하며 공중폭격에 가담했던 생텍쥐페리는 리비아사막에 추락했다. 정비사 앙드레 프레보와 함께 그는 뜨거운 열기 속에서 사흘 동안 사막을 배회했다. 물이 다 떨어지고 죽음이 가까이 다가오던 절박한 순간, 그들은 기적적으로 베두인 대상에게 구조되었다. 마치 조종사에게 갑자기 말을 건넨 어린 왕자처럼 어디선가 상인들이 그들 앞에 불쑥 나타난 것이다.

이처럼 《어린 왕자》의 등장인물 가운데 일부는 생텍쥐페리의 기억 속에서 기원을 찾을 수 있다. 여우는 케이프 주비에 있을 때 앙투안이 길들인 아프리카여우를 상기시킨다. 보아뱀은 아르헨티나에 체류했을 때 영감을 받았다. 바오밥나무(바오바브나무)는 카사블랑카-다카르 노선을 비행할 때 세네갈 기항지에 대한 작가의 기억에서 태동한다. 가로등지기도 상상력만으로 태어난 인물이 아니다. 어린 앙투안은 생모리스드레망 성채에서 방

아에로포스탈의 설립자 피에르 조지 라테코에르

"세상에서 아무것도 소유하지 못했던 나는
모래와 별들 사이에서 방황하는
죽을 목숨에 지나지 않았다.
숨을 쉬고 있다는 부드러운 의식이 있을 뿐……."

리비아사막에 불시착한 비행기. 생텍쥐페리와 정비사 앙드레 프레보는 이 사고로 사막에서 사흘을 배회하다 베두인 대상에게 구조된다.

학을 보내는 동안 '실제로' 그를 만났다. 사업가에 대해 말하자면, '아에로포스탈'을 설립하기 위해 라테코에르에게 프랑스 툴루즈-세네갈 생루이 항공우편 노선을 사들인 사업가 마르셀 부이유 라퐁을 떠올려야 한다.

넬리 드 보게의 주장에 따르면, 작가는 피에르 쉬드로에게서 '어린 왕자'의 영감을 받았을 수도 있다. 열두 살 소년 피에르 쉬드로는 어린 왕자처럼 목도리를 하고 있었고, 생텍쥐페리는 그에게 '어린 왕자'라는 별명을 지어주었다.

이처럼 생텍쥐페리는 어린 왕자라는 등장인물을 이미 가슴에 분명히

1. 생텍쥐페리가 '어린 왕자'라고 불렀던 프랑스 정치인 피에르 쉬드로. 그는 작가에게 《어린 왕자》의 주인공에 대한 영감을 주었을 것이다. 2. 충실한 친구 넬리 드 보게. 지적인 동반자이자 연인으로 생텍쥐페리의 작품에 많은 영감을 주었다.

담고 있었다. 피에르 쉬드로는 제2차 세계대전이 끝난 다음 해에 정치인이 됐다.

또한 《어린 왕자》는 어머니가 앙투안이 어렸을 때 들려준 이야기와 어린 시절 작가의 열정적 독서의 산물이기도 하다. 저자인 앙드레 모루아가 생텍쥐페리에게 발췌본을 전달해 주었던 《36000의지의 나라》나 마리아 퀴맹스의 《가로등지기》, 《팜파스의 인간》 같은 소설들이 《어린 왕자》에 영향을 끼쳤을 것이다.

아울러 쥘 쉬페르비엘의 다음 문장은 어린 왕자의 정신을 알리는 서두의 글과 깊은 연관이 있다.

"꿈과 현실, 소극, 고뇌. 나는 이 소설을 어린아이였던 나에게, 그리고 나에게 이야기를 요구하는 어린아이를 위해서 썼다."

생텍쥐페리는 《인간의 대지》에서 자신의 다음 작품을 미리 알려주었다. 사막, 화산 또는 왕국의 암시를 넘어 우리가 《어린 왕자》에서 발견하는 수많은 요소를 통해 작가는 부모와 동행하는 어린 소년을 상기시킨다. 작가는 "전설 속의 어린 왕자들이 소설의 어린 왕자와 전혀 다르지 않다"고 말한다.

▶ 생텍쥐페리가 시나리오를 쓴 영화 〈안 마리〉의 포스터. 주인공인 영화배우 아나벨라는 생텍쥐페리와 가까운 친구였다.

《어린 왕자》, 에디터의 특별한 주문

그렇다면 소설 《어린 왕자》에 결정적인 영감을 준 사람은 누구인가? 자신과 연관성이 있다고 주장하는 사람들이 수없이 많기 때문에 어린 왕자의 기원을 정확히 밝히기는 쉽지 않다. 출판인 유진 레이날의 부인 엘리자베스는 1942년 뉴욕의 아놀드 카페에서 함께 식사하던 때를 회상하며, 대화를 나누던 생텍쥐페리가 테이블에 앉아 '어린아이'를 그리던 모습을 떠올렸다.

유진 레이날은 동업자 커티스 히치콕과 함께 얼마 전 생텍쥐페리의 소설 《인간의 대지》의 영역본 《바람과 모래와 별들》을 출판한 사람이었다. 두 사람은 1934년에 패멀라 트래버스의 소설 《메리 포핀스》를 출판해 대성공을 거둔 바 있었다.

새로운 성공을 꿈꾸던 두 사람은 프랑스 작가에게 젊은 독자를 위한 책을 내자고 제안했고, '생텍스'는 그들의 제안에 관심을 보였다. 그들은 송년연휴에 맞춰 출판할 크리스마스 단편을 생각하고 있었다. 앙투안은 11월에 계약을 하고 3천 달러의 선금을 받았다. 이제 서둘러 작업에 착수하는 것 외에 다른 길은 없었다.

작가의 다른 지인들도 《어린 왕자》의 태동에 자신들이 일정 부분 역할을 했다고 주장한다. 예를 들어 실비아 해밀턴은 생텍쥐페리가 등장인물을 무대에 올릴 때 자신의 집에서 영감을 받았다고 말한다. 즉, 자신이 기르던 복슬복슬한 강아지는 어린 왕자의 양과 닮았고, 복서 한니발은 호랑이와 닮았으며, 자신의 인형 가운데 금발의 멋진 인형이 어린 왕자와 닮았다는 것이다.

프랑스 여배우 아나벨라도 빠지지 않았다. 그녀는 생텍쥐페리가 자신과 함께 안데르센의 《인어공주》를 읽는 도중 단편을 쓰겠다는 생각을 하게 되었다고 말한다.

화가 헤다 스턴의 생각은 조금 다르다. 시간만 나면 어린아이를 그리는 생텍쥐페리를 지켜본 그녀는 외부의 모방이 아니라 작가 자신이 나름대로 삽화를 구상했다고 보았다.

그에 앞서 사실 생텍쥐페리는 오랜 친구이자 화가인 베르나르 라모트에게 도움을 청할 생각이었다. 작가와 미술학교를 함께 다닌 베르나르 라모트는 생텍쥐페리의 소설 《전시조종사》에 삽화를 그린 사람이다. 하지만 그가 처음에 그린 그림은 지나치게 사실적이고 어두우면서 뭔가 자연스럽지 않아 작가의 마음에 들지 않았다.

영화제작자 르네 클레르를 포함한 지인 몇몇은 생텍쥐페리가 사용한 그림재료들을 자신들이 제공했다고 주장한다. 탐험가 폴 에밀 빅토르는 생텍쥐페리에게 색연필과 수채물감을 주었다고 말했는데, 그것으로 작품에 영감을 주었다고 주장하는 것은 어림없는 소리다. 앙투안 드 생텍쥐페리는 삽화를 그리기 위해 필요한 재료를 뉴욕의 한 상점에서 스스로 구입했기 때문이다.

《어린 왕자》의 기원은 무엇보다 작가 앙투안 생텍쥐페리에게서 찾아야 한다. 어머니가 어린 시절 그에게 들려준 '아름다운 이야기' 안에서, 그리고 동화에 열광했던 어린 앙투안의 깊은 감동 안에서 찾아야 한다. 생텍쥐페리는 《미지의 여인에게 보낸 편지》에서 이렇게 말했다.

"우리는 동화가 인생의 유일한 진실이라는 것을 잘 알고 있다."

뉴욕에 체류 중이던 생텍쥐페리가 발행인 유진 레이날과 그의 부인 엘리자베스와 함께 있는 모습

레옹 베르트, 가장 좋은 친구

《어린 왕자》는 레옹 베르트에게 헌정되었다. 헌정사에서 생텍쥐페리는 레옹 베르트에 대해 "내가 세상에서 알고 있는 가장 좋은 친구"이며 "모든 것, 이를테면 어린이를 위한 책까지 이해할 수 있는 어른"이라고 묘사했다. '어린아이였던 레옹 베르트에게' 자신의 책을 바치면서 생텍쥐페리는 이처럼 헌정사의 의미를 분명히 밝혔다.

소설가이자 저널리스트, 수필가, 예술비평가인 레옹 베르트는 반전운동가, 평화주의자, 자유주의자이기도 했다. 제1, 2차 세계대전 사이에서 그는 매우 드물게 자주적 의식을 지닌 사람이었지만, 그의 주장이 모든 사람에게 공감을 얻었던 것은 아니다. 생텍쥐페리는 자신의 책 《어느 인질에게 보내는 편지》에서 그에게 아낌없는 경의를 보냈다.

원래 이 헌정사는 레옹 베르트가 쓴 탈출기인 《33일》의 서문을 장식했어야 한다. 뉴욕으로 막 떠나려는 생텍쥐페리에게 레옹 베르트는 《33일》의 수사본을 건네며 출간을 부탁했다. '친구에게 보내는 편지', '레옹 베르트에게 보내는 편지'라는 제목이 붙었던 서문은 1943년 생텍쥐페리에 의해 책으로 출간되면서 마침내 제목이 《어느 인질에게 보내는 편지》로 바

"내가 이 책을
레옹 베르트라는 어른에게 바친 것에 대해
나는 어린아이들에게 먼저 용서를 구한다.
진지하게 변명을 하자면,
레옹 베르트는 이 세상에서
나와 가장 친한 친구이기 때문이다."

생텍쥐페리가 가장 사랑한 친구, 레옹 베르트

뀐다. 이것은 독일에 점령당한 프랑스의 화신이자 나치를 피해 쥐라산맥에 피신한 유대인 베르트의 안전을 염원하는 제목이었다. 앙투안 드 생텍쥐페리는 친구를 매개로 해서 독일에 점령당해 베르트처럼 처참한 인질 상황에 빠진 프랑스 국민에게 공적인 메시지를 보낸 것이다.

1948년, 레옹 베르트는《생텍쥐페리에 대한 추억》이라는 제목으로 책을 썼다. 이 책에서 저자는《어린 왕자》의 작가에게 더할 나위 없는 찬사를 보냈다. "그는 단지 어린아이들을 매혹하는 능력을 지녔을 뿐 아니라 동화의 등장인물만큼 폭넓은 어른들을 설득하는 힘이 있다. 생텍쥐페리는 자신에게서 결코 어린 시절을 배제하지 않았다."

"이 위대한 인물이
지금 프랑스에서 추위와 배고픔으로 고통을 겪고 있다.
그에게 진정한 위로가 필요하다."

생텍쥐페리의 친구 레옹 베르트의 사진. 생텍쥐페리는
《어느 인질에게 보내는 편지》에서 그에게 경의를 표했다.

어린 왕자의 초벌 그림

1943년에 공개적으로 탄생하기 전 어린 왕자는 이미 수많은 그림 안에서 다양한 형식으로 초벌 그림이 그려졌다. 처음부터 그렇게 그려지지 않았더라도, 그리고 이전에 그린 그림들이 《어린 왕자》에 나오는 그림들과 정확히 일치하지 않더라도 작가가 그린 그림들의 유사성은 매우 인상적이다.

앙투안 드 생텍쥐페리는 마음속에 있던 등장인물을 손으로 그리고 있었다. 낱장 종이, 온갖 종류의 청구서, 아이들의 공책, 식탁보, 음식점의 메뉴판, 수첩이나 육필원고를 비롯한 다양한 재료에서 우리는 생텍쥐페리의 그림을 발견할 수 있다. 어린 왕자가 행성에 있었던 것처럼 때때로 그는 화단에 꼼짝 않고 서 있었다.

전쟁 초기에 레옹 베르트에게 보낸 편지에서 보듯이 생텍쥐페리는 이렇게 땅 위에 매달린 것처럼 구름 위에 선 채 무대에 등장해 마치 미래의 등장인물인 소행성 B612의 주인공을 연상시켰다.

친구 넬리 드 보게에게 건넨 다른 그림은 어린 왕자의 소행성과 비슷한 곳에 서서 뭔가를 외치고 있는 한 인물을 표현하고 있다. 그 그림을 그린 날짜는 정확히 알려지지 않았지만, 생텍쥐페리 그림 전문가들은 1930년대 후반이나 1940년대 초로 보고 있다.

우리가 아는 등장인물은 화가이자 작가 개인의 상상력에서 갑자기 나타난 피조물이 아니다. 그것은 자신의 기쁨을 표현하기 위해 쉴 새 없이 연필을 만지작거리던 작가가 일생에 끊임없이 추구한 기나긴 그림 작업의 산물이다.

'별이 달린 나무'. 생텍쥐페리는 수사본의 원고 여백에 이 그림을 그렸다.

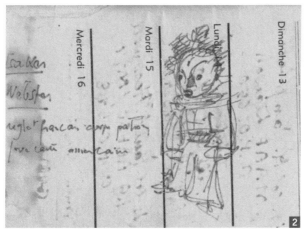

1 · 2.《어린 왕자》의 집필을 마치기 전 생텍쥐페리는 주인공을 표현하기 위해 어린이 초벌 그림을 많이 그렸다.
3.수첩에 적힌 생텍쥐페리의 다섯 편의 시 가운데 〈이별〉에는 이 장미가 장식돼 있다. 4 · 5 · 6.생텍쥐페리는
아에로포스탈 상표가 찍힌 종이에도 어린이 초벌 그림을 그렸다.

수사본과 교정쇄

생텍쥐페리가 여자친구 실비아 해밀턴에게 맡겼던 《어린 왕자》 원본은 현재 뉴욕의 모건 도서관 & 박물관에 소장돼 있다. 《어린 왕자》의 원본 가운데는 타자기를 사용한 것이 4개 있었다. 앙투안 드 생텍쥐페리는 타자로 친 4개 원본의 많은 부분에 새로운 단어를 덧붙이거나 이전의 단어와 문장을 교정했다.

그중 하나는 지금 미국의 오스틴에 있다. 생텍쥐페리가 자기 작품의 전문번역자 루이스 갈랑티에르에게 보낸 것인데, 번역자가 비행기 사고를 당하는 바람에 미처 번역하지 못했던 원고다. 다른 하나는 생텍쥐페리가 피아니스트 나디아 블랑제에게 준 원고로 현재 프랑스 국립도서관에 소장돼 있다. 미완성 상태로 남아 있던 세 번째 원본은 소더비 경매회사에 의해 1989년 런던에서 판매됐다. 마지막

네 번째 원본은 콘수엘로의 상속자에게 건네졌을 것이다.

유일한 교정쇄, 즉 책을 출판하기 전 마지막 단계로 교정하기 위해 미리 제작된 인쇄본은 여배우 아나벨라가 가지고 있었는데 나중에 수집가에게 팔렸다. 발행본과 동일한 타자본은 르부르제 항공우주박물관에서 보관하고 있다.

이 모든 텍스트들은 《어린 왕자》의

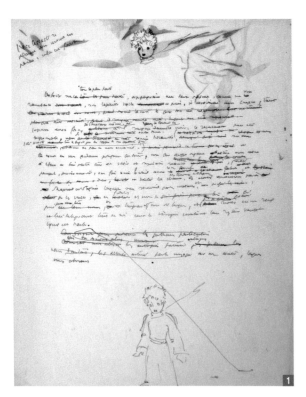

1. '생텍스'가 쓴 편지에 날짜와 장소 미상의 두 어린 왕자가 그려져 있다.
2. 《어린 왕자》 발행본에 수록되지 않은 그림, 1942. 어린 왕자가 등을 돌린 채 행성에 앉아 있다.

1942년에 그린 이 데생들은 생텍쥐페리가 친구인 실비아 해밀턴에게 선물한 수사본에 담겨 있다.

창작 배경을 연구하는 데 중요한 가치가 있다. 생텍쥐페리는 생전에 자신의 작업방식이나 작품의 영감에 대한 출처를 밝히는 데 도움이 될 만한 자료를 전혀 남기지 않았기 때문이다. 그가 남긴 유일한 표지는 그의 수첩에서 발췌한 다음의 몇 마디에 불과하다. "방법. 뒷날 아무 결실도 없는 순진한 부분을 모두 잊어버리지만, 끊임없이 솟아나는 소망에 따라 마음에 새겨진 개념을 빠짐없이 적어놓은 어린 시절의 책들을 다시 읽는 것."

서로 다른 원본들은 결국 첨가나 다른 형식을 통해 최종 출판물에 수록되지 않은 그림들처럼 다양한 변형을 보여준다. 소더비에서 경매로 팔린 원본에는 실제로 100개가 넘는 교정사항이 담겨 있었다. 이것은 책의 생성과정을 자세히 설명해준다. 또한 글쓰기를 하는 동안 생텍쥐페리가 겪은 숱한 시행착오를 우리에게 숨김없이 알려주는 동시에 《어린 왕자》의 집필과정을 새롭게 조명해준다.

ANTOINE DE SAINT-EXUPERY

The Little Prince

The Little P

WRITTEN AND DRAW

ANTOINE DE SAINT

TRANSLATED FROM THE FRENCH BY

REYNAL & HITCHCOCK

"I believe that for his escape he took advantage of the migration of a
flock of wild birds."

모건 도서관 & 박물관에 소장된 《어린 왕자》 초판

03

어린 왕자, 책

Le Petit Prince,
l'œuvre

미국에서 발행된 《어린 왕자》의 표지 그림. 면으로 만든 표지를 사용했다.

《어린 왕자》 초판

모건 도서관 & 박물관에서 소장하고 있는 《어린 왕자》

초판은 1943년 4월 6일, 뉴욕의 레이날 앤드 히치콕 출판사에서 영역본과 프랑스어본으로 동시에 발행됐다. 증정본 25부를 포함해서 1쇄에 525부를 찍은 영역본은 책마다 일일이 손으로 쓴 일련번호가 매겨졌고, 저자의 사인이 들어갔다. 프랑스어본은 10부의 증정본을 포함해서 260부를 제작했다.

페이지에 번호가 매겨진 초판은 91쪽의 작은 책이었다. 연한 장밋빛 표지에는 B612 소행성에 있는 어린 왕자의 그림이 소개되어 있다. 생텍쥐페리의 서명이 없는 보급판은 2달러에 팔렸다. 인쇄부수를 기록하지 않았던 것 외에는 초판과 동일한 제본으로 보급판이 다시 인쇄되었다. 수집가들과 서점 주인들이 앞장서서 다시 사들인 초판의 가격은 보급판에 비해 열 배가 비싼 권당 2만 유로에서 2만 5천 유로까지 치솟았다.

"생텍쥐페리가 《어린 왕자》를 집필하던 집에
내 어머니가 살았다는 것을 생각하면 가슴이 벅차오른다.
어머니가 이 책이 출간되리라는 것을,
저자가 어떤 사람이 될지를
의심한 적 없었다는 것도 매우 감동적인 사실이다."

– 폴 오스터

프랑스에서 《어린 왕자》는 1946년 4월, 생텍쥐페리가 실종되고 2년이 지난 다음에 출간되었다. 그전에 1945년 11월에는 주간지 〈엘르〉의 두 번째 호에 '교정필 인쇄본' 형식으로 발췌본이 수록되었다.

갈리마르 출판사에서 발행한 93쪽의 《어린 왕자》는 페이지마다 쪽수가 적혔으며, 12,750부를 인쇄했다(300부는 증정본이고, 각 권마다 1부터 300까지 고유번호를 매겨놓았다). 면으로 만든 표지는 진청색으로, 미국판의 표지 그림을 재현한 붉은 판화가 찍혀 있다. 표지 아래에는 갈리마르 출판사의 약호 NRF(Nouvelle Revue Française)가 새겨졌다.

인쇄의 오식과 결함 외에도 프랑스 판형은 초판과 함께 텍스트뿐만 아니라 그림에서도 원본과 상당한 차이가 있다. 소행성 325가 소행성 3251로 잘못 표기되었는가 하면, 어린 왕자가 원본의 44번과 달리 하루에 43번의 일몰을 구경한 것으로 되어 있다. 타자로 친 텍스트들 가운데 하나를 보면, 생텍쥐페리가 일몰의 횟수에 대해 43과 44 사이에서 망설였던 것 같다. 그림들도 모두 일치하지는 않는다. 어린 왕자의 호화로운 의상이 녹색에서 푸른색으로 달라졌는가 하면 천문학자의 망원경 끝에 있던 별도 사라졌다.

프랑스어본

1946년 말, 책이 출간되고 몇 달이 지난 뒤에 《어린 왕자》는 1만 부 가까이 팔렸다. 그러나 1947년 11월 12일이 돼서야 갈리마르에서는 가제본 형식으로 다시 인쇄에 들어간다. 이렇게 인쇄가 지체된 데는 이유가 있었다. 프랑스 발행인과 레이날 앤드 히치콕 사이에 발생한 《어린 왕자》의 이익 분배에 관한 소송을 비롯해 여러 이유가 있었다.

다른 한편, 제2차 세계대전이 끝난 직후 프랑스의 출판사는 책 발행에 재정적 어려움을 겪고 있었다. 이로 인해 갈리마르 출판사는 원하는 대로 출판을 할 수 없는 상황이었다. 결국

생텍쥐페리의 상속과 관계된 당사자들, 이를테면 배우자, 자매들 사이에 먼저 타협이 이뤄져야 했지만 그들 사이에 이해가 종종 상충했기 때문에 간단한 일이 아니었다.

송년 연휴를 맞아 서점에서 구입할 수 있는 갈리마르 출판사의 《어린 왕자》 가제본은 11,000부가 발행되었다. 그 후 몇 달이 지난 1948년 2월에는 22,000부가 인쇄되었다. 1947년 7월부터 1948년 6월까지 판매부수는 23,000부의 경계를 뛰어넘었다. 《어린 왕자》의 인기는 좀체 식을 줄 몰랐다.

비록 생텍쥐페리는 어린아이들을 위한 아동도서를 염두에 두지 않았지

만, 그때부터 《어린 왕자》는 서점에서 아이들이 가장 많이 찾는 인기도서로 확고하게 자리를 잡았다. 1958년, 가제본은 19쇄를 넘어섰고, 매쇄마다 22,000부에서 55,000부까지 인쇄하면서 마침내 총 판매부수는 45만 부를 넘어섰다.

1980년대 초에 《어린 왕자》는 보급판과 양장본을 포함, 프랑스에서만 약 200만 부의 누적 판매부수를 기록했다. 80년대부터 《어린 왕자》의 성공은 새로운 차원으로 전개된다. 1970년대 말까지는 《어린 왕자》를 네 가지 유형, 즉 가제본 초판, 폴 보네 제본사의 소형 양장본, 1952년부터

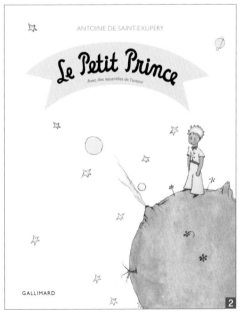

1. 갈리마르 출판사의 아동용 앨범에 있는 《어린 왕자》 2. 책과 제라르 필립이 녹음한 CD가 포함된 기념 세트

"나는《어린 왕자》가 매우 위대하고 아름다운 책이라고 생각한다.
그것은 진지하고 감동적이며, 진정한 은혜의 순간이다.
하지만 나는《어린 왕자》가 어린 시절과는 직접적인 관계가 없다고 생각한다.
어린 왕자는 작아야 하는 이유도, 어린이라야 하는 이유도 없다.
어린 왕자는 어린아이도, 소년도 소녀도 아니다.
어린 왕자는 하나의 영혼이다.
물론 모든 사람이 한 영혼에 대한 책을 읽을 수 있다.
아이들도 마찬가지다."

– 마리 데플레셍

시작된 문고판, 1953년에 제작된 플레야드 총서로 만날 수 있었다.

1979년에는 폴리오주니어에서 처음으로 아동용 포켓판을 선보였다. 1999년 2월에는 성인을 위한 갈리마르의 문집인 폴리오가 가세하면서 《어린 왕자》는 나이에 상관없이 모든 연령대에서 즐겨 읽는 애독서로 자리잡았다. 그 밖에도 어린 왕자를 세상에 널리 알리는 방법이 다양하게 등장했다. 즉, 그때부터 어린 왕자의 이미지는 책에 국한되지 않고 새로운 전파수단과 만난다. 1993년에는 어린 왕자와 작가의 초상화가 실린 프랑스 50프랑 지폐도 발행됐다.

초판이 나온 뒤부터 60년 동안《어린 왕자》는 프랑스에서만 1,100만 부의 고지를 넘었고, 프랑스 문고판 전체 판매량의 절반을 뛰어넘으며 전문미답의 신기록을 세웠다.

1.《어린 왕자》의 팝업판에 있는 삽화가 독자의 눈길을 끈다. 2. 생텍쥐페리 그림의 양각과 점자로 만든 초판, Claude Garrandes 출판사

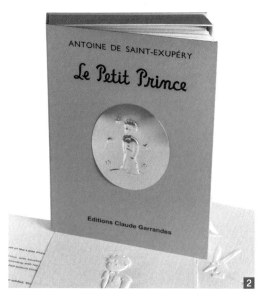

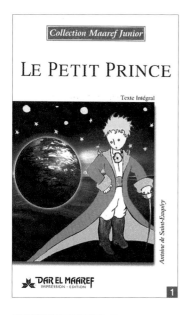

1.Dar El Maaref 출판사, 수스, 2003. 2.Reynal & Hitchcock 출판사, 뉴욕, 1943. 3.Harcourt 출판사, 뉴욕, 1954. 4.Izdatelstvo 'Vuschaia Skola' 출판사, 모스크바, 1966. 5.Gallimard 출판사, 파리, 1948. 6.Gallimard 출판사, 하드커버로 제작, 파리, 1948. 7.Jasikach 출판사, 모스크바, 1960. 8.Svenska Bokforlaget 출판사, 스톡홀름, 1958. 9.Kapo 출판사, 모스크바, 2010. 10.Bellhaven House Limited 출판사, 스카버러, 1973.

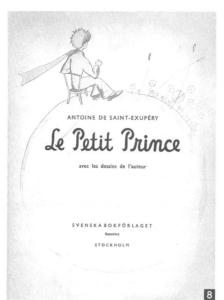

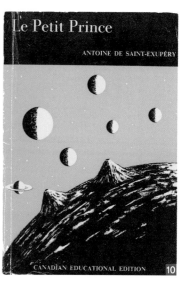

발표되지 않은 장

모건 도서관 & 박물관에 보관된《어린 왕자》의 초고에는 아직 발표되지 않은 장이 들어 있다. 생텍쥐페리가 손으로 직접 쓴 육필원고의 작고 휘갈긴 글씨체에는 사람들이 쉽게 알아볼 수 없는 작가 생텍쥐페리의 특징이 그대로 드러난다. 발표되지 않은 장에서 작가는 어린 왕자와 '크로스 워드 게임을 즐기는 사람'의 만남을 상세히 이야기한다. 후자는 어린 왕자에게 사흘 전부터 '가글gargarisme'을 뜻하고 'G'로 시작되는, 여섯 철자로 된 한 단어를 찾고 있다고 말한다.

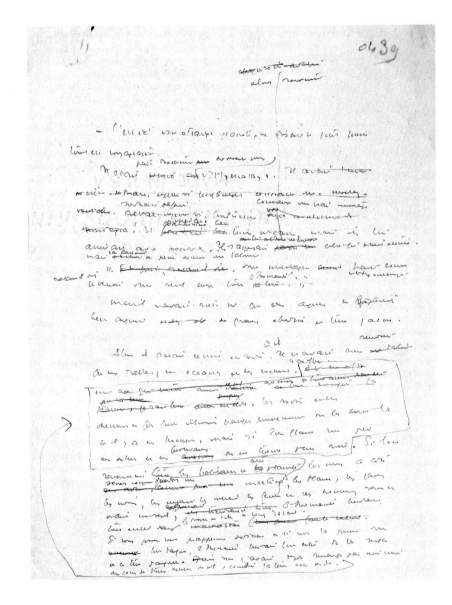

이곳저곳을 두루 다니면서 어린 왕자는 "여기는 정말 이상한 별이야" 하고 혼자 중얼거렸다.

어린 왕자는 사막을 떠나 곧바로 히말라야로 갔다. 오래전부터 진짜 산을 보고 싶었던 것이다. 어린 왕자가 자신이 살던 행성에서 소유한 세 개의 산은 가까스로 자기 무릎에 닿을 만큼 아주 낮았다. 하나는 사화산인데, 어린 왕자는 종종 의자에 앉듯 그 산 위에 걸터앉았다.

어린 왕자는 "이 산처럼 높은 산에 올라가서 나는 한눈에 온 인류를 둘러볼 거야" 하고 중얼거렸다.

하지만 산 정상에 올라가서도 날카롭게 솟은 화강암 봉우리와 누런 흙더미만 볼 수 있을 뿐이다. 우리가 집회를 하듯 이 행성의 주민들을 한자리에 나란히 다 모은다면, 이를테면 백인종, 흑인종, 황인종, 아이들, 노인들, 여자들과 남자들을 하나도 빠짐없이 모은다 해도 롱아일랜드섬의 …(읽을 수 없는 단어다)에 다 들어갈 것이

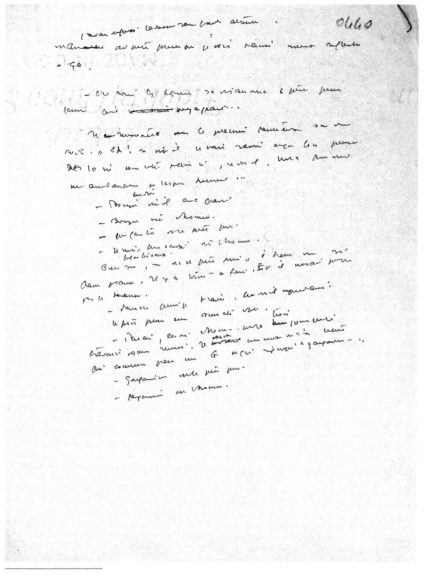

발행되지 않은 육필원고들

"사람들은 도대체
어디에 있지?"
사막을 여행하던
어린 왕자가
혼자 중얼거렸다.

가만히 생각했다.

'아! 난 이제 이 별에 사는 사람들이 삶에 대해 어떻게 생각하는지 알 수 있을 거야. 이 사람이 바로 그들의 대사니까.'

"안녕!" 힘찬 목소리로 어린 왕자가 인사했다.

"안녕!" 남자가 대답했다.

"지금 뭐 하세요?" 어린 왕자가 물었다.

"난 지금 몹시 바쁘단다." 남자가 퉁명스럽게 대답했다.

'그래, 당연히 바쁠 거야. 이 사람은 큰 별에서 살고 있어서 할 일이 많을 테니까.'

어린 왕자는 더 이상 물어볼 엄두가 나지 않았다.

"제가 도와드릴게요."

방해가 아니라 도움이 되기를 바라며 어린 왕자가 다시 말했다.

"글쎄, 난 지금 사흘째 쉬지 않고 일하고 있는데도 아직 끝내지 못했단다. 난 지금 '가글'을 뜻하면서 'G'로 시작되는, 여섯 철자로 된 한 단어를 찾고 있단다."

다. 만약 당신에게 지구본이 있다면, 그리고 거기에 바늘구멍을 낸다면 온 인류가 그 바늘구멍 위에 자리를 잡을 수 있다.

물론 나는 3년의 비행 경험으로 지구가 얼마나 텅 비어 있는지 잘 알고 있다. 사실 도로와 선로는 사람들의 눈을 속이는 것이다. 사람이 있는 곳에서만 그것을 발견할 수 있기 때문

이다. 하지만 대로에서 벗어나 조금만 걸어도 우리는 더 이상 아무것도 발견할 수 없다. 이런 사실에 크게 주의를 기울이지 않던 내가 깊이 생각하게 된 것은 어린 왕자 덕분이었다.

지구를 여행하면서 어린 왕자는 "사람들은 도대체 어디에 있지?" 하고 혼자 중얼거렸다. 그러다 한 남자를 거리에서 만났을 때, 어린 왕자는

텍스트의 이형異形들

이해하기 힘든 생텍쥐페리의 표기 때문에 수사본의 각기 다른 텍스트들을 주의 깊게 읽어보면 흥미로운 사실을 알 수 있다. 발행본과 비교되는 주목할 만한 이형이 눈에 띄기 때문이다.

배인가, 감자인가?

보아뱀이 삼킨 코끼리를 그린 내레이터의 그림 이전에 생텍쥐페리가 포기한 그림들이 있었다. 1986년에 팔린 그림에서 드러났듯이 그는 자신의 그림에 만족하지 못했다.

나는 그림을 그릴 줄 모른다. 나는 두 번에 걸쳐 배를 그렸는데, 어떤 친구가 감자가 아니냐고 물었다.

맨해튼

《어린 왕자》 17장에서 생텍쥐페리는 지구에 사는 사람들을 태평양의 한 섬에 모두 모으는 장면을 상상한다.

이형이 그대로 남아 있는 수사본 초고

지구에 사는 20억 인구가 한자리에서 집회를 하듯 서로 바짝 붙어 서 있다면 가로 2만 마일, 세로 2만 마일의 한 공간에 모두 들어갈 수 있다. 그러면 우리는 태평양의 아주 작은 섬 하나에 온 인류를 모을 수 있을 것이다.

그는 수사본의 첫 단계에서는 태평양의 한 섬이 아니라 자신이 글을 쓰던 맨해튼에 온 인류를 집결시킨다는 생각을 했다.

맨해튼이 50층 높이의 고층건물로 빼곡하고, 세상의 모든 사람이 나란히 서 있으면 이 건물을 채울 수 있다. 그러면 인류 전체가 맨해튼에서 함께 묵을 수 있을 것이다.

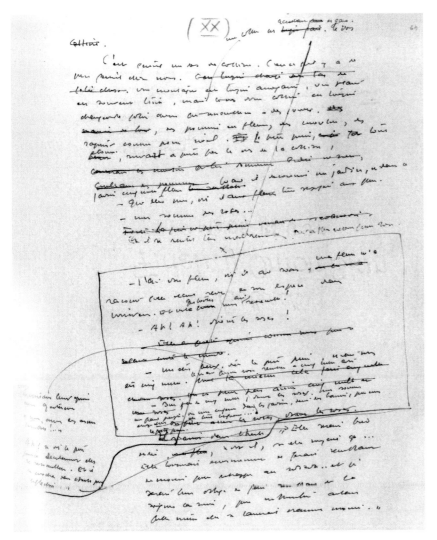

동산

어린 왕자와 장미가 만나는 20장은 이렇게 시작된다.

동산은 사랑스럽다. 동산은 우리가 가지고 있는 것 가운데 매우 사랑스러운 것이다. 동산은 늘 거만하고 지구는 때로 슬프지만, 동산에 있는 정원은 늘 다정하고 즐겁다.

정원은 언제나 어린아이들을 위한 장난감처럼 예쁜 것들로 가득하다. 꽃이 활짝 핀 사과나무, 양, 크리스마스를 위한 전나무……. 기대에 부푼 어린 왕자는 총총걸음으로 동산을 따라 올라갔다. 그는 정원을 발견했고, 거기에는 5,000종의 많은 꽃이 있었다.

"동산은 사랑스럽다.
동산은 우리가 가지고 있는 것 가운데
매우 사랑스러운 것이다."

식사를 거절당하다

25장은 이 글과 함께 어린 왕자와 상인의 만남이 먼저 이루어진다.

- 안녕! 어린 왕자가 인사한다.
- 넌 누구니? 뭘 원하니? 남자가 묻는다.
- 친구요. 어린 왕자가 대답한다.
- 우리는 서로 모르는 사이인데, 빨리 집으로 돌아가렴.
- 집은 너무 멀어요. 어린 왕자가 말한다.
- 이러면 곤란해. 이렇게 사람을 귀찮게 하는 게 아니란다. 짜증 섞인 목소리로 여자가 말한다.
- 저도 저녁을 먹어야 하는데요. 어린 왕자가 말한다.
- 여기서는 사람을 이런 식으로 초대하지 않아.
- 아! 어린 왕자의 입에서 탄식이 흘러나왔다.

그리고 그는 떠났다.

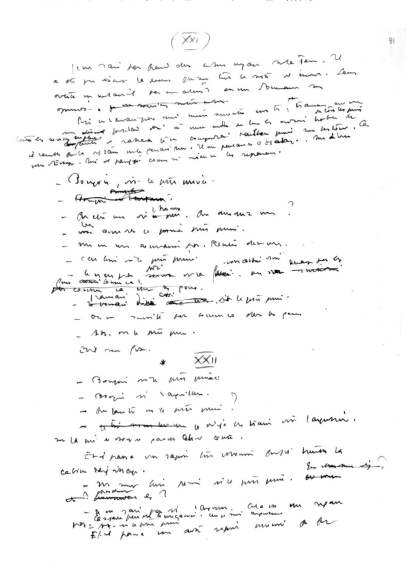

다음 글의 내용은 앞의 초고보다 좀 더 다듬어져 있다.

- 넌 누구니? 뭘 원하니? 남자가 말한다.
- 앉고 싶어요. 어린 왕자가 대답한다.
- 우리는 서로 모르는 사이인데, 빨리 집으로 돌아가렴.
- 집은 너무 멀어요. 어린 왕자가 말한다.
- 너는 예의가 없구나. 우린 이제 저녁을 먹어야 해. 모르는 사람한테 이렇게 귀찮게 굴면 안 돼. 짜증 섞인 목소리로 여자가 말한다.
- 저도 저녁을 먹어야 하는데요. 어린 왕자가 말한다.
- 여기서는 사람을 이런 식으로 초대하지 않는단다.
- 아! 어린 왕자의 입에서 탄식이 흘러나왔다.

그리고 그는 떠났다.

그들은 자신들이 무엇을 원하는지조차 모르고 있다.

- 넌 누구니? 뭘 원하니?
남자가 묻는다.
- 친구요.
어린 왕자가 대답한다.

상인을 만나다

원래는 25장에 이어지는 두 번째 텍스트에 대한 것이다. 생텍쥐페리는 상인을 등장시켜 자유, 구매경제, 욕구와 시간의 문제를 다룸으로써 소비 만능사회를 신랄하게 비판하기 위해 이 장을 준비했다. 이 상인은 초판에서 알약장수로 바뀐다.

상인의 가게에서.

– 어서 와, 손님이로군.

– 안녕하세요. 근데 이게 뭐예요?

– 이건 아주 소중한 기구란다. 핸들을 돌리면 지진 같은 굉음이 들리지.

– 그게 무슨 쓸모가 있어요?

– 지진을 좋아하는 사람들을 기쁘게 한단다.

– 전 싫어요.

– 음! 음! 네가 지진을 좋아하지 않으면 나도 너한테 이 기구를 팔지 않아. 이것들이 팔리지 않으면 산업이나 상업이 모두 마비되고. 자, 이 광고책자를 보렴. 자세히 읽어보면 너도 지진을 좋아하게 될 거고, 그럼 서둘러 이 기구를 사게 될 거야. 이 책자에는 외우기 쉬운 광고문구가 가득하단다.

– 책을 읽기 위해 필요한 기구는 없나요?

– 그런 건 없다. 그건 쓸데없는 짓이야. 넌 좀 이상하구나. 네게 권하는 기구를 사야 해. 사람들이 네게 제공하는 걸 좋아하지 않으면 넌 절대 행복할 수 없어. 하지만 사람들이 네게 권하는 걸 좋아하면 넌 금방 행복해질 수 있단다. 게다가 너는 자유시민이 되는 거야.

– 어떻게요?

– 네게 주어진 것을 네가 원할 때만 네가 행복할 수 있기 때문이지. 안 그러면 네 삶은 뒤죽박죽이 된단다. 가서 광고문구를 읽어보렴.

– 왜 이런 걸 팔아요? 어린 왕자가 말했다.

– 이 시대에 중요한 경제활동이기 때문이야. 전문가들이 이미 충분히 계산했지. 일주일에 26분을 절약할 수 있어. 상인이 말했다.

– 26분으로 뭘 하게요?

– 무엇이든 할 수 있지. 상인이 대답했다.

– 만약 제 마음대로 사용할 수 있는 26분이 있다면 제가 뭘 할지 아세요? 어린 왕자가 물었다.

– 모른다. 상인이 대답했다.

– 샘이 있는 곳으로 천천히 걸어갈 거예요.

– 그건 아무짝에도 쓸모없는 짓이야. 상인이 말했다.

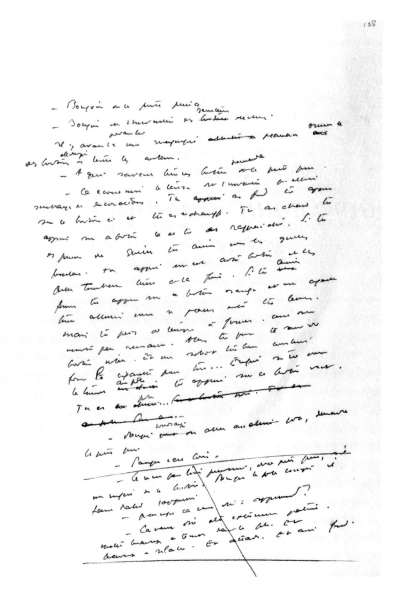

발명가를 만나다

작가는 이 밖에도 어린 왕자의 다른 만남을 소설의 무대에 올렸다가 나중에 삭제했다. 발명가를 만나는 장면에서 우리는 참전을 주저하던 미국의 우유부단함에 맞선 작가의 비판정신을 읽을 수 있어야 한다.

– 안녕! 어린 왕자가 말했다.

– 안녕! 전기제품 발명가가 대답했다. 발명가 앞에는 색색의 전기 버튼이 멋지게 장식된 판이 있었다.

– 이 많은 버튼을 어디에 써요? 어린 왕자가 물었다.

– 시간을 절약하기 위해 필요한 것이란다. 추우면 이 버튼을 누르렴. 그럼 따뜻해질 거야. 더우면 저 버튼을 눌러. 그럼 시원해질 테니까. 네기 핀 게임을 한다면 핀이 모두 쓰러지는 걸 보고 싶을 거야. 이 버튼을 누르면 핀들이 동시에 다 쓰러지는 걸 볼 수 있지. 담배가 피우고 싶으면 오렌지색 버튼을 눌러. 그럼 불이 당겨진 담배가 네 입술로 다가올 거야. 담배를 피우려면 일주일에 110분을 낭비하게 돼. 그럴 땐 보라색 버튼을 사용하렴. 잘 만들어진 로봇이 너를 위해 담배를 피워줄 거야. 극지에 가고 싶으면 녹색 버튼을 누르렴. 그럼 어느새 극지에 있을 거야.

"나는 마음이 아이들처럼 여리기 때문에
어른들에게 내가 그들의 세계에 속했다고 말한 적이 없다.
마음속 깊은 곳에서는 언제나
다섯 살이나 여섯 살이라는 것을 그들에게 숨겼다."

– 제가 왜 극지에 가고 싶어 해요? 어린 왕자가 물었다.

– 머니까.

이어진 부분은 삭제됐다.

– 버튼이 없어도 저한테는 극지가 멀지 않아요. 그리고 극지가 소중하려면 먼저 그것을 길들여야 해요. 어린 왕자가 말했다.

– 길들인다는 게 무슨 뜻이니?

– 아주 오래 참는다는 뜻이에요. 극지에 많은 시간을 들여야 하고, 또 침묵도 필요해요.

결론

마침내 생텍쥐페리는 《어린 왕자》의 마지막을 썼지만, 그 부분은 보존하지 않았다.

나는 마음이 아이들처럼 여리기 때문에 어른들에게 내가 그들의 세계에 속했다고 말한 적이 없다. 마음속 깊은 곳에서는 언제나 다섯 살이나 여섯 살이라는 것을 그들에게 숨겼다. 또한 나는 그들에게 내 그림들을 숨겼다. 하지만 친구들에게는 보여주고 싶다. 이 그림들은 어린 시절 내 기억 속에 있었던 것들이다.

세상 속의 《어린 왕자》 : 번역

270개 이상의 언어와 방언으로 쓰였고, 26개의 다른 철자로 옮겨진 《어린 왕자》는 세상에서 《성경》 다음으로 많이 번역된 문학작품이다. 2,000개 언어로 번역된 《성경》은 감히 넘볼 수 없는 절대적 기록의 보유자지만, 《해리포터》는 그 엄청난 위력에도 불구하고 아직 《어린 왕자》의 기록을 깨지 못했다. 조앤 롤링의 이 소설은 60개 정도의 언어로 만날 수 있을 뿐이다. 그런데 우리가 《어린 왕자》의 판본의 종류(대략 600가지)와 판매부수(사람에 따라 3억에서 8억까지 천차만별)를 정확히 조사하는 것은 사실 불가능한 일이다.

생텍쥐페리의 텍스트는 1947년 폴란드어로 가장 먼저 번역된 뒤, 1990년까지는 10년 단위로 약 20여 종의 번역본이 발행됐다. 그다음부터는 이 수치가 두 배로 증가한다. 작가 탄생 100주년이 되는 2000년에는 매달 새 번역본이 하나씩 등장했다. 유럽 방언의 재발견이 번역본의 수치 증가에 크게 기여했다.

1950년대 중반까지 주로 서구와 북구를 중심으로 배포된 《어린 왕자》는 뒤이어 아프리카와 아시아, 특히 일본까지 널리 확산됐다.

옛 유고의 경우처럼 국경 붕괴가 잇따른 동구권 국가도 예외는 아니었다. 오늘날은 에티오피아, 이란, 모로코, 파키스탄, 페루, 그리고 에스페란토의 다양한 방언으로도 《어린 왕자》를 읽을 수 있다. 《어린 왕자》의 세계적 인

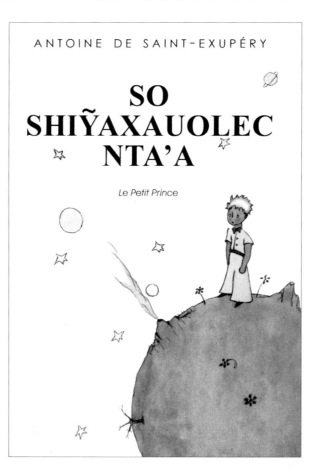

ANTOINE DE SAINT-EXUPÉRY

SO SHIỸAXAUOLEC NTA'A

Le Petit Prince

기를 좀 더 정확히 말하려면 저작권 침해로 법에 저촉되는 심각한 문제가 있지만 독자층을 넓히는 데 크게 기여한 '해적판'도 빼놓을 수 없다.

《어린 왕자》의 번역가들은 언어장벽뿐 아니라 종종 문화장벽과도 맞닥뜨린다. 아르헨티나 북부지방의 원주민이 사용하는 토속어인 토바어는 '왕자'라는 단어를 이해하지 못한다. 반면 생텍쥐페리와 여우 또는 뱀이 나누는 대화는 탁월하게 이해한다. 2005년부터 《어린 왕자》를 만나기 시작한 토바어 사용 원주민들의 경우 그런 종류의 대화가 이미 그들의 의식 속에 완벽히 자리 잡고 있었기 때문이다.

아마지그의 토착어로 옮기는 모로코 번역가의 경우 '가로등'이나 '넥타이(또는 목도리)'라는 단어, 그리고 '권태'나 '부조리' 같은 개념을 번역할 때 심각한 어려움을 겪을 수밖에 없다. 아마지그어에는 이에 해당하는 단어가 없기 때문이다.

토바어로 번역된 《어린 왕자》, 2005.

삼성 세계 명작 ★ 저학년

어린왕자

The Little Prince

원작 생 텍쥐페리 엮음 유효진 그림 방정화

삼성출판사
samsungbooks.com

I BÈLE STORIE

'L PRÌNCEP PICINÌ

A cura di Margherita Recanati

LEONARDO FACCO EDITORE

ROYAUME DU MAROC
INSTITUT ROYAL
DE LA CULTURE AMAZIGHE

Centre des Études Artistiques, des Expressions
Littéraires et de la Production Audiovisuelle

ANTOINE de SAINT-EXUPÉRY

Quyllur llaqtayuq wawamanta

Qillqaqpa dibuhunkunantin

Frances simimanta tikraqkuna
LYDIA CORNEJO ENDARA - CÉSAR ITIER

세상 속의《어린 왕자》: 삽화

외국의 어떤 판본들은 생텍쥐페리의 삽화 인용에서 다소 예기치 않은 각색을 시도한다. 그 표지들은 대부분《어린 왕자》에서 가장 유명한 두 그림을 이용해 소행성 B612에 있는 주인공을 전면에 내세운다. 호주머니에 두 손을 넣고 서 있는 그림과 한 손에 지팡이를 들고 망토를 걸친 어린 왕자의 초상화다. 다른 표지에서는 철새에 이끌린 어린 왕자의 비행을 볼 수 있다.

그런데 무엇보다 이런 신비한 장면에 덧붙은 변화가 매우 다양하다는 점에 주목해야 한다. 이를테면 소행성의 색과 생텍쥐페리의 주인공이 입은 의상의 색이 언제나 프랑스 초판과 같은 것은 아니다. 외국 판본을 보면 주인공과 함께 별, 소행성이 배경으로 등장하기도 한다. 심지어 어린 왕자의 실루엣이 거의 알아볼 수 없을 만큼 변형되기도 한다. 표지뿐만 아니라 내지에 들어간 그림에서도 적잖은 변형이 이루어진다.

서양에서 발행된 판본들이 되도록 생텍쥐페리의 작업을 존중하는 반면 외국 판본들에서는 자유가 크게 허용된다. 알방 스

전 세계에서 발행된《어린 왕자》의 표지 그림들

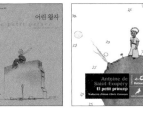
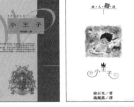

리지에는 《그는 옛적에… 어린 왕자였다》에서 이렇게 주장했다. "한쪽에서는 전통이며 다른 쪽에서는 변형이다. 여기서는 상속적 일치이며, 저기서는 제한 없는 각색이다."

하지만 이런 변형에 대해 섣불리 왜곡이라고 비난해서는 안 된다. 외국 판본의 변형은 작품의 개념과 작가의 관점에 대한 서양의 법적 규범과 다른 문화적 차이에서 기인하기 때문이다. 그것은 또한 텍스트와 그림 사이의 다양한 관계를 설명하는 것일 수도 있다. 사실 번역의 자유에 대한 허용 정도는 나라마다 크게 다르다.

다른 관점에서 보면 제작비와 예산문제가 발행인들이 원본과 거리를 두게 되는 이유일 수 있다. 어떤 발행인은 흑백 그림에 만족해야만 하고, 어떤 발행인은 제작비를 최대한 줄이기 위해 심지어 표지 그림을 삭제하는 경우도 있다. 《어린 왕자》는 세계적인 책이기 때문에 오히려 다른 문화에서 각자의 전통에 맞춰 적용시킨다는 것을 받아들여야 한다.

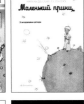

문단의 반응

《어린 왕자》는 출간되자마자 대부분의 문학평론가들에게 열렬한 찬사를 받았지만, 일부 비평가들은 당황스러운 태도를 숨기지 않았다. 생텍쥐페리가 친구 레옹 베르트에 바친 헌정사에서 시사했듯이 이 책은 어린이들을 위한 동화인가, 아니면 이 이야기에서 우리는 성인이 읽는 철학 단편을 떠올려야 하는가? 이 단편이 담고 있는 신비한 의미를 고려할 때 차라리 '어른들'에게 적합하지 않은가?

어쨌든 생텍쥐페리가 책 첫 부분에서 말했던 것처럼 어른들도 한때는 분명 어린아이였다. 비록 작가가 서둘러 "어른들 가운데 지극히 적은 소수만 어린 시절을 기억하고 있다"는 말을 덧붙였지만, 우리 모두가 어린아이였던 것만은 분명하다.

독일의 철학자 마르틴 하이데거는 1949년 발행된 《어린 왕자》의 독일어판 표지에 "이 책은 금세기에 가장 중요한 프랑스 책이다"라고 썼다. 그의 서평을 보면 장 프랑수아 르벨의 주장과는 분명 거리가 있다는 것을 알 수 있다. 1965년, 작가이자 철학자인 르벨은 《어린 왕자》를 "지혜의 모습을 가장하고 조종석에 숨은 백치"라고 표현했다. 생텍쥐페리와 더불어 "바보스러운 짓들이 땅에서 분리되는 순간, 철학적으로 심오한 진리가 된다."

"이 책의 가장 위대한 예술은 지극히 세심한 배려와 다정함으로 아이들을 위해, 그리고 아직까지 완전히 통속적인 어른들의 무리에 물들지 않은 사람들을 위해 어린 왕자를 창조했다는 것이다. 우리와 가깝고 친밀한 존재들 중 하나인 어린 왕자의 깊고 연약한 지혜는 우리의 공감과 보호를 필요로 한다."
로베르 캉테르
〈*La Gazette des lettres*〉

"이 책은 (…)
아이들을 위한
가장 대담한 책 중 하나다."
폴 보댕 〈*Combat*〉

"아이들을 위한 이야기, 아니 저자가 분명히 밝혔듯이 어린아이였던 우리들의 이야기이며 시상, 선의, 지혜, 창작력이 가득한 이야기다."
클라라 말로 〈*Paysage dimanche*〉

"어린이들을 위한 작은 책의 매우 단순하면서도 청량한, 그러면서도 묵직한 의미와 놀라운 울림이 있는 텍스트를 통해 앙투안 드 생텍쥐페리는 숭고하고 맑은 교훈을 모으는 데 성공했다. 그것은 이 시대의 한 남자가 다른 사람들에게 제시한 가장 소중한 교훈 중 하나다."
티에리 몰니에

"아이들은 왕자와 조종사의 아름다운 이야기와 거기서 흘러나오는 은은한 감동, 거의 모든 페이지마다 빠짐없이 들어 있고 아주 단순하면서도 매우 뛰어난 문체 속에서 멋진 우화 같은 모험을 제시하는 흥미로운 그림에 깊은 감동을 느낄 것이다."
에밀 코도 〈*Temps présent*〉

"(성인들이) 감동 없이
읽을 수 없는
매력적인 작품이다."
루이 파로
⟨Les Lettres françaises⟩

"어린 왕자, 그는 생텍쥐페리다. 어린 왕자는 한때 어린이였던 생텍쥐페리,
어른이지만 어린 시절이 마음에 그대로 남아 있는 어린이기 때문이다.
그가 가지고 싶어 했을 아들이며, 분명히 바랐던 아들이다. 동시에 그가 길들여지고,
그에게서 사라진 어린 친구다. 그의 어린 시절이며, 사랑하는 사막에서 찾고 또 찾은
즐거움의 양식인 세상의 어린 시절이다."
아드리엔 모니에 ⟨르 나비르 다르장⟩지 발행인

"성인을 위한 어떤 말들이 어린이들의 평범한 이야기에 가려졌다. (⋯) 그 자체로
매우 아름다운 이야기가 부드러움 가득한 시적 철학을 품고 있다. (⋯) 상상의 도약을 통해
최상의 동화처럼 어린아이들의 마음을 사로잡을 것이다.
밝고 순수한 수채화가 바람과 별, 창공을 나는 공기처럼 가볍고 엷게 그려져 있다."
비아트리스 셔먼 ⟨The New York Times Book Review⟩

"이것은 생텍쥐페리가 성공한 바로
그것이다. 이 책의 두 번째 그림
(코끼리를 삼킨 보아뱀) 앞에서
'이건 모자야' 하고 대답하는, 이 세상에
사는 진지한 사람들은 아직 완전히
실패하지 않았다. 그들은 자신의 잘못을
고칠 수 있다. 우리는 그들에게 집행유예를
주장할 수 있으며, 그들에게 브리지, 골프,
정치, 넥타이가 아니라 보아뱀, 처녀림
그리고 별을 말할 수 있다. 하지만 그들이
이 책에서 눈물을 흘리지 않고 앞으로
나아간다면, 그리고 부드러운 유머에서
곁길로 벗어난다면 우리는 그들에게
더 이상 희망을 가질 수 없다.
그들은 어린 시절이라고 부르는 자신의
영원한 부분을 완전히 잃었기 때문이다."
피에르 부탕
⟨Paroles nouvelles françaises⟩

"어린이들이 사랑하는
영웅처럼 (⋯)
그는 전설적인 등장인물 중
하나다."
이베트 장데
⟨Les Nouvelles littéraires⟩

"구름, 별, 움직이는 모래언덕, 달빛 어린 계곡을 헤매는 환각의 산책자
생텍쥐페리는 이 책을 통해 모든 꼭두각시들, 인생의 모든 상징을 만났다. (⋯)
그는 찬양을 받았고 환대를 받았다. 하지만 그는 장미에게 완전히 돌아가지
않았다. 그의 눈에는 항상 별의 잔영이 맴돌았다. 전쟁이 벌어진 어떤 날
그는 어떤 사막, 물이 있는 어떤 사막으로 떠났지만 이번에는 영영
돌아오지 않았다. 어린 왕자처럼 그는 사라졌다."
폴 브랑기에 ⟨Elle⟩

"분명히 ⟪어린 왕자⟫는
아동도서가 지녀야 할 세 가지
기본요소를 모두 갖추고 있다.
심층적인 의미로 사실을 말하며,
논리적으로 설명하려 들지 않고,
그 안에 도덕성을 고스란히 담고 있다.
여기서 제시하는 특별한 도덕은
아이들보다 어른들과
깊은 관련이 있다."
패멀라 린던 트래버스
⟪매리 포핀스⟫ 저자

⟪어린 왕자⟫ 광고가 ⟨뉴욕타임스⟩에 등장했다. 이 광고는 "비평가들의 의견이 일치하지
않는 것으로 만장일치를 보였다"는 사실을 해학적으로 보여준다. 어떤 비평가들은 ⟪어
린 왕자⟫가 어린이들을 위한 책이라고 주장하는 반면, 어떤 비평가들은 어른들을 위한
책이라고 말한다. 광고는 "차라리 당신이 읽어보는 게 좋을 것"이라고 결론짓는다.

사막의 꽃 옆에 반쯤 누워 있는 어린 왕자

04

어린 왕자의 세계

L'univers du Petit Prince

조종사

《어린 왕자》에서 조종사는 분명히 색다른 자리를 차지하고 있다. 그는 두 명의 주인공 가운데 하나이자 내레이터 역할도 맡고 있다. 그를 사막에 착륙하게 만든 비행기가 없었다면 우리는 어린 왕자의 존재를 전혀 알 수 없었을 것이다. 또한 내레이터는 우리가 모습을 볼 수 없는 유일한 인물이다. 그는 내레이션을 통해서만 존재한다. 작품 속에 그의 모습이 드러나지 않기 때문에 우리는 그가 어떻게 생겼는지 알 수 없다. 그는 비행기도 그리지 않았다. 사실과 똑같은 그림을 그리기가 너무 힘든 자신의 능력에 대해 종종 유감을 표현했듯이 3장에서 그는 마치 메아리처럼 말했다.

"나는 비행기를 그리지 않겠다. 내가 그리기에는 비행기가 너무 복잡하기 때문이다."

우리는 그에 대해 아는 게 별로 없다. 그가 종이에 그린 모자가 실은 코끼리를 삼킨 보아뱀이라는 것을 전혀 이해하지 못하는 어른들의 무지에 크게 실망하고는 일찌감치 그림을 포기했다는 것을 알 뿐이다. 그림에 대한 불만으로 그는 어렸을 때 그림을 포기하고 비행기 조종술을 배웠다. 하지만 결과적으로 보면 그 일은 그에게나 독자에게나 나쁘지 않았다. 조종사 경력이 어린 왕자를 창조했고, 또한 그것이 조종사에게 매우 실용적인 지리와 가까워지게 했기 때문이다.

"나는 단번에 중국과 애리조나 주를 알아볼 수 있었다. 그것은 내가 밤에 길을 잃었을 때 매우 유익했다."

내레이터 겸 조종사와 생텍쥐페리의 공통점은 매우 인상적이다. 전자와 후자 모두 비행기 조종사인 데다 사막에 불시착했다. 그들은 모두 결과에 만족하지 못했지만 그림을 그리며 기쁨을 느꼈고, 어른들에게 실망했다. 조종사는 "나는 어른들의 집에서 오래 살았고 가까이에서 그들을 지켜보았다. 하지만 그것은 내 생각에 거의 도움을 주지 못했다"고 고백한다. 《어린 왕자》 초판에서 생텍쥐페리는 이와 비슷한 생각을 이렇게 강조했다.

"나는 몇 권의 책을 썼고 지금도 책을 쓰기 위해 싸우고 있다."

하지만 이 문장은 자신이 보기에도 개인적 색채가 너무 강했기 때문에 나중에 삭제했다. 삶의 매 순간마다 앙투안 드 생텍쥐페리가 그랬듯이 내레이터도 심한 외로움을 느꼈다. 《어린 왕자》 2장에서 내레이터는 이렇게 말한다.

"이처럼 나는 외롭게 살았다. 6년 전 사하라사막에 불시착했을 때까지 내게는 진실하게 말할 수 있는 사람이 없었다."

둘의 만남이 어린 왕자에게 중요한 만큼 내레이터에게도 그렇다. 이 만남을 통해 어린 왕자처럼 내레이터도 서로에게서 친구를 발견하고 내면의 깊은 외로움을 이겨낸다. 생텍쥐페리가 오래 잊고 지냈던 그림의 기쁨을 다시 시도할 수 있었던 것은 어린 왕자 덕분이다.

조종사에게 어린 왕자는 어린이였을 때의 자신처럼 무대에 등장한다. 그것은 아주 오래전 기억에서 사라진 어린 시절의 자신이다. 어린 왕자는 그를 자신의 고유한 어린 시절로 돌려보낸, 자신의 다른 모습이다. 어린 왕자로 인해 내레이터는 집과 어린 시절의 크리스마스에 대한 기억을 다시 떠올린다.

어른들과는 달리 어린 왕자는 사물의 중심을 바라보게 하는 특별한 감수성을 지녔다. 그때 비로소 외형 뒤에 가려진 진실을 알 수 있다. 조종사가 여섯 살에 그린 '코끼리를 삼킨 보아뱀' 그림을 어린 왕자에게 보여주었다면 분명 어른들과는 다르게 그림을 이해했을 것이다.

망치를 쥔 조종사와 어린 왕자

어린 왕자

어린 왕자는 하나의 신비다. 마치 마술처럼 어린 왕자는 사막 한가운데서 갑자기 나타난다. 조종사가 말한다.

"벼락에 맞은 것처럼 깜짝 놀란 나는 그 자리에서 벌떡 일어났다. 눈을 비비고 자세히 쳐다보았다. 나를 주시하고 있는, 아주 기이한 어린아이를 보았다."

조종사는 '놀라서 휘둥그레진 눈으로' 그를 보았다. 처음에는 그가 어디서 왔는지 몰랐지만, 나중에 그가 태어난 소행성 B612의 존재를 알게 된다. 특히 그는 그리고 독자는 '작고 재

밌는 목소리로' 말하는 착한 어린아이가 어떻게 이 황량한 사막에 혼자 있는지 의아해한다.

더욱이 어린아이는 "길 잃은 것처럼 보이지도, 죽도록 피곤해 보이지도, 죽도록 배고파 보이지도, 죽도록 목말라 보이지도, 죽도록 겁이 난 것처럼 보이지도" 않았다. 반면 모험과 외로움에 익숙한 조종사는 "간신히 일주일밖에 마실 수 없는 물 때문에" 과연 살아남을 수 있을지 크게 걱정하고 있었다.

어린 왕자에게 정작 신비로운 것은

'어른들의' 이상한 세상과 그들의 삶이다. 그는 알고 싶은 게 너무 많아서 좀처럼 질문을 멈추지 않는다. 어린 왕자는 조종사의 대답을 결코 포기하지 않는다. 조종사가 그럭저럭 그려줄 때까지 어린 왕자는 다섯 번이나 반복해서 양을 그려달라고 한다.

생텍쥐페리 단편 연구서의 저자 델핀 라크루아와 비르질 타나즈에 따르면, 비록 몸은 작지만 남다른 호기심으로 마음이 큰 어린 왕자는 '특별한 감수성을 지닌 고결한 존재'다. 그는 용감하며, 믿을 만하고, 진지하며, 끈

기가 있고, 혜안이 있으며, 지적이고, 호기심이 강하며 직관력이 남다르다.

자신에 대해 그리고 진실을 위해 어린 왕자는 모든 것을 알고, 이해하고, 배우기를 원한다. 지혜와 무지가 뒤섞이고, 추론과 논증의 호기심을 맘껏 사용해 그는 순진하고 복잡한 침묵과 질문을 교차시킨다. 인생의 신비를 풀기 위해서 우연한 만남을 가볍게 생각지 않는다.

조종사의 비행기를 보고 어린 왕자가 곧바로 묻는다. "이게 뭐예요?" 허영심이 많아 주변의 찬사에 목마른 사람을 만났을 때는 "찬사가 뭐죠?"라 묻고, 가로등지기를 만난 자리에선 "명령이 뭔데요?" 하고 묻는다. 하지만 그에 대한 대답은 한결같이 어린

왕자를 만족시키지 못한다.

그가 만나는 사람들은 도무지 이해할 수 없는 생각을 부추길 뿐이다. 일몰을 보며 외로움을 느끼는 그는 우리가 종종 수수께끼 같은 의미로 어른들에게 기대하는 일반적 생각을 가르친다. 19장에서 어린 왕자는 이렇게 말하며 지구에 사는 사람들의 무지를 지적한다. "사람들은 상상력이 부족해. 그들은 우리가 하는 말을 그대로 반복할 뿐이야." 그리고 조금 더 가면 선로통제사에게 이렇게 설명한다. "아이들만이 자기가 원하는 것을 알고 있어요."

지구에 머무르는 동안 어린 왕자는 많은 것을 배우고, 이는 그의 친구 조종사와 독자도 마찬가지다.

델핀 라크루아와 비르질 타나즈는 이렇게 말한다.

"주인공은 (…) 우리에게 각 사람들은 지도, 역사, 산수, 문법 교과서에는 없지만 어린 시절의 기억에 남아 있는 진실을 찾아야 한다고 가르친다. 세상을 새로이 발견하고 잠재된 자신을 발견하는 영원히 죽지 않는 아이, 그리고 보이는 것 뒤에 가려진 눈에 보이지 않는 신호를 읽을 줄 아는 창조적 아이의 가슴에 진실이 있기 때문이다."

하지만 두 주인공과 우리 모두는 어린 왕자가 책에 처음 등장했을 때 그랬던 것보다 더 많은 진실과 배움으로 다시 출발해야 한다. 그것이 바로 본질이다. 본질은 우리 눈에 보이지 않는 것이다.

여우

"그때 여우가 나타났다." 이 간단한 문장과 함께 21장에서 우리는 생텍쥐페리의 단편에서 핵심을 이루는 등장인물을 만난다. 여기서 등장하는 여우는 중세문학, 특히 '여우 이야기'에서 흔적을 볼 수 있는 옛 여우의 상속자다. 또한 케이프 주비의 사막에서 생텍쥐페리가 만난 사막여우의 후손이다.

여우는 전혀 알지 못하는 행성에서의 고립을 중단시킨 동료 이상으로 어린 왕자 주변에서 정신적 안내자이자 지도자 역할을 맡는다. 여우는 '길들이다'와 '의식'처럼 어린 왕자를 위해 가장 중요한 밀, 우성에 전적으로 의미를 부여하는 말을 전해준다.

여우가 어린 왕자에게 설명한다. "네가 나를 길들이면 우리는 서로에게 필요한 존재가 되는 거야. 그러면 너는 내게 세상에서 유일한 존재가 되고, 나는 네게 유일한 존재가 될 수 있는 거지." 어린 왕자가 조종사에게 "미안하지만… 양 한 마리만 그려줘요" 하고 간청하는 유명한 문장처럼 여우도 어린 왕자에게 "미안하지만… 나를 길들여줘" 하고 쉴 새 없이 간청한다. 어린 왕자는 여우가 가르쳐준 교훈을 잊지 않는다. "처음에는 수많은 여우와 다를 바 없는 한 마리 여우일 뿐이었지. 하지만 나는 그 여우를 내 친구로 만들었고, 이제 그 여우는 세상에 하나밖에 없는 여우야."

여우는 어린 왕자에게 의식이 중요하다는 것도 가르쳐주었다. "그것은 어떤 하루가 다른 날과 다르고 어떤 시간이 다른 시간과 다르게 만드는 비밀이야. (…) 네가 만일 오후 네 시에 온다면 나는 세 시부터 행복하기 시작할 거야. (…) 네가 아무 때나 오면 내가 몇 시부터 준비해야 할지 알 수 없잖아. 그래서 의식이 필요한 거야."

마침내 헤어질 시간이 다가오자 여우는 어린 왕자에게 비밀을 털어놓으며 인생에서 가장 아름다운 교훈, 외관 너머를 볼 수 있는 방법을 가르쳐준다. "안녕! 비밀인데, 아주 간단한 거야. 우리는 마음으로만 제대로 볼 수 있어. 본질은 눈으로 볼 수 없는 거야."

뱀

우리는 《어린 왕자》에서 세 종류의 뱀을 만난다. 첫 번째 뱀은 《모험 이야기》라는 책에 있는, 야수를 삼킨 보아뱀이다. 어렸을 때 그 책을 읽은 《어린 왕자》의 내레이터는 그때의 기억을 살려 보아뱀을 상상한다.

두 번째 뱀은 그 책을 읽은 뒤 내레이터가 그린 보아뱀이다. 불행히도 전혀 이해하지 못하는 어른들은 그 그림을 보고 모자라고 말한다. 불쌍한 사람들! 사실 내레이터는 코끼리를 삼킨 보아뱀을 그렸던 것이다. 이를 통해 어른들은 통찰력이 없다는 것을 알게 된 그는 어른들을 설득하느라 괜한 시간 낭비를 하기보다는 차라리 조종사가 되겠다고 마음먹는다.

마지막으로, 어린 왕자가 지구에 도착했을 때 그를 만나러 오는 뱀이 있다. 내레이터는 '손가락처럼 가늘고 우스꽝스럽게 생긴 짐승'에 지나지 않는 뱀이 별것 아니고 아무 힘이 없다고 생각했다. 하지만 뱀은 어린 왕자의 발목을 휘감고 자기가 어린 왕자를 멀리, '배보다 더 멀리' 보내줄 수 있다며 말한다. "내가 만지기만 하면 나는 그 사람을 원래 있었던 땅으로 돌려보내." 다행히 어린 왕자는 운이 좋았다. 땅이 아니라 별에서 왔으니까.

모든 수수께끼를 풀 수 있으며, 자기가 살던 별을 떠나 다른 행성에 와 있는 어린 왕자의 약점을 알아챈 뱀이 말한다. "너는 나에게 동정심을 느끼게 해. 너처럼 약한 아이가 험한 지구에 있다니……." 그리고 어린 왕자 옆에서 중요한 역할을 한다. 뱀은 자기가 품고 있는 독으로 어린 왕자가 일종의 껍질에 불과한 육신의 거죽에서 벗어나 자기 행성으로 돌아가게 할 수 있다.

델핀 라크루아와 비르질 타나즈는 어린 왕자와 뱀을 이렇게 관찰했다.

"어린 왕자와 뱀은 서로 길들여질 수 있는 '친구'가 아니다. 그들은 초자연적 직관으로 서로를 알고 있었다. 그들은 서로 비밀을 공유하지 않았다. 그들이 함께 나눈 것은 삶과 죽음의 수수께끼다."

장미

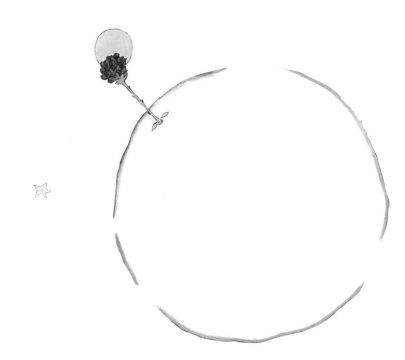

장미가 없었다면 앙투안 드 생텍쥐페리의 《어린 왕자》는 결코 존재하지 않았을 것이다. 장미가 없었다면 어린 왕자는 지구에 오지 않았고, 내레이터도 만나지 못했을 것이기 때문이다.

모든 것이 그들 사이에서, 그리고 어린 왕자가 장미를 보며 "넌 정말 예쁘구나!" 하고 외쳤던 그날 아침에서 시작됐다. 어린 왕자를 만난 장미도 감동을 느꼈다. 그런데 장미는 다정함과 조용한 부드러움을 표현할 줄 아는 한편 까다로웠다. 종종 불평을 늘어놓았고, 바람 쐬는 것을 유난히 싫어했다. 하지만 그것은 장미가 사는 행성에서는 결코 쉬운 일이 아니었다. 상냥하지만 거만하고 건방진데다 독선적인 성격의 장미는 연인관계의 어려움을 상징한다.

어느 날, 장미의 쉴 새 없는 요구와 변덕에 지치고 왠지 가책을 느끼며 고통스러워하던 어린 왕자는 행성을 떠나기로 마음먹는다. 내레이터는 "이처럼 어린 왕자는 사랑의 의지에도 불구하고 어느새 그녀를 의심하게 되었다"고 서술한다. 대수롭지 않은 말까지 지나치리만큼 진지하게 받아들이면서 어린 왕자는 점점 불행해진다.

도제수업처럼 진행되는 지구 여행은 장미를 향한 어린 왕자의 사랑을 재화인시킨다. 어린 왕자는 장미가 세상에 유일하며, 다른 무엇과도 바꿀 수 없는 것임을 알게 된다. 어리고 경험이 없었던 자신의 잘못을 깨닫고 그때를 그리워하며 어린 왕자가 조종사에게 울먹이는 목소리로 고백한다.

"그때 나는 아무것도 이해하지 못했어요. 말이 아니라 행동을 보고 장미를 판단해야 했는데……. 장미는 나를 향기롭고 빛나게 했어요. 절대로 장미에게서 도망치지 않았어야 해요! 대수롭지 않은 거짓말에 당황하지 말고 오히려 부드럽게 감싸줘야 했는데……. 하지만 장미를 사랑하기에는 제가 너무 어렸던 것 같아요."

여우와의 대화에서 어린 왕자는 자신에게 장미가 얼마나 소중한 존재인지를 분명히 알았다. 여우가 어린 왕자에게 "네가 길들인 것에 넌 영원히 책임을 져야 해. 넌 장미에게 책임이 있어" 하고 가르쳐주었기 때문이다. 마침내 어린 왕자는 장미를 다시 만나기 위해 지구를 떠난다.

양

"미안하지만… 나에게 양 한 마리만 그려주세요!" 이것은 《어린 왕자》를 한 번도 읽지 않은 사람들까지도 잘 아는 상징적 문장이다.

생텍쥐페리가 그랬듯이 원하는 그림을 그릴 수 없었던 조종사는 새 친구의 기대에 미치지 못한다. 그가 그린 양은 때로 너무 늙었고, 병이 들었거나, 양이 아니라 염소와 더 닮았다.

마지막으로 조종사는 양이 들어 있는 상자를 그려주고 위기에서 벗어난다. 외관을 넘어 사실을 볼 수 있는 독자는 눈으로는 양을 볼 수 없어도 어린 왕자처럼 그 안의 양을 상상할 수 있다.

하지만 양은 언제든 장미를 먹어버릴 수 있어 위험하기 때문에 가까이에서 감시해야 한다. 어린 왕자의 말을 듣고 조종사가 가죽끈으로 양을 묶어두려 하지만, 어린 왕자는 양의 속박을 전혀 이해하지 못한다.

이렇게 생텍쥐페리는 서서히 자유라는 주제에 다가서며, 비록 이런 자유를 억누를망정 사랑하는 사람을 보호해야 하는 의무를 암시한다.

터키 천문학자

터키 천문학자는 다른 천문학자들처럼 매우 신중한 사람이다. 그런데 국제학술회의에서 자신이 발견한 B612 소행성을 발표할 때 그가 입고 있던 터키 전통의상 때문에 누구도 그의 말을 진지하게 받아들이지 않는다.

다행히 터키 독재자가 불복종하는 사람은 모두 사형에 처하겠다며 터키 국민에게 유럽식으로 옷을 입으라고 명령하는 날 모든 상황이 달라진다. 1920년에 이루어진 새로운 발표에서는 전과 같은 내용인데도 모든 사람이 그의 의견을 지지한다.

터키 천문학자는 《어린 왕자》에서 유일하게 역사적 인물을 참고로 한 등장인물이다. 터키공화국을 세우기 3년 전인 1920년 터키 국회의장으로 선출된 무스타파 케말 아타튀르크는 의장 자격으로 터키인들에게 터키모자인 페즈의 착용을 전면 금지시키면서 유럽식으로 옷을 입어야 한다고 선동한다. 의상이 변한 그때부터 상황도 달라진다.

터키 천문학자는 다른 나라에서 온 총회 참석자들의 잘못된 선입견의 희생양이다. 대부분 서양인으로 이루어진 그들은 터키 천문학자의 능력을 보고 평가한 것이 아니라 자신들과 다른 외모를 보고 지레 판단한다. 그런데 터키 천문학자가 전통의상이 아니라 자신들과 같은 옷을 입고 회의에 참석하는 순간, 서방 천문학자들의 눈빛이 달라진다.

터키 천문학자라는 역사적 등장인물은 터키에서 이루어진 《어린 왕자》의 대대적 인기를 반영한다. 동시에 우리는 그에게서 국적이 지니는 상징성을 보게 된다.

왕

이 왕은 우스꽝스럽다. 세상의 모든 군주와 마찬가지로 그는 신하들이 자신에게 복종하기를 원한다. 하지만 왕은 소행성 B325에 혼자 살고 있다. 예외적으로 밤마다 왕의 잠을 깨우는 쥐 한 마리가 있을 뿐이다. 그래서 그는 하늘을 바라보며 해와 별에게 헛된 명령을 내릴 수밖에 없다.

그에게는 어린 왕자의 방문이 해와 별이 보낸 천사와도 같았다. 마침내 명령을 내릴 수 있는 누군가가 왕 앞에 홀연히 나타나지 않았는가!

그는 꾀가 많은 왕이었다. 상대를 복종시키기 위해서 신하가 구체적으로 실행할 수 있는 '합리적인' 명령만 내린다. 또한 왕은 나름대로 지혜가 있는 철학자다. 왕은 다른 사람을 판단하는 것보다 자기 자신을 판단하는

것이 어렵다고 어린 왕자에게 말한다.

그러나 왕의 행동은 전혀 이치에 맞지 않는다. 어린 왕자에게 법무장관이 되라고 제안하는데, 그 나라에는 쥐 한 마리 외에는 재판할 대상이 없기 때문이다. 다시 길을 떠나면서 어린 왕자가 중얼거린다.

"어른들은 정말 이상해."

허영쟁이

소행성 B326에는 이상한 등장인물이 살고 있다. 그는 자신을 일컬어 "세상에서 가장 멋지고, 가장 옷을 잘 입으며, 가장 부유하고, 가장 지적인 사람"이라고 정의한다.

자신을 찬양하는 사람들이 갈채를 보내려고 찾아올 때를 대비해 즉각 모자를 벗을 준비를 갖추고 있다. 하지만 그는 행성에 혼자 살기 때문에 아무도 그에게 갈채를 보내지도 찬양하지도 않는다. 그만큼 슬픈 인생이 또 있을까!

비록 찬양이라는 말의 의미는 잘 모르지만 어쨌든 재미있다고 생각한 어린 왕자는 허영쟁이를 기쁘게 하려고 찬양해주기로 마음먹는다. 하지만 어린 왕자가 허영쟁이에게 배운 교훈은 이것 하나다.

"어른들은 정말 이상해."

여기서 독자는 정도의 차이가 있을망정 사실 세상의 모든 개인에게는 공통점이 있다는 것을 깨닫는다. 허영이라고 일컫는 이상한 병에 걸릴 수 있는 것은 허영쟁이만이 아니다.

술꾼

소행성 B327에 한 남자가 앉아 있다. 사실 그는 혼자가 아니다. 그의 주변에는 병들이 많기 때문이다. 빈 술병들과 가득 찼지만 곧 비워질 술병들이다. 벌건 코에 모자를 비스듬히 쓴 술꾼은 지금 무엇을 하고 있는가?

물론 술을 마시고 있다. 그는 술을 마신다는 부끄러움을 잊기 위해 술을 마신다고 한다. 이런 고독은 어디에서 비롯되는가.

술꾼과의 만남은 어린 왕자를 몹시 우울하고 난처하게 만들었다. 술꾼을

돕고 싶었지만 도무지 방법을 알 수 없었다. 어린 왕자를 위로할 수 있는 것은 이 이상한 술꾼이 아니다.

다른 행성으로 떠나며 어린 왕자가 말한다.

"어른들은 정말, 정말 이상해."

사업가

천문학자와 마찬가지로 B328 소행성의 사업가도 신중한 사람이다. 그는 어린 왕자가 B328 소행성에 발을 내디디는 순간부터 계속 똑같은 일을 반복하고 있다.

"나는 아주 진지한 사람이야. 절대로 허튼소리나 지껄이며 하루를 대충 보내지 않지!"

그는 하늘에 있는 별을 세고 또 센다. 그에게 별은 "게으름뱅이들을 공상에 잠기게 하는 금빛 찬란한 것들"이다. 이어서 그는 자기가 소유한 별을 장부에 적고 이내 은행에 맡긴다.

어린 왕자는 그의 행동이 진지하다고 생각지 않는다. 어린 왕자가 보기에 별은 사업가에게 아무 쓸모가 없다. 사업가는 별의 숫자만 셀 뿐 어느 별도 자기 손으로 붙잡을 수 없기 때문이다. 그리고 별은 사업가를 필요로 하지 않는다.

반면 어린 왕자는 꽃 한 송이를 손에 들고, 멋진 머플러를 목에 두르고 즐겁게 산책할 수 있다. 어린 왕자는 매일 물을 주며 꽃을 가꿀 수 있고, 매주 청소를 하며 세 개의 화산을 돌볼 수 있다. 어린 왕자는 사업가에게 말한다.

"그건 화산들을 위해, 그리고 꽃을 위해 아주 유익한 일이에요. 내가 그것들을 소유하기 때문에 가능한 일이죠. 하지만 아저씨는 별에게 아무런 도움이 되지 않아요."

《어린 왕자》의 초고에서 '소유자'로 불렸던 이 사업가는 상업, 돈, 사업에 맞서는 생텍쥐페리의 본능적 도전을 상징한다.

가로등지기

가로등지기는 어린 왕자가 그전까지 만난 등장인물들과 다르다. 그는 B329 소행성의 유일한 가로등을 명령에 따라 켜고 끈다.

언뜻 생각하기에는 아주 쉬운 일처럼 보이지만 사실 매우 성가신 일이다. 소행성이 점점 빨리 회전함에 따라 지금은 30초마다 한 번씩 돌아서 숨을 쉴 시간조차 없기 때문이다. 그

는 불쌍한 가로등지기다. 그토록 잠을 자고 싶어도 도통 잠을 잘 수 없어 신경이 바짝 곤두서 있다.

어떤 사람들은 그의 생활을 이해하지 못할 수 있다. 특히 왕, 허영쟁이, 술꾼, 사업가라면 분명히 그를 조롱할 것이다. 하지만 어린 왕자는 그를 이해한다. "자기가 아니라 다른 것들에 몰두하기 때문이야."

그리고 이렇게 말한다.

"가로등의 불을 켜는 것은 별 하나를 더 만들고 꽃 한 송이를 더 탄생시키는 것과 같아."

만약 행성이 조금만 더 컸다면 어린 왕자는 기꺼이 가로등지기의 친구가 돼주고 싶었다. 그러면 24시간 동안 1,440번의 일몰을 구경할 수 있었을 텐데……

지리학자

지리학자는 생텍쥐페리처럼 책을 쓰고 있다. 그는 아주 많은 내용을 담은 지리서 안에 바다, 하천, 도시, 산과 사막을 표시한다.

하지만 그는 정작 자신이 말하고 쓰는 것을 제대로 알지 못한다. 세계를 두루 다니며 일생을 보낸 생텍쥐페리와는 달리 그는 결코 책상을 벗어나지 않는다. 지리학자는 탐험가들의 관찰과 기억을 정리, 편집할 뿐이다.

방에 갇혀 있는 그는 자신이 살고 있는 B330 소행성에 대해서조차 알지 못하고 삶에 대해서도 이론적 관점만 지닐 뿐이지만, 사업가처럼 자신이 매우 진지하다고 생각한다. 그러면서도 자신 있게 이렇게 말한다.

"지리학자는 산책이나 하고 다니기에는 너무 중요한 사람이야."

그런 일은 탐험가들의 몫이라고 생각하지만, 사실 그들이 없으면 지리학자는 아무것도 아닐 수 있다.

이 등장인물은 어린 왕자의 삶에서 매우 중요한 역할을 한다. 꽃은 순간적이라는 것을 알려주었고, 어린 왕자가 '대단한 별' 지구를 방문하게 만들었기 때문이다.

사막의 꽃

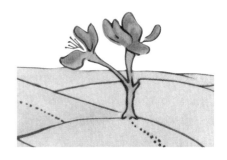

지구에 도착해 뱀과 짧은 대화를 나눈 뒤 어린 왕자는 사막횡단에 나선다. 거기서 '꽃잎이 세 개인, 대수롭지 않은 꽃'을 만난다. 어린 왕자는 꽃에게 다가가 사람들이 어디에 있는지 묻지만, 꽃도 별로 아는 게 없다. 꽃은 예전에 예닐곱 명을 보았던 것 같다고 말한다. 언젠가, 몇 년 전 그 사람들을 언뜻 보았다는 것이다.

"지금은 그들이 어디에 있는지 전혀 몰라. 아마 바람결에 쓸려 갔을 거야. 그 사람들은 뿌리가 없어서 한곳에 진득이 있지 못해. 뿌리가 없다는 게 그들을 힘들게 하지."

꽃과의 대화는 거기서 끝났다. 생텍쥐페리는 뿌리가 없지 않았다. 하지만 사막의 꽃이 말한 사람들처럼 그것이 작가가 사막을 찾고 지구라는

행성을 두루 돌아다니는 것을 전혀 가로막지 않았다. 어린 왕자는 자신의 뿌리를 부인하지 않았다. 행성을 두루 여행하는 동안 향수에 젖은 기억이 어린 왕자와 동행한다.

선로통제사

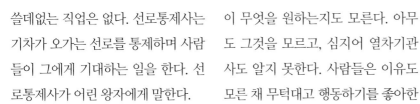

쓸데없는 직업은 없다. 선로통제사는 기차가 오가는 선로를 통제하며 사람들이 그에게 기대하는 일을 한다. 선로통제사가 어린 왕자에게 말한다.

"나는 천 명씩 무더기로 여행객을 분류해. 승객을 잔뜩 태운 기차를 어떤 때는 왼쪽으로, 어떤 때는 오른쪽으로 보내지."

우리는 어린 왕자가 언제, 어떻게 선로통제사를 만났는지 모른다. 또한 그가 몹시 바쁘다고 생각했던 승객들

이 무엇을 원하는지도 모른다. 아무도 그것을 모르고, 심지어 열차기관사도 알지 못한다. 사람들은 이유도 모른 채 무턱대고 행동하기를 좋아한다. 단지 자신이 존재한다는 인상을 주기 위해, 어떤 목적을 얻기 위해, 관례를 깨뜨리고 권태에서 벗어나기 위해 일할 뿐이다.

선로통제사는 선로를 변경하지만 그도 다른 사람들처럼 사유한다. 선로통제사는 어린 왕자에게 "사람들은

자신들이 있는 곳에서 절대로 만족하지 않는다"고 가르친다.

어린 왕자가 우리에게 말하는 것처럼 세상에서 유일하게 확실한 것은 아이들에 관한 것이다. 그들은 보잘것없는 인형 때문에 많은 시간을 쓰지만, 인형은 그 길들인 시간 때문에 아이들에게 매우 중요한 존재가 된다. 아이들에게서 그것을 빼앗으면 아이들은 이내 울음을 터뜨린다.

메아리

지구 주민들은 어린 왕자의 우스꽝스러운 왕, 허영쟁이, 술꾼, 사업가가 전혀 부럽지 않지만, 정말이지 그들도 매우 끔찍하다. 가까이 가서 말을 걸면 그들은 사람들이 그들에게 했던 말을 반복하는 데 만족한다. 이런 상태에서 어떻게 진정한 대화가 이루어지겠는가. 이런 사람들은 상상력이 너무 부족하다.

사실 어린 왕자의 오해였다. 어린 왕자는 사람들을 만났다고 생각했지만, 그들과의 대화는 늘 한결같았다. 어린 왕자가 높은 산에 올라가 "친구가 돼주세요. 저는 너무 외로워요" 하고 힘껏 외쳤지만 그에게 되돌아온 것은 의미 없는 메아리였다.

이처럼 어린 왕자는 사람들을 만났어도 원하는 것을 얻을 수 없었다. 가까스로 무릎에 닿는 작은 화산에 익숙한 어린 왕자는 지구의 높은 산에 올라가면 한눈에 모든 사람과 행성을 볼 수 있으리라 믿었다.

아마도 앙투안 드 생텍쥐페리는 이 장면을 쓰면서 불시착한 비행기 안에서 자신과 홀로 대화할 수밖에 없었던 외로운 순간을 떠올렸던 것 같다. 마치 메아리처럼 되돌아오는 자기 목소리를 들을 수밖에 없었던 외로운 순간을 말이다. 산의 정상에 오른 어린 왕자처럼.

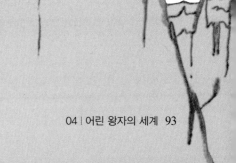

장미들

지구에 온 어린 왕자에게는 놀라운 일이 끊이지 않는다. 장미는 세상에 하나밖에 없다고 믿었는데, 최소한 겉보기에는 장미와 비슷한 수천 송이의 꽃들이 가득한 정원을 발견한다.

꽃들은 어린 왕자를 환영하며 "우리는 장미야"라고 소개한다. "아!" 어린 왕자의 입에서 탄식이 흘러나왔다. 마치 날카로운 무엇이 가슴을 찌른 것처럼 무척 아팠다. 자신의 행성에 있을 때 장미는 어린 왕자에게 자기가 세상에서 유일하다고 말했다.

'아주 평범한 꽃을 가지고 있었던 나는 그 한 송이의 꽃으로도 부자라고 생각했는데……. 그 꽃과 기껏해야 무릎까지 오는 세 개의 작은 화산, 더욱이 그 가운데 하나는 아마 영원히 살아나지 못할 사화산인데, 그것들은 나를 절대 위대한 왕자로 만들 수 없어.'

이런 생각을 하며 어린 왕자는 울기 시작했다.

다행히 얼마 지나지 않아 여우는 그 장미가 정말 세상에서 유일하다는 것을 가르쳐준다. 어린 왕자는 정원에 있는 수천 송이의 장미꽃을 다시 찾아가 여우가 한 말을 들려준다.

"너희는 절대 나의 장미와 같지 않아. 아직은 나에게 아무것도 아니니까. (…) 물론 너희는 아름다워. 하지만 너희는 나에게 의미가 없어."

어린 왕자는 한때나마 정원의 장미가 자신의 장미처럼 중요하다고 생각했던 것을 몹시 후회했다. 여우는 어린 왕자에게 설명해주었다.

"네 장미를 이처럼 아름답게 만든 것은 장미를 위해서 네가 길들인 시간 때문이야. 네가 길들였던 것에 너는 영원히 책임이 있단다."

알약장수

어느 날 어린 왕자는 길을 걷다 알약장수와 마주친다. 그는 갈증을 덜어 주는 약을 파는 사람이다. 일주일에 한 알만 먹으면 갈증 때문에 물을 마실 필요가 없다니, 분명 그것은 어린 왕자의 호기심을 불러일으킬 만한 발명품이다. 어린 왕자는 그런 것이 도대체 무슨 소용인지 궁금했다.

자기 나름대로는 사업가겠지만, 알약장수는 그 약을 먹으면 일주일에 53분을 절약할 수 있다고 대답한다. 전문가들이 그렇게 말했다는 것이다. 언제나 전문가들의 말을 경청해야 한다는 것은 잘 알려진 일이 아닌가.

그렇다면 알약을 먹고 벌어들인 53분으로 도대체 무엇을 할 것인가? 알약장수는 "우리가 원하는 것"이라고 대답한다. 어린 왕자가 혼자 중얼거린다. "마음대로 사용할 수 있는 53분이 있다면 나는 샘을 향해 천천히 걸어갈 거야."

알약장수의 관점으로 보면 어린 왕자는 생텍쥐페리처럼 거북한 데다 비이성적이며, 비생산적이다.

별

《어린 왕자》의 페이지를 따라가는 동안 우리는 계속 별을 발견한다. 왕의 화려한 의상을 장식하는 별이 있으며, 사업가가 끝없이 세는 별이 있고, 우주에서 산책하는 별과 B612 소행성 위에서 바라보는 별이 있다.

어린 왕자가 친구 조종사에게 설명하는 것처럼 별의 존재 이유는 제각기 다르다. 어떤 별은 여행객들을 안내하는 데 사용되고, 어떤 별은 학자의 관심을 끌기 위해 필요하다. 그리고 밤하늘을 찬란한 빛으로 수놓은 어떤 별은 시인들에게 영감을 주기 위해 필요하다.

그런데 특히 중요한 별이 하나 있다. 생텍쥐페리의 주인공 어린 왕자가 조종사에게 주의 깊게 바라보라고 말한, 다른 별들과 분명 다른 별이다. 그것은 지구를 떠나는 어린 왕자가 살게 되고 그들 사이의 우정을 오랫동안 이어줄, 그들 사이에 존재하는 별이다. 어린 왕자가 알려준다.

"그 별은 내가 작년에 왔던 곳 바로 위에 있어."

저런! 그 별은 지구에서 그에게 보여주기엔 너무 작고 너무 멀다. 이별을 슬퍼하는 조종사를 위로하기 위해 어린 왕자가 나지막이 말한다.

"내 별은 아저씨에게는 여러 별 가운데 하나가 될 거야. 그럼 아저씨는 내 별을 찾기 위해 모든 별을 바라보고 싶어지겠지…… . 별들이 모두 아저씨의 친구가 되는 거야."

사냥꾼

수염을 기른 데다 어깨에 비스듬히 소총을 멨으며, 붉은 코에 모자를 쓴 모습을 보며 우리는 그가 사냥꾼이라는 것을 쉽게 알 수 있다. 생텍쥐페리가 그림으로 사냥꾼을 그렸지만, 어린 왕자는 다른 등장인물들과 달리 그를 길에서 직접 만나지는 않는다.

어린 왕자는 여우와 대화하면서 사냥꾼의 존재를 알게 된다. 여우는 사냥꾼이 목요일마다 숲에 나타나지 않는 이유를 말해준다. 목요일은 사냥꾼이 마을 처녀들과 춤추며 즐기는 '멋진 날'이기 때문이다.

그것을 알고 있다는 것은 여우에게 아주 유익한 일이다. 그날은 아무 걱정 없이 포도밭에서 산책을 즐길 수 있기 때문이다.

"만약 사냥꾼이 아무 때나 춤을 추면 나는 잠시도 쉬지 못해."

여우가 어린 왕자에게 설명을 해주었다.

어린 왕자의 환경 : 지구

여섯 개의 소행성을 방문한 뒤, 어린 왕자는 마지막으로 지구를 방문한다. '지구는 유명한 행성'이라는 지리학자의 충고를 듣고 지구로 간 어린 왕자는 도착하자마자 조금 실망했다.

"이거야? 이게 지구야?"

사람들을 만나고 싶었는데 거기에서 아무도 볼 수 없다는 것에 놀라며 어린 왕자는 혹시 자신이 행성을 착각하지 않았는지 의아해한다.

그런데 내레이터에 따르면 지구는 그저 그런 행성이 아니다. 거기에는 111명의 왕, 7천 명의 지리학자, 90만 명의 사업가, 750만 명의 술꾼이 살고 있다. 또한 수많은 등대지기도 빼놓을 수 없다.

전체적으로 지구에 있는 어른들의 숫자는 20억에 달하지만, 그들은 공간을 별로 차지하지 못한다. 어린 왕자의 내레이터는 분명히 말한다.

"우리는 지구의 온 인류를 태평양의 아주 작은 섬에 모두 집어넣을 수 있다."

쉿! 그런 말은 어른들에게 절대 하면 안 된다. 그들은 자신들이 많은 자리를 차지하고 있으며, 소행성의 바오밥나무처럼 자신들이 매우 중요하다고 생각하고 있기 때문이다.

사막

사막은 조종사와 어린 왕자가 만나는 장소다. 사하라사막 한가운데 불시착했던 조종사 생텍쥐페리의 기억이 간직된 곳이며, 어린 왕자가 뱀을 만난 곳이기도 하다. 무엇보다 그곳은 외로운 땅이다.

내레이터는 "사막에서 우리는 외롭다"고 말한다. 하지만 24장에서 어린 왕자가 "사막은 아름다워" 하고 고백하듯이 삭막한 사막에도 꽃이 피기 때문에 아름다움은 있다. 그 곁에서 깊은 침묵에 매혹된 내레이터도 "사막에서 뭔가 반짝이고 있다"고 말한다.

가식에 가려진 사물의 진실을 보는 데 익숙한 어린 왕자는 겉보기에는 황량한 지구에 보석이 숨겨져 있다는 것을 곧 깨닫는다.

"사막을 아름답게 만드는 것은 어딘가에 우물이 있기 때문이야."

어린 왕자가 조종사에게 말한다. 조종사도 잘 알고 있다.

"집이든 별이든 사막이든 그것들을 아름답게 하는 것은 우리 눈에 보이지 않아."

그런데 어린 왕자가 곁에 없었다면, 어린 왕자의 환한 웃음과 놀란 눈 그리고 쉴 새 없이 던지는 질문이 없었다면 조종사에게 사막은 결코 지금과 같지 않았을 것이다. 어린 왕자가 있었기 때문에 사막은 세상에서 가장 아름답고, 가장 슬픈 풍경으로 조종사에게 영원히 남을 것이다.

소행성 B612

하늘 지도에서 어린 왕자가 살았던 소행성을 찾아서는 안 된다. 그 별은 너무 작아서 당신의 눈으로 볼 수 없기 때문이다. 우리는 그 별을 생텍쥐페리의 책 속에서 만날 수 있다. 4장에서 조종사는 우리에게 "그가 태어난 별은 겨우 집 한 채만 하다"고 별에 대한 정보를 알려준다.

그에 따르면, 소행성 'B612'로 명명된 그 별은 지금까지 터키 천문학자가 천체망원경으로 단 한 번 관측했을 뿐이다. 이처럼 작은 별에서 우리는 도대체 무엇을 볼 수 있는가?

그 행성에는 세 개의 화산이 있는데, 그나마 그중 하나는 사화산이다. 그것이 전부다. 어린 왕자는 자기가 먹을 음식을 만들기 위해 두 화산 가운데 하나의 활화산 위에 삼발이를 올려놓았다. 그리고 다른 화산에는 거기서 흘러나오는 연기로부터 자신을 보호하기 위해 깔때기를 덮었다.

소행성 B612에는 어린 왕자가 즐길 만한 오락이 거의 없었다. 어린 왕자는 별을 돌보는 일을 하지 않을 땐 일몰을 감상했다. 앉아 있는 의자를 조금만 움직이면 어린 왕자는 하루에도 몇 번씩 일몰을 구경할 수 있었다. 심지어 어떤 날은 하루에 44번이나 일몰을 보았다.

소행성에서 어린 왕자는 무척 외롭게 살았다. 어린 왕자가 살았던 소행성의 모습을 알게 되면 우리는 그가 자기 행성을 떠나 다른 행성을 보고 싶어 했던 이유를 좀 더 잘 이해할 수 있을 것이다.

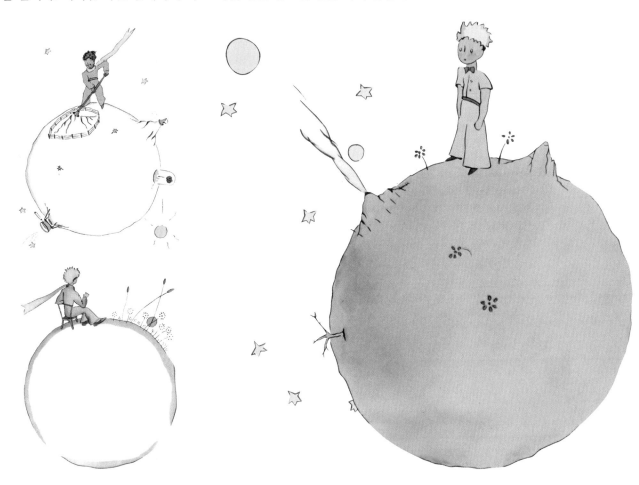

바오밥나무(바오바브나무)

바오밥나무를 조심해야 한다. 성당만큼 크고, 둥글게 부푼 풍선이 연상될 만큼 줄기가 굵은 이 나무는 소행성 B612를 위협하는 존재다. 성질이 원래 고약해서 그런 것은 전혀 아니다. 다만 경계를 소홀히 하거나 바오밥나무의 씨를 서둘러 제거하지 않으면 어린 왕자가 태어난 소행성을 통째로 뒤덮고, 끝내 붕괴시킬 수도 있기 때문이다. 어린 왕자는 조종사에게 이렇게 설명한다.

"이건 규범의 문제예요. 매일 자기 얼굴을 깨끗이 씻듯 행성도 정성스럽게 돌봐야 해요. 바오밥나무가 어릴 때는 장미나무와 비슷해서 쉽게 구별이 안 되지만, 조금 자라서 구별이 되면 바오밥나무를 얼른 제거해야 해요. 이것을 규칙적으로 해주지 않아 바오밥나무가 크게 자라면 도저히 손볼 수가 없으니까요. 조금 귀찮기는 해도 아주 쉬운 일이에요."

어떤 비평가들은 바오밥나무를 통해 작가가 비유적으로 나치즘의 위험을 암시하며 세계를 위협하는 독일군국주의에 저항해야 하는 이유를 제시했다고 주장한다. 제2차 세계대전에 자진해 참전했던 생텍쥐페리를 생각하면 분명 수긍이 가는 주장이다. 뿐만 아니라 우리는 어린 왕자가 제시하는 경고를 통해 작가가 어린 독자들에게 주는 일상적 교훈을 들어야 한다. 이를테면 "오늘 해야 하는 일을 내일로 미루지 말라"는 가르침과 아울러 "우리가 살고 있는 지구를 보호하라"는 생텍쥐페리의 힘찬 음성을 들을 수 있어야 한다.

여기서 우리는 내레이터의 경고에 귀를 기울인다.

"얘들아, 바오밥나무를 조심해야 한다!"

어린 왕자에 등장하는 소품들

여행 기구

어린 왕자가 장소를 이동할 때는 하늘을 나는 철새에 매달리면 된다. 줄을 이용해 철새들과 연결하면 자신이 원하는 장소로 이동할 수 있다.

어린 왕자의 복장 (2장)

조종사가 데생한 모습, 즉 칼을 찬 어린 왕자의 모습에서는 당당한 위엄이 엿보인다. 하지만 조종사는 사실 이런 복장을 한 어린 왕자를 본 적이 없다. 다만 뒷날 이 그림을 그린 뒤 그는 "이것은 내가 성공한, 가장 멋진 초상화다" 하고 말한다. 생텍쥐페리처럼 그림에는 항상 자신이 없었던 조종사의 멋진 작품이다.

양이 들어 있는 상자 (2장)

조종사가 그린 이 상자 안에는 양이 한 마리 들어 있다. 하지만 어린 왕자만이 그 안에 있는 양을 볼 수 있다. 그는 어른들과 달리 외형 뒤에 가려진 사실을 보는 데 익숙하기 때문이다.

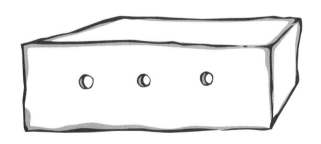

터키 천문학자의 망원경 (4장)

터키 전통의상을 입은 천문학자는 천체망원경을 통해 B612 소행성을 딱 한 번 관측했다. 망원경의 엄청난 크기는 행성 위치가 지구에서 아주 멀리 있다는 것을 시사한다.

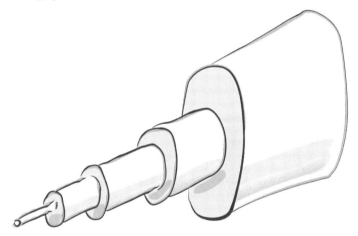

어린 왕자의 의자 (6장)

어린 왕자는 의자에 앉아서 일몰 바라보는 것을 좋아한다. 소행성 B612에 살 때 일몰은 어린 왕자의 유일한 즐거움이었다.

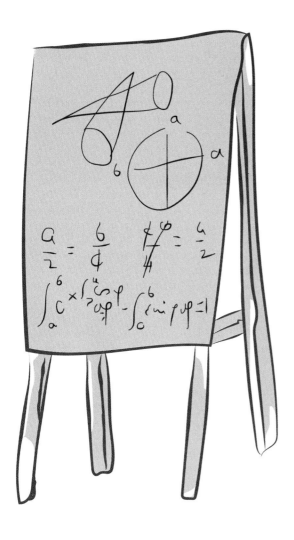

"인간은 사물을 바라보는 관점에 따라
자기 자신을 새롭게 발견한다."

모피로 만든 왕의 망토와 왕관 (10장)
신하가 없는 왕이란 사실 아무 소용이 없지만, 그래도
왕에게는 여전히 자존심이 남아 있다! 스스로 높아지기
를 원하는 모든 왕은 의상이나 왕홀 같은 권력의 상징을
이용해 권위를 유지한다.

허풍쟁이의 모자 (11장)
"아저씨는 이상한 모자를 쓰고 있네요." 어린 왕자가 허
풍쟁이에게 말한다. 노란색 벙거지는 허풍쟁이가 자신
을 돋보이게 하고, 자신을 칭찬하는 사람들에게 답례하
는 데 사용된다. 저런! 하지만 허풍쟁이가 사는 행성에
는 그를 칭찬하는 사람이 살지 않는다.

천문학자의 작업대 (4장)
작업대에 방정식이 적힌 종이가 있다. 터키 천문학자는
이 작업대에서 B612 소행성의 존재를 입증하기 위한 방
정식을 푼다.

물뿌리개, 바람막이, 둥근 유리 용기 (8장)
어린 왕자가 '그의 장미'를 돌보고 콧대가 센 장미가 원
하는 사랑을 표현하기 위해서는 세 가지 도구가 모두 필
요하다.

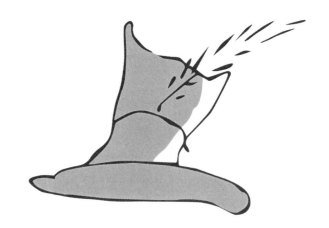

술꾼의 술병들 (12장)

테이블 위에는 술병이 세 개 놓여 있고, 술꾼의 발 옆 상자 안에는 빈 술병이 여섯 개 들어 있다. 술꾼은 자기가 술을 마시는 게 부끄러워서 이를 잊기 위해 술을 마신다고 말한다. 하지만 건강을 지키려면 술 마시는 것 자체를 잊는 것이 좋다.

사업가의 담배 (13장)

사업가는 별을 세는 데 몰두한다. 담뱃불이 꺼진 줄도 모르고 그는 담배를 입에 문 채 별을 세고 있다. 자신이 세는 별은 자기 소유라고 생각하며……

가로등 (14장)

가로등지기가 자기 일을 하려면 가로등이 필요하다. 그런데 그가 하는 일은 어린 왕자가 행성을 두루 다니며 본 일들과는 분명 다르다. 가로등의 불을 켜는 것은 마치 별 하나를 더 만들고 꽃 한 송이를 더 탄생시키는 것과 같기 때문이다.

지리학자의 두꺼운 책과 돋보기 (15장)

그는 신중한 사람이 틀림없다. 진지한 태도로 두꺼운 책의 책장을 차례차례 넘기고 있다. 지리학자는 탐험가들이 발견한 산과 하천, 꽃, 다양한 도시들을 그 책 안에 일일이 표시한다.

샘 (23장)

사실 《어린 왕자》에 샘이 구체적으로 존재하는 것은 아니다. 단지 갈증을 해소하는 알약을 파는 사람과 대화할 때 어린 왕자가 상상한 샘이 있을 뿐이다.

우물(25장)

"사막이 아름다운 것은 어딘가에 우물을 숨기고 있기 때문이야." 어린 왕자가 혼자 중얼거린다. 그가 작품 안에서 발견하는 우물은 사실 사하라사막에 있는 우물과는 전혀 관계가 없다. 사하라사막의 우물은 모래밭에 깊은 구멍을 뚫어 물을 공급받는 간이시설이기 때문이다.

반면 《어린 왕자》에 나오는 우물은 프랑스 남부에서 흔히 볼 수 있는 우물과 비슷하다. 어린 왕자는 이 우물에서 일상적인 물과는 다른 물을 긷는다. 마치 특별한 선물처럼 마음을 촉촉이 적셔주는, 좋은 물이다.

우물가의 옛 벽(26장)

폐허가 된 사막의 돌벽도 우물과 마찬가지로 전혀 예상치 않은 소품이다. 어린 왕자는 지구를 떠날 때 이 우물가에 서 있고, 뱀이 어린 왕자의 발밑에서 머리를 곧추세우고 바라보고 있다.

《어린 왕자》 속의 기억에 남는 말들

조종사 / 내레이터

세상의 모든 어른들이 처음에는 어린이였다. 하지만 그들 가운데 아주 소수만이 그것을 기억하고 있다. (레옹 베르트에게 바친 헌정사에서)

나는 어른들의 집에서 오래 살았고 가까이에서 그들을 지켜보았다. 하지만 그것은 내 생각에 거의 도움을 주지 못했다. (1장)

신비가 너무 인상적일 때 우리는 감히 그것에 맞서지 못한다. (2장)

나는 사람들이 내 책을 가벼이 읽는 것을 바라지 않는다. (4장)

눈물의 나라, 그것은 정말 신비한 것이다. (7장)

사람들은 지구에 살면서 별로 공간을 차지하지 않는다. (…) 우리는 태평양의 지극히 작은 섬에 온 인류를 불러들일 수 있을 것이다. 물론 어른들은 당신의 말을 믿지 않는다. 그들은 자신들이 많은 자리를 차지하고 있다고 생각하며, 자신들이 바오밥나무처럼 큰 존재라고 믿고 있기 때문이다. (17장)

나는 달빛에 비치는 그의 창백한 얼굴, 꼭 감은 눈, 바람에 흔들리는 머릿결을 바라보며 가만히 생각하고 있었다. 내가 거기서 본 것은 껍질에 지나지 않는다. 가장 중요한 본질은 눈에 보이지 않는다. (24장)

나무가 무너지듯 어린 왕자가 서서히 쓰러졌다. 하지만 모래 때문에 아무 소리도 들리지 않았다. (26장)

그것은 위대한 신비다. 우리가 모르는 어떤 양이 장미를 먹었느냐 먹지 않았느냐에 따라서 나에게, 그리고 나처럼 어린 왕자를 사랑하는 당신에게 세상의 어떤 것도 절대로 같을 수 없다. (27장)

하늘을 바라보라. 그리고 가만히 생각해보라. "양이 그 꽃을 먹었을까, 먹지 않았을까?" 당신은 그 결과에 따라 모든 것이 달라지는 것을 알게 된다. (27장)

만약 당신이 사막을 지나가는 일이 있다면 제발 발걸음을 서두르지 말고 별을 바라보며 가만히 기다려보기를 바란다. 그때 한 아이가 혹시 당신에게 다가와 웃으면, 그리고 그 아이가 금발머리라면, 묻는 말에 좀처럼 대답하지 않는다면 그 아이가 누군지 당신은 곧 알아챌 수 있을 것이다. 그러면 나에게 친절을 베풀어주기를 바란다. 나를 이렇게 슬프게 지내도록 내버려두지 말고, 그 아이가 돌아왔다고 서둘러 편지를 보내주길 바란다. (27장)

어린 왕자

"미안하지만… 양 한 마리만 그려주세요!"(2장)

"곧장 앞으로는 절대로 멀리 갈 수 없어요."(3장)

"아침에 세수를 하고 나면 별도 정성스럽게 돌봐줘야 해요."(5장)

"있잖아요… 아주 슬플 때는 일몰을 사랑하게 돼요."(6장)

"참 우스운 별이야! (…) 여기 사는 사람들은 상상력이 없어. 이 사람들은 남들이 하는 말만 반복해서 말할 뿐이야."(19장)

"친구가 돼주세요. 외로워요."(19장)

"보잘것없는 꽃 하나를 가지고 있으면서 내가 세상에서 유일한 꽃을 가졌다고 마치 부자라도 된 것처럼 생각했어. 영원히 죽었는지 모르는 화산을 포함해 겨우 무릎까지밖에 안 오는 작은 화산 세 개와 그 꽃이 내가 가진 전부인데, 그것만으로 나는 위대한 왕자가 될 수 없어……."(20장)

"이리 와서 나랑 함께 놀자. 난 정말 슬퍼."(21장)

"난 친구를 찾고 있어. 그런데 '길들이다'라는 말이 무슨 뜻이야?"(21장)

"난 친구들을 만나고 싶고 많은 것을 알고 싶어."(21장)

"아이들만이 자기가 무엇을 원하는지 알고 있어요."(22장)

"난 마음대로 사용할 수 있는 53분이 있다면 천천히 샘을 향해 걸어갈 텐데……."(23장)

"비록 죽음이 곧 다가온다고 해도 친구가 곁에 있다는 건 좋은 일이야."(24장)

"나는 아픈 척할 거야. 죽은 척할지도 몰라. 그럴 거야."(26장)

장미

"난 호랑이 따위는 전혀 무섭지 않아. 바람 부는 게 훨씬 무서워."(8장)

"내가 정말 어리석었어. 날 용서해줘. 행복해야 해."(9장)

"물론 난 너를 사랑해. 그런데 너는 그걸 전혀 모르고 있었어. 모두 내 잘못이야. 하지만 그건 중요하지 않아. 어쨌든 너도 나만큼 어리석었어."(9장)

"그렇게 질질 끌지 마. 짜증 나. 떠나기로 했으면 그냥 빨리 떠나."(9장)

왕

"무엇보다 각자가 할 수 있는 것을 요구해야 한다. 권위는 이성에 바탕을 둬야 하기 때문이다."(10장)

"다른 사람을 판단하는 것보다 자기 자신을 판단하는 것이 훨씬 어려운 일이다. 네가 자신을 잘 판단할 수 있다면 너는 정말 지혜로운 사람이다."(10장)

허풍쟁이

"나를 칭찬한다는 것은 내가 세상에서 가장 아름답고, 옷을 가장 잘 입으며, 가장 부유하고, 가장 지적이라는 것을 인정하는 것이지."(11장)

술꾼

"부끄러워서, 나는 내가 술을 마시는 것이 부끄럽다는 사실을 잊기 위해 술을 마신단다."(12장)

사업가

"나는 별들을 소유하고 있어. 어떤 사람도 나보다 먼저 별을 소유하겠다는 생각을 하지 못했기 때문이지."(13장)

가로등지기

"아무것도 이해할 필요 없어. 명령은 명령일 뿐이니까 지키면 그만이야."(14장)

메아리

"외로워… 외로워… 외로워……."(19장)

지리학자

"꽃은 일시적이기 때문에 우리는 지도에 꽃을 표시하지 않아." (15장)

뱀

"사람들과 함께 있어도 외로운 건 마찬가지야." (17장)

"그래도 나는 왕의 손가락보다 힘이 세. (⋯) 난 배보다 훨씬 멀리 너를 데려갈 수 있어." (17장)

"내가 건드리기만 하면 나는 누구라도 그를 그가 왔던 땅으로 돌려보낼 수 있어. 하지만 너는 순수하고 머나먼 별에서 왔으니까……." (17장)

사막의 꽃

"사람들? (⋯) 하지만 지금은 어디에 있는지 몰라. 아마 바람이 그 사람들을 다른 곳으로 데려갔겠지. 그들은 뿌리가 없는 사람들이야. 그게 그 사람들을 힘들게 하는 거야." (18장)

여우

"사람들은 길들인 것만 알 수 있어. 사람들은 새로운 것을 배울 시간이 없지. 그들은 이미 만들어진 물건들을 상점에서 사. 그런데 친구를 파는 상인이 없으니까 사람들이 친구가 없는 거야. 네가 친구를 원한다면 나를 길들여줘." (21장)

"사람들이 주고받는 말이 오해의 근원이야." (21장)

"내가 비밀을 알려줄게. 아주 간단한 건데, 마음으로 봐야 제대로 볼 수 있어. 가장 중요한 본질은 사람의 눈으로 볼 수 없단다." (21장)

"너의 장미가 너에게 그렇게 소중한 이유는, 네가 장미를 위해서 길들인 시간 때문이란다." (21장)

"네가 길들인 것들에 대해 언제까지나 너는 책임이 있는 거야." (21장)

선로통제사

"사람들은 자기들이 있는 곳에서 절대로 만족하지 않아." (22장)

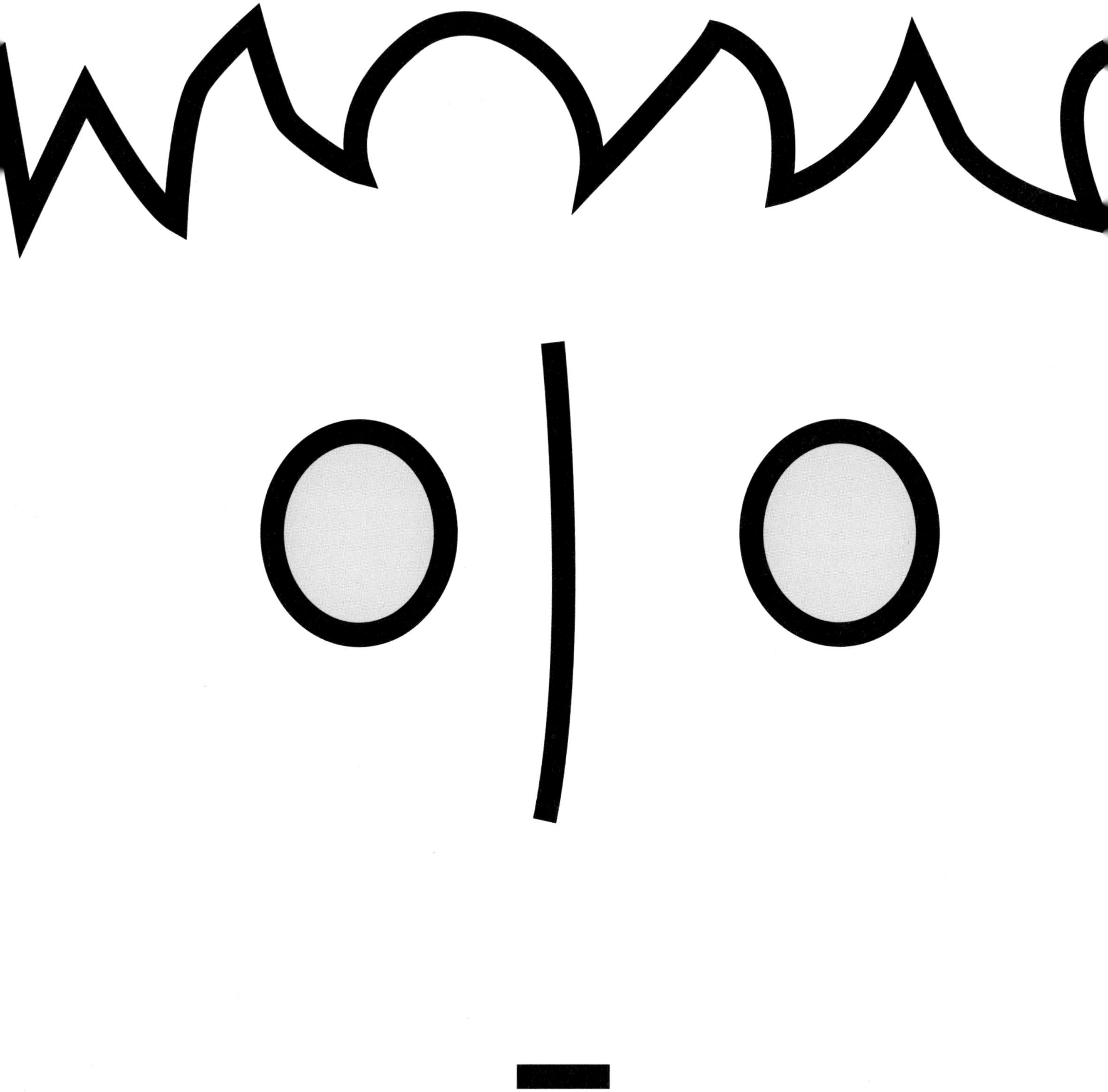

05
어린 왕자의 서재

La bibliothèque du Petit Prince

《미지의 여인에게 보낸 편지》

1943년에 앙투안 드 생텍쥐페리는 나치 독일과 맞서는 항독전쟁에 적극적으로 참전하기 위해 미국을 떠나 북아프리카로 간다. 그리고 우즈다에서 재편성된 2/33 비행정찰대에 재편입한다.

5월에 알제리 오랑으로 가는 기차 안에서 그는 스물세 살의 적십자 소속 간호장교와 만난다. 그녀의 매력에 빠진 생텍쥐페리는 편지를 교환하지만, 기혼이었던 그녀는 생텍쥐페리의 열정에도 불구하고 쉽게 접근을 허락하지 않는다.

생텍쥐페리가 보낸 편지들에는 인생의 마지막 시기에 그녀와 맺은 작가의 플라토닉한 사랑이 고스란히 담겨 있다. 수신자 가족들이 보관하고 있던 그 편지들은 2007년 소더비 경매회사를 통해 세상에 공개된다.

다음 해에는 편지 사본들이 포함된 복각판 제본의 책이 《미지의 여인에게 보낸 편지》라는 제목으로 갈리마르 출판사에서 단행본으로 발간됐다. 편지에는 《어린 왕자》가 생텍쥐페리에게 얼마나 중요한 작품인지, 등장인물들의 감정을 표현하는 수단으로서 그림이 얼마나 중요한 기능을 했는지가 자세히 기록돼 있었다.

실제로 편지들 가운데 일부에는 어린 왕자 그림이 담겨 있다. 그런데 텍스트의 여백에 그린 그 그림은 단순히 등장인물을 소개하는 데 그치지 않는다. 어린 왕자는 종종 작가의 서

명처럼 사용되었다. 그런 어린 왕자를 보는 순간, 글을 쓴 사람이 생텍쥐페리가 아니라 종이에 그려진 그의 복제가 글을 썼다는 느낌이 든다. 이처럼 어린 왕자는 생텍쥐페리와 구별되지 않을 만큼 삶의 일부이자 진정한 분신이다.

만화에서 말풍선을 통해 등장인물의 생각과 말을 표현하듯 어떤 어린 왕자에서는 주인공이 둥근 말풍선의 도움으로 자신의 생각을 직접 전하고 있다. 그 글에는 사랑받지 못하고 아무리 간청해도 상대의 답을 듣지 못하는 작가의 실망과 마음의 상처가 고스란히 담겨 있다.

"그녀에게 전화를 해도 그녀는 늘 자리에 없다. 저녁이 돼도 그녀는 끝내 돌아오지 않는다. 그녀는 내게 전화도 하지 않는다. 이렇게 나는 그녀와 점점 멀어지고 있다! (…) 나를 완전히 잊은 그녀에게 편지를 쓰는 중이다."

그림을 보면, 어린 왕자는 화난 얼굴로 불만스러운 사기감정을 표현하고 있다. "외로움과 더불어 나는 이기심이 그리 크지 않다는 것을 깨달았다." 그리고 《어린 왕자》의 텍스트를 암시하는 글을 통해 생텍쥐페리는 '외로움'이라는 단어를 반복적으로 사용하며 우울한 어조로 편지를 쓴다. "장미 한 송이를 얻기 위해 나는 장미 가시에 상처를 입었다. (…) 인생에서 중요한 것은 아무것도 없다. 안녕, 장미나무야."

이 순간부터 작가와 등장인물, 그가 걱정하는 삶과 글, 실제 세상과 그가 선택한 책은 더 이상 뚜렷이 구별되지 않는다. 알방 스리지에는 《어린 왕자의 아름다운 이야기》(갈리마르 발행)에 이렇게 적었다. "그것은 생텍쥐페리의 진정한 등장이다. 또한 그것이 어린 왕사의 신성한 매력이다." 즉, 생텍쥐페리는 자신이 전해에 출판한 책에 대해 《미지의 여인에게 보낸 편지》를 통해 가장 먼저 서평을 남긴 셈이다. 작가에 대한 독창적 자료집을 소장 중인 파리 문학자료박물관이 한동안 이 편지들을 보관하고 있었다. 하지만 '미지의 여인'의 정체는 끝내 밝혀지지 않았다.

---

1. 《미지의 여인에게 보낸 편지》에 나오는 첫 그림 2. 말풍선에 "그녀에게 전화해도 그녀는 늘 자리에 없다. 저녁이 돼도 그녀는 돌아오지 않는다. 그녀는 전화하지 않는다. 그녀와 점점 멀어지고 있다"는 글이 적혀 있다. 3. "용서해줘! 나를 완전히 잊은 여자에게 편지를 쓰고 있어." 4. "귀찮게 해서 미안해. 작별 인사를 하려는 것뿐이야."

속편과 모방 작품들

《젊은 왕자의 귀환》
– 알레한드로 로엠메르스

알레한드로 로엠메르스는 사업가다. 하지만 《어린 왕자》에서 만나는 사업가와는 전혀 다르다. 그는 사업가이자 유능한 작가이기 때문이다. 아르헨티나의 제법 규모가 큰 약학연구소의 상속자인 알레한드로는 열여섯 살부터 글을 쓰기 시작했다.

2000년, 그는 단 9일 만에 《젊은 왕자의 귀환》이라는 제목으로 볼륨이 작은 책을 썼다. 생텍쥐페리의 후손인

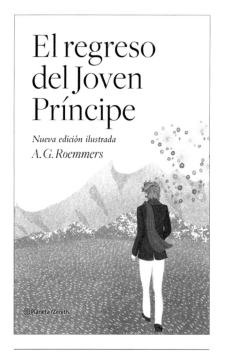

알레한드로 로엠메르스의 《젊은 왕자의 귀환》 표지. 아직까지는 에스파냐어로만 이 책을 읽을 수 있다. 프랑스어로 번역되려면 2033년까지 기다려야 한다.

프레데릭 다게가 서문을 쓴 이 책은 아르헨티나에서 수만 부가 팔리며 대대적인 성공을 거두었다. 생텍쥐페리는 1929년 남미 항공노선 개척을 위해 아르헨티나에 체류한 적이 있었는데, 그 특별한 관계 때문에 아르헨티나 국민에게 인기 작가로 남아 있다.

《젊은 왕자의 귀환》에 등장하는 어린 왕자는 옛 어린 왕자가 아니라 곧 성인이 되는 청년으로 자라 있다. 지구로 다시 돌아온 그는 파타고니아를 만남의 장소로 택하고, 친구 조종사를 찾기 위해 굶주린 채 사막을 헤매다 마침내 한 여행객에게 구조돼 가까스로 굶주림을 면한다. 새로 만난 사람과 새로운 입문 여행에 나선 젊은 왕자는 그때까지 개념도 몰랐던 거짓과 배신을 배운다.

알레한드로 로엠메르스는 자신의 책이 어린 왕자의 모험을 연장하는 단순한 '속편'에 머무르지 않도록 세심한 주의를 기울였다. 젊은 왕자가 제시하는 교훈적 이야기는 성인 독자를 위한 것으로, 《어린 왕자》의 형식적 모방을 넘어 거기서 파생된 철학적 메시지의 연속성을 강조한다. 아르헨티나에서 이 책을 출간하기 위해 생텍쥐페리의 후손들에게 허가를 받는 데 무

려 9년이 걸렸다. 알레한드로 로엠메르스가 에스파냐어로 쓴 《젊은 왕자의 귀환》을 읽으려면 프랑스 독자들은 《어린 왕자》의 저작권 시효가 끝나는 2033년까지 기다려야 한다.

《사무실에서 일하는 어린 왕자》
– 보르하 빌라세카

어린 왕자는 분명 행운아다. 다른 사람들처럼 생활비를 벌려고 사무실에서 일한 적이 없었다. 장소를 이동할 때도 짜증스러운 교통체증이나 러시아워의 지하철 안에서 불편을 겪지 않는다. 긴 줄을 이용해 철새들에게 매달리기만 하면 가고 싶은 곳으로 쉽게 갈 수 있기 때문이다. 하지만 그런 경험이 없다고 해서 어린 왕자가 현대사회의 봉급생활자들에게 유익한 충고를 할 수 없는 것은 아니다.

보르하 빌라세카는 어린 왕자가 전하는 교훈을 현대기업에 적용할 수 있다고 생각했다. 《본질을 의식하기 위한 위대한 고전의 정신, 사무실에서 일하는 어린 왕자》(Opportun)라는 긴 제목의 책을 통해 작가는 어린 왕자와 현대 샐러리맨의 만남을 주선한다.

그는 위기에 처한 회사의 인적자원부서 책임자로 임명된 '폴 프린스'

라는 가상인물을 무대에 등장시킨다. 이 회사에서는 난폭한 간부들과 낙심한 샐러리맨들이 함께 일한다. 폴 프린스는 생텍쥐페리의 《어린 왕자》가 주는 교훈을 통해 지친 피고용인들의 힘을 북돋아준다. 하지만 이 책은 종이에 양을 그려주었는지, 알약을 먹은 덕분에 일주일에 53분의 노동시간을 감축했는지에 대해서는 이야기하지 않는다.

《다시 만난 어린 왕자》
– 장 피에르 다비트
《어린 왕자》의 마지막에서 앙투안 드 생텍쥐페리는 어린 왕자가 지구에 되돌아올 수 있다고 생각한다.

"만약 당신이 사막을 지나가는 일이 있다면 제발 발걸음을 서두르지 말고 별을 바라보며 가만히 기다려보기를 바란다. 그때 한 아이가 혹시 당신에게 다가와 웃으면, 그리고 그 아이가 금발머리라면, 묻는 말에 좀처럼 대답하지 않는다면 그 아이가 누군지 당신은 곧 알아챌 수 있을 것이다. 그러면 나에게 친절을 베풀어주기를 바란다. 나를 이렇게 슬프게 지내도록 내버려두지 말고, 그 아이가 돌아왔다고 서둘러 편지를 보내주길 바란다."

장 피에르 다비트는 《어린 왕자》에

넥타이를 맨 어린 왕자의 모습. 《사무실에서 일하는 어린 왕자》 표지에 사용하기 위해 특별히 제작한 이미지다.

서 조종사가 했던 이 말을 놓치지 않았다. 벨기에에서 태어나 캐나다 퀘벡에 정착한 단편작가, 소설가인 그는 《다시 만난 어린 왕자》(앵투샤블 출판사)를 발행했다. 이 책의 내용을 보면, 한 난민이 어린 왕자가 돌아왔다는 것을 알리기 위해 생텍쥐페리에게 서둘러 편지를 쓴다. 이 난민은 어린 왕자를 무인도에서 만났는데, 그는 위협적인

호랑이에게서 양을 떼어낼 사냥꾼을 찾고 있었다. 저런! 환경운동가든, 광고업자든, 관리인이든, 통계학자든 상관없이 그가 물어본 사람 중 어느 누구도 그를 도울 수 없었다. 알레한드로 로엠메르스의 《젊은 왕자의 귀환》과는 달리 30여 개 언어로 번역된 《다시 만난 어린 왕자》는 생텍쥐페리 후손들의 지지를 받지 못했다.

BORJA VILASECA

LE PETIT PRINCE AU BUREAU

L'esprit d'un grand classique pour prendre conscience de l'essentiel

어린 왕자와 다양한 연구

역사학자

프랑스 문학사와 출판역사에 관한 연구서들의 저자 알방 스리지에는 앙투안 드 생텍쥐페리를 연구하기 위해 몇 권의 책을 썼다.

《그는 옛적에… 어린 왕자였다》(갈리마르 출판사)에는 어린 왕자의 아름다운 이야기가 자세히 서술돼 있다. 이 문집은 동시대의 비평적 고찰과 현대 관점을 함께 다루면서《어린 왕자》의 출판 역사와 서로 다른 판본, 다양하게 각색된 번역을 빠짐없이 다뤘다. 레옹 베르트의 초상화를 소개하는가 하면 제임스 딘과 오손 웰즈를 통해 독자에게 보여준 어린 왕자의 색다른 매력에도 관심을 기울였다. 또한 생텍쥐페리와 가까웠던 사람들, 함께 일했던 사람들의 증언과 동시대 작가들의 관점을 낱낱이 담았다.

《그는 옛적에… 어린 왕자였다》는 다양한 주장과 함께 생텍쥐페리의 《어린 왕자》가 담고 있는 풍부한 내용을 소개하고 있다.

Il était une fois…
Le Petit Prince

Textes réunis et présentés par Alban Cerisier

folio

B612 소행성을 발견한 터키 천문학자는 어쨌든 천체물리학자 야엘 나제의 선배인 셈이다.

천체물리학자

어린 왕자가 실제로 존재했다고 상상해보자. 그는 정말 생텍쥐페리의 작품에서처럼 소행성에 살았을까? 답을 아는 가장 간단한 방법은 전문가에게 듣는 것이다.

친체물리학사 야엘 나제는 《어린 왕자》에 나오는 인물처럼 매우 신중한 사람이다. 어렸을 때 어린 왕자 역할로 무대에 오른 적이 있는 그녀는 생텍쥐페리의 작품을 잘 알았다. 야엘 나제는 인터넷으로 접속 가능한 '어린 왕자의 흥미로운 진실'에서 주인공이 경험한 사건의 실제 가능성에 대한 재미있고 흥미로운 질문에 주저 없이 대답한다.

먼저, 어린 왕자의 행성처럼 아주 작은 소행성이 실제로 우주 안에 있을까? 물론이다. 심지어 우주에 있는 어느 별은 모래알만큼 작다.

그렇다면 어린 왕자가 실제로 소행성에 살 수 있을까? 그리고 그림에서 보는 것처럼 행성 위에 서 있는 게 가능할까? 그렇다. 하지만 중력 문제 때문에 바닥에서 뛰어오르면 안 된다. 아주 천천히 걸어야 하고, 땅에 몸을 잘 밀착시키기 위해 신발창에 꺾쇠(땅에 박히는 스파이크)가 있는 신발을 신는 것이 좋다.

지구 밖의 삶을 상상할 수 있을까? 천문학자들은 이에 낙관적이다. 생명의 모든 요소, 이를테면 질소, 탄소, 산소 등이 우주에 존재하기 때문이다. 따라서 행성이 있는 한 생명이 존재할 수 있다(물론 생물학자들은 대부분 이에 동의하지 않는다).

어린 왕자는 장미 향기를 맡을 수 있을까? 야엘 나제에 따르면 공기가 있어 사람이 살 수 있는 한 냄새도 존재한다. 그런데 화성 같은 행성에서

외부를 향해 코를 내미는 것은 매우 위험한 일이다. 대기압이 매우 약하기 때문에 우리 몸속에 있는 산소통이 터질 수 있다!

철새 이동을 이용해 행성을 떠날 수 있을까? 그렇다. 아주 작은 행성이기 때문에 날려면 그 자리에서 펄쩍 뛰기만 해도 된다. 하지만 철새는 하늘을 날아다니다가 작은 운석에 부딪힐 위험이 있으므로 각오를 단단히 해야 한다. 게다가 행성을 떠난 철새는 우주 공간에서 불에 타버리거나 반대로 얼어붙을 가능성이 크다. 태양열을 강하게 받은 몸 일부가 익을 수 있으며, 경우에 따라서는 고열로 인해 아무것도 남지 않을 수도 있다. 한없이 이어지는 두 행성 사이의 지루한 여행의 고통에 대해선 따로 덧붙일 필요가 없다.

신학자

독일의 신학자이자 정신분석학자이며 교회와 단절한 목사인 오이겐 드레버만은 1940년생이다.

그는 《본질적인 것은 보이지 않는다》에서 자신의 관점을 소개하고 있다. 1984년 독일어로 출간된 이 책은 1992년에는 프랑스어로 번역되었다 (세르프 출판사).

오이겐 드레버만은 《본질적인 것은 보이지 않는다》에서 이렇게 말한다.

"많은 사람들이 《어린 왕자》를 읽으며 기쁨을 느꼈다면, 그것은 상상의 언어를 통한 《어린 왕자》의 결론이 심층적 의미를 지니기 때문이다. 즉, 독자들이 《어린 왕자》를 통해 인간의 영원성을 강조하는 종교의 관습적 신앙과 만나기 때문이라고 생각한다.

하지만 겉모습에는 분명 오류가 있다! 생텍쥐페리의 작품에서 보이는 별이 총총한 하늘은 신자들의 하늘과 비유적으로만 관계가 있기 때문이다. 어린 왕자의 여정은 종교적 영원성을 약속하는 것이 아니라 자신들의 눈길에서 본래의 인간성에 대한 꿈을 버리지 않는 것이다. 또한 사막 한가운데서의 실패와 한계에도 불구하고 절대 가치를 왜곡하지 않는 기회를 붙잡는 것이다."

Eugen Drewermann

L'essentiel
est invisible

*

Une lecture
psychanalytique
du Petit Prince

*

cerf

정신분석학은 《어린 왕자》의 전통적 해석이 제시하는 외관 너머를 보기 위해 《어린 왕자》를 심층적으로 분석한다.

작가

알베르 카뮈와 생텍쥐페리 문학의 전문가로서 일본의 대학교수이자 작가인 미노 히로시는 《어린 왕자》에 대한 두 권의 책을 일본어로 번역했다. 그중 하나인 《어린 왕자의 수수께끼》에서 미노 히로시는 《어린 왕자》의 작품 세계를 자세히 분석한다. 그는 생텍쥐페리가 레옹 베르트에게 바친 헌정사에서부터 시작해 《어린 왕자》의 마지막 줄까지 단어 하나하나에 매달려 독자가 미처 파악하지 못한 심층적 의미를 밝히는 데 주력한다. 이 과정을 거쳐 그는 생텍쥐페리의 작품은 매우 단순한 문체에 복잡하고 풍부한 사유의 형태가 담겨 있다고 주장한다.

두 번째 저서 《어린 왕자 백과사전》에서 미노 히로시는 어린 왕자의 출생 조건과 등장인물, 어린 왕자의 세계를 이루는 구성 요소를 분석함으로써 일본 독자에게 《어린 왕자》의 이해에 필요한 정보를 제공한다. 이 책에는 《어린 왕자》 출판에 관한 역사적 단계 및 다양한 독서 방법이 제시돼 있다.

생텍쥐페리는 영화 〈이웃집 토토로〉의 감독 미야자키 하야오와 마찬가지로 어린이 독자의 마음을 사로잡았을 뿐 아니라(대부분의 어린이는 책을 읽기 전에도 《어린 왕자》에 등장하는 여우, 장미, 뱀을 알고 있다) 현대사회의 모순에 갈등하는 성인들에게도 큰 감동을 주었다. 미노 히로시는 생텍쥐페리의 작품을 분석하며 주저 없이 '경이롭다'고 표현하는가 하면, 《어린 왕자》를 읽을 수 있다는 것이 어린이에게는 진정한 혜택이라고 주장했다.

1.생텍쥐페리의 탁월한 전문가 미노 히로시에 따르면, 《어린 왕자》의 각 문장에는 심층적 의미가 함축돼 있다. 2.이미 20여 종의 번역본이 나와 있는 일본에서 미노 히로시는 《어린 왕자 백과사전》을 통해 일본 독자에게 《어린 왕자》를 좀 더 정확히 읽는 방법을 제시했다.

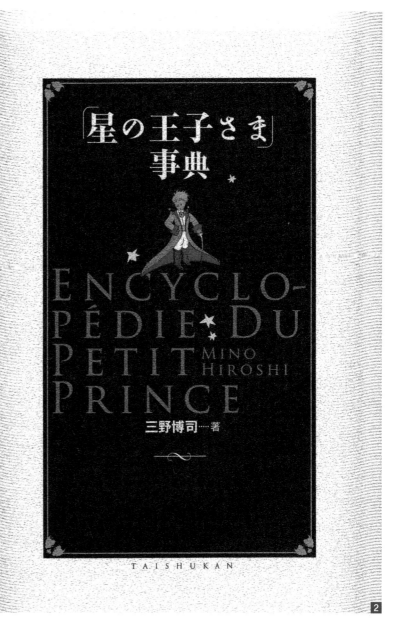

애니메이션 시리즈에서

파브리스 코랭의 아동 소설들

어린 왕자에게는 생텍쥐페리의 책을 넘어서는 삶이 있다. 자신이 태어난 소행성 B612에 되돌아온 어린 왕자는 '그의 장미'와 더불어 친구 여우와 함께 평화롭게 산다. 어느 날, 뱀이 장미를 유혹하지만 실패한다. 앙심을 품은 뱀은 복수를 다짐하며 은하수 별들을 하나씩 하나씩 제거한다!

다행히 어린 왕자가 등장해 뱀을 무찌르기 위해 자신의 능력을 발휘한다. 어린 왕자는 데생 수첩에 입김을 불어 신비한 피조물을 창조한다. 가슴에 손을 얹으면 별이 새겨진 옷과 마술의 검이 나타난다. 어린 왕자는 이런 특수의상과 마술의 검으로 뱀의 사악한 음모에 용감하게 맞선다. 하지만 과연 뱀을 무찌를 수 있을까?

판타지 소설로 유명한 작가이자 라디오 시리즈와 연재만화의 시나리오 작가인 파브리스 코랭은 8~10세 어린이를 대상으로 하는 방송에서 생텍쥐페리라는 등장인물을 무대에 올렸다. 이 프로그램은 국영채널 프랑스 3을 통해 프랑스 전역에 방송됐다.

그들의 디바가 행복하지 않으면 '음악 행성'에 사는 존재도 모두 행복하지 않다.

카트린 크노의 앨범

아동용 도서와 마녀, 흡혈귀, 요정이 등장하는 대형 서적, 그리고 성인용 판타지 소설의 저자 카트린 크노가 《어린 왕자》에서 영감을 받은 연작물을 앨범으로 만들어 갈리마르 주네스에서 출판했다.

어린 왕자의 대형 그림책

어린 왕자는 뱀이 여러 행성에 뿌려 놓은 함정을 분쇄할 수 있을까? 어린이 독자들은 도전해야 한다! 여우의 도움으로 어린 왕자는 신비한 능력을 행사하며, 뱀의 사악한 음모와 맞서 반드시 승리해야 한다. 뱀을 물리치는 과정에는 미로와 수수께끼 사이에 숨은 복병이 즐비하다. 그러나 상상력과 창의성은 항상 승리한다!

잡지 : 〈어린 왕자〉 / 〈데어 클라이네 프린츠〉

프랑스 3에서 방영한 애니메이션 시리즈에서 영감을 받은 잡지가 프랑스와 독일에서 발행되었다.

1. 카트린 크노가 창조한 새로운 모습. 어린 왕자는 위기에 처한 행성을 구하기 위해서 뱀과 맞선다. 2. 장난감, 만화, 르포, 시험. 어린 왕자의 세계는 매우 다양한 형태로 어린이 독자들에게 즐거움을 선물한다. 3. 독서에서 모험까지 한 걸음밖에 안 된다. 어린이 독자들은 이 그림책과 함께 어린 왕자처럼 여우와 맞선다.

《어린 왕자》에 대한 증언들

피에르 아술린(1953)
―저널리스트, 전기작가, 소설가

어린 왕자는 틴틴의 어린 형제다. 주인공으로 등장한 비범한 아이는 공상의 풍경에 세상을 담는 데 성공했다. (…) 분명히 동화 속 주인공이지만 이성을 지니고 있고, 그의 정신세계와 결합한 모든 요소가 그를 비범하게 만든다. 영감이 뛰어나며, 기적의 의미에 익숙하다. 그는 절대 질문을 포기하지 않는다. 궁금한 것을 알고 싶어 못 견디면서도 감히 질문하지 못하는 나와는 달리 그는 주저하지 않는다. 덕분에 나는 그를 대신해 모든 것을 모두에게 물을 수 있었다. 그에게 논리와 양식을 빚지고 있는 것이다.
― 알방 스리지에의 《그는 옛적에… 어린 왕자였다》의 '아웃 오브 사하라' 중에서 (갈리마르, 2006)

프레데릭 베그베데(1965) ― 작가

《어린 왕자》 대신 '잃어버린 어린 시절을 찾아서'라는 제목을 붙일 수 있다. 《어린 왕자》에서 생텍쥐페리는 진지하며 이성적인 어른들을 차례차례 무대에 올린다. 따라서 사실 《어린 왕자》는 어린이들이 아니라 어른들을 위한 책이다. 그것은 부드러운 시상과

단순한 지혜로 쓴 책이며, 세상의 어른들과 이성적인 사람들에 맞서는 동시에 변화된 유머와 깊은 고독을 내면에 숨기고 있는 소중한 팸플릿이다.
― 《마지막 목록》 (그라세 출판사, 2001)

필리프 들렘(1950) ― 작가

나에게 이 책은 어떤 가치를 제시하는 것이 아니라 "외롭게 살았어요"라는 첫 줄로 시작되는 매우 감성적 표현에서 보듯이 시적인 신비를 표현하는 것이다. 어떤 사람들은 그것을 싫어한다. 왜냐하면 그것은 어른들의 도덕적 세계보다 어린 시절의 정신이 지니는 우월성을 주장하기 때문이다. 반내로 나에게 그런 태도는 완전히 새로운 메아리로 가슴속에 울려 퍼진다. 나이, 개인적 관심사, 자신이 처한 세상과의 관계에 따라 전혀 다른 메시지를 제공하는 이 책은 정말 놀랍다.
― 시사주간지 〈렉스프레스〉 (2011)

어린 왕자의 특징적인 어조는 "나에게 양 한 마리만 그려주세요"나 "본질은 사람의 눈으로 볼 수 없어요"가 아니다. 어린 왕자의 어조는 어떤 이야기나 도덕을 말하려는 게 아니다. "나는 외롭게 살았어요"로 시작하는 문

장이나, "나이를 좀 더 먹었어야 해요" 또는 "난 분명히 울 거예요"라고 말하는 문장들, 그것은 완전한 여백이다. 이 책의 내레이터는 날 수 있는 비행기가 없는 조종사다. 그의 주변은 온통 사막이다. 거기서 누군가를 만날 때 환상으로 반응할 뿐이다. 물론 이 환상은 어린 시절의 잠재의식에서 비롯됐으며, 사막의 모래밭에 묻히지도 않고 하늘에서 덧없이 사라지지 않는 환상이다.
― 문학잡지 〈리르〉의 임시증간호, '60년 후의 어린 왕자'(2006)

미리 데플레셍(1959) ― 작가

《어린 왕자》는 위대하며 아름다운 책이라고 생각한다. 진지하면서도 섬광처럼 빛나는 책이며, 그것을 만나는 때는 은혜의 순간이다. 동시에 나는 이 책이 어린 시절과는 깊은 연관성이 없다고 생각한다. 왕자는 어리지만 아이가 아니며, 소년도 소녀도 아니다. 그는 한 영혼이다. 물론 한 영혼에 대해 서술한 책을 모든 사람이 읽을 수 있다. 어린이도 마찬가지다. 그렇다고 해서 어린이를 위한 책이라고 섣불리 말해서는 안 된다. 또한 어린 왕자가 어린이를 닮았다고 함부

로 말해서도 안 된다.《늑대개》가 개를 다뤘다고 개를 위한 책은 아니며,《모비딕》도 고래를 위한 책이 아니다.《어린 왕자》는 어린이를 위한 책이 아니다.

- 문학잡지 〈리르〉의 임시증간호, '60년 후의 어린 왕자' (2006)

베르나르 지로도 (1947~2010) – 배우, 작가

나는 오래전 우연히 금발의 어린이를 만났다. 그를 만난 뒤 나는 더 이상 어린이가 아니었다. 그것은 분명히 손드 섬 옆의 바닷가 어딘가에 있었다. (…) 처음에는 작품의 단순성이 나를 사로잡았고, 나이가 들어가면서 깊이와 순수, 힘과 기쁨까지 고루 맛볼 수 있었다. 이것이 젊음을 위한 책이기를 바란다는 사실에 나는 늘 놀라움을 감추지 못한다. 당신들이 젊음 자체를 위해 그렇게 썼다는 것을 잘 알고 있다. 하지만 어린아이였다면 나는 뱀이 당신의 어린 친구를 물었을 때 눈물을 흘렸을 것이며, 어린 친구가 생명이 없는 껍질만 남긴 채 당신 곁을 떠나는 모습을 보며 눈물을 흘렸을 것이다. 나는 어린 왕자의 이별에 눈물을 흘렸을 것이며, 그를 다시 만날 수 없다는 절망을 결코 견딜 수 없었을 것이다. (…) 나도 어른들처럼 늙어가고 있다. 하지만 나는 어린 왕자의 일부를 마음속에 간직하려고 했다. 그리고 내가 감성적인 아이기 때문에 당신을 조금 더 잘 이해할 수 있었다.

- 문학잡지 〈리르〉의 임시증간호, '60년 후의 어린 왕자' (2006)

알베르 멤미 (1920) – 작가

어린 왕자는 행성들을 두루 돌아다녔다. 그는 무엇을 원했는가? 아니, 어린 왕자뿐만 아니라 모든 현인, 모든 철학자, 모든 종교는 무엇을 원했는가? 좀 더 잘 살기 위해서? 삶의 의미가 과연 무엇인가? 우리는 이미 달에 갔고, 언젠가 다른 행성에도 갈 수 있을 것이다. 하지만 우리는 거기서 아무것도 찾지 못할 것이다. 심지어 물조차 찾을 수 없을 것이다. 우리가 살고 있는 행성, 우리가 살기에 적합한 환경을 제공한 유일한 행성인 지구를 살려야 한다.

- 문학잡지 〈리르〉의 임시증간호, '60년 후의 어린 왕자' (2006)

패트릭 프아 다부아 (1947) – 저널리스트, 작가

우리는 그에게, 전설적인 우리의 조종사에게 많은 빚을 지고 있다. 어떤 의미에서 그는 우리 모두의 '파파'이며, 특히 나에게는 일종의 대부였다. 나는 내게 조종사 할아버지가 있었다는 사실에 무척 긍지를 느꼈다. 할아버지는 생텍스가 다녔던 항로를 비행했고, 내가 언젠가 레크리에이션 강의에서 말했던 할머니는 앙투안 드 생텍쥐페리의 대녀代女로, 생텍스의 부인 콘수엘로와 많이 닮았다! 그 사실은 어릴 적 내 친구들을 어리벙벙하게 만들었다. (…) 그때부터 그들은 내게 모자를 벗어 존경을 표시했다.

- 문학잡지 〈리르〉의 임시증간호, '60년 후의 어린 왕자' (2006)

다니엘 피쿨리 (1948) – 작가

오늘날 어린 왕자는 다카르의 4×4에 짓밟힐 것이다. 그는 무한 경쟁을 강요하는 그런 종류의 축제에 어울리지 않는다. 충고하자면, 이 세상에서 어린 왕자는 숨어 있다. 카라반들에 대한 시적 신기루를 좇지 말라. 문명을 촉진하는 강철의 섬광에 주의하라. 나는 당신이 가는 길에 상처 입는 것을 보고 싶지 않다. 당신이 보호했던 모래밭 여우가 당신의 두 팔에서 벗어났기 때문이다.

- 문학잡지 〈리르〉의 임시증간호, '60년 후의 어린 왕자' (2006)

마크 오스본의 애니메이션에 나오는 어린 왕자

06
영상으로 보는
어린 왕자

Le Petit Prince
à l'écran

영화에서

말렌키 프린트

리투아니아인 아루나스 제브리우나스(1931~2013)는 1966년 리투아니아어로 번역된 《어린 왕자》를 각색해 1967년에 영화로 제작한 최초의 인물이다. 그리고 말렌키 프린트에서는 시적인 관점으로 생텍쥐페리의 어린 왕자를 우아하고 간결하게 채색했다. 그의 어린 왕자는 흰옷에 같은 색 목도리를 둘러 깜찍하면서도 순수한 분위기가 감돌았다.

그중 일부는 인터넷을 통해 확인할 수 있다. 예를 들어 어린 왕자와 가로등지기가 만나는 장면은 어린 왕자 공식 사이트에서 볼 수 있다. 유튜브에서는 사막의 어린 왕자가 장미 앞에서 춤추는 장면이 나온다. 그때 꽃들은 바람결에 따라 함께 춤을 추듯 아름답게 흔들린다.

스탠리 도넌의 〈어린 왕자〉

〈춤추는 대뉴욕〉, 〈사랑은 비를 타고〉 등의 뮤지컬 코미디와 오드리 헵번과 캐리 그랜트가 연기한 스릴러 〈샤레이드〉로 대성공을 거둔 스탠리 도넌은 1974년 생텍쥐페리의 작품을 영화로 각색했다.

그 영화에서 리처드 킬리는 파리에서 인도까지 운항하는 시험비행을 하다 사막에 불시착한 조종사를 연기한다. 어린 왕자 역할은 여덟 살의 금발 소년 스티븐 워너에게 돌아갔다. 안무가이자 감독인 밥 포시는 뱀, 진 와일더가 여우 역할을 맡았다.

스탠리 도넌이 각색한 〈어린 왕자〉는 원작을 충실히 따르는 한편 영상 무대를 위한 재해석과 뮤직 코미디 사이의 중간에 자리한다. 몇 개의 연속 장면에서 등장인물이 노래하거나 춤을 춘다.

예를 들어 코끼리를 삼킨 보아뱀 그림을 보고는 미래의 조종사가 "그건 모자야!" 하고 외치는 어른들의 몰이해에 부딪히는 장면에서 우리는 노래와 춤으로 각색된 새로운 창작을 만난다. 영화에서는 '장군'처럼 원작에 없는 인물도 나오고, 지리학자는 역사학자로 바뀌었다. 부분적으로 이루어진 튀니지 사막 현지 촬영으로 화면에는 명장면이 담겼다.

진 와일더는 어린 왕자와 탱고를 추며 기뻐서 펄쩍펄쩍 뛰는 여우로 분장해 코믹한 재능을 유감없이 보여준다. 또한 밥 포시가 재해석해서 안무로 표현한 '뱀춤'은 의심할 여지없이 이 영화의 가장 대담한 장면이다.

배우와 댄서로서 탁월한 재능을 보인 그녀는 1982년 마이클 잭슨이 발표한 〈빌리 진〉 안무에서도 뚜렷한 영향력을 보여주었다.

검은 옷과 모자, 흰색 각반 등의 특별한 의상과 손과 함께 자연스럽게 교차하는 몸의 현란한 율동, 발끝에 몸을 기대고 허공에 매달리는 몸짓, 유명한 '문워크'를 선보인 마이클 잭슨은 밥 포시의 안무로 각광을 받았다. '팝의 황제' 마이클이야말로 팝음악계의 어린 왕자가 아닐까?

▶나뭇가지를 에워싼 뱀이 곧 사람의 모습으로 변하며 어린 왕자를 기리는 안무에 끼어든다. 이 안무는 뒷날 마이클 잭슨에게 큰 영감을 주었다.

오손 웰즈의 계획

《인간의 대지》를 시나리오로 각색하겠다는 꿈을 실현한 뒤, 오손 웰즈는 한밤중에 사업 파트너를 깨워 자신이 각색한 시나리오를 읽어보라고 말할 만큼《어린 왕자》에 열중했다.

생텍쥐페리 또한 밤낮을 가리지 않고 시간대에 상관없이 친구들에게 전화를 걸어 자신의 글을 읽어주곤 했다. 웰즈는 여러 행성을 돌아다니는 어린 왕자의 여행을 표현하기 위해 유명 배우가 연기하고 생생한 연속 장면으로 완성되는 영화를 만들고 싶어 했다.

그래서 오랫동안 거리를 두었던 월트 디즈니의 지원을 바랐지만 거절을 당해 결국 영화 제작을 포기했다. 월트 디즈니는 웰즈의 제안에 대한 자신의 결정을 한 동업자에게 이렇게 전달했다.

"여기에는 두 명의 천재를 위한 자리가 없습니다."

미국 인디애나 주의 블루밍턴대학에 소장돼 있는 기안서 네 장을 보면, 오손 웰즈가 내레이터와 조종사 역할을 그대로 유지하면서 《어린 왕자》의 줄거리와 내용을 존중하려 했다는 것이 드러난다.

웰즈의 열정은 결코 생소하지 않다. 1940년에 상영된 영화 〈시민 케인〉과 생텍쥐페리의 《어린 왕자》 사이에 매우 유사한 내용이 발견되기 때문이다. 케인과 어린 왕자 모두 어린 시절의 향수, 돈의 지나친 권력, 죽음의 무서운 그림자, 순수성의 상실 같은 주제에 깊은 관심을 보인다.

오손 웰즈에게 보낸 계약서. 《어린 왕자》의 각색에 대한 조건이 명시됐다.

할리우드의 어린 왕자, 제임스 딘

"안녕하세요. 저는 '어린 왕자'입니다." 소문에 따르면 이것은 제임스 딘이 1951년 뉴욕에 도착했을 때 작곡가 알렉 와일더에게 자신을 소개하며 했던 말이다. 제임스 딘은 어린 왕자를 매우 좋아했다. 그는 어린 왕자 안에서 자신의 모습을 재발견하며, 등장인물과 더불어 사람들의 마음을 울리는 유약함과 순진한 장난기가 뒤섞인 독창적 성격을 공유했다.

그는 한 친구에게 1940년대 초반 생텍쥐페리가 뉴욕에 머무를 때 그를 만난 적이 있다고 말했다. 그때 제임스 딘은 불과 열 살쯤 되었고 아직 인디애나의 삼촌집에 살고 있었다. 하지만 안타깝게도 제임스 딘은 〈어린 왕자〉의 제작에 참여할 수 없었다. 1955년, 그는 스물네 살의 나이에 자동차 사고로 우리 곁에서 사라졌다.

〈삼형제와 상속자〉

1995년 상영된 이 영화에서 익살 트리오인 '미지의 사람들'이 서로를 알지 못하는 삼형제를 연기한다. 돌발적인 사건에 부딪히며 살아가던 삼형제 중 디디에 부르동은 한 장면에서 어린 아들과 함께 등장한다. 어린 아들을 재우기 위해 《어린 왕자》 21장을 읽어주던 디디에 부르동은 감정이 복받쳐 아들을 재우기도 전 눈물을 흘린다. 함께 듣고 있던 두 형제도 눈물을 흘린다. 생텍쥐페리의 《어린 왕자》를 읽다가 감정을 주체할 수 없었다고 고백하는 장면은 아니었지만.

1990년에는 장 루이 길예르모가 《어린 왕자》를 영화로 각색했다. 당시 영화관에서 상영되지는 않았지만, 기 그라비스와 다니엘 로얀, 알렉상드르 워너가 함께 공연한 〈어린 왕자〉를 우리는 VHS카세트로 만날 수 있었다.

▲ 신비스러운 배우이자 《어린 왕자》의 애독자였던 제임스 딘 ▼ 왼쪽부터 오른쪽으로 베르나르 캄팡, 파스칼 레지티뮈스, 디디에 부르동. 생텍쥐페리의 《어린 왕자》를 읽다가 깊은 감동을 받고 눈물을 흘린 세 배우

▲ 어린 왕자와 여우의 색다른 화풍은 생텍쥐페리의 그림에서 영감을 받는다. ▼신하가 없는 왕이지만 왕의 자긍심은 변함없다.

마크 오스본의 애니메이션

이것은 현명한 어린 소녀에 대한 이야기다. 방학에도 집에서 혼자 지내야 하는 어린 소녀는 무척 외로웠다. 일이 많아서 어린 소녀를 일일이 돌봐줄 시간이 없는 엄마는 그 대신 방학 동안 딸이 매일 해야 할 일을 시간표에 정해주었다. 방학 첫날, 집의 담 벽을 넘어 느닷없이 모형 프로펠러 비행기가 거실까지 날아왔다! 조금 괴팍하지만 인상 좋은 이웃집 노인이 보낸 비행기였다. 노인은 꽃이 활짝 피어 있고 나비가 날아드는 자기 집 정원에서 종종 모형 비행기를 만들었다.

한번은 종이로 만든 비행기가 소녀의 책상에 놓여 있었다. 소녀는 접혀 있는 종이에 그려져 있던 금발 소년을 보았고, 긴 이야기의 시작 부분을 읽었다. 그것은 어떤 '어린 왕자'가 사막에 불시착한 비행기 조종사를 만나는 이야기였다.

그때부터 소녀는 괴팍한 노인과 친구가 되었다. 소녀는 알리바바의 동굴처럼 집에서 노인과 만났다. 거기서 노인은 한 번도 들려주지 않았던 금발 소년의 모험을 소녀에게 이야기해주었다. 노인은 자기 행성에서의 삶, 장미에 대한 사랑, 어른들과의 만남과 다른 이야기도 빠짐없이 들려주었다.

소녀의 엄마는 딸이 자신이 정해준 계획표대로 따르지 않고, 성공하기 위해서 미리 준비하는 일과를 실천하지 않는 것을 알고는 크게 화를 냈다. 그런데 화를 낸 것보다 더 나쁜 일은 소녀와 이웃을 만나지 못하게 한 것이다.

하지만 소녀는 감동이 없는 삶, 의도적으로 구획된 생활을 바라지 않았다. 또한 엄마의 생각대로 성공한 어

른이 되고 싶지도 않았다. 이웃집 노인이 실신해 병원에 입원하자, 소녀는 노인이 수없이 말해주었던 어린

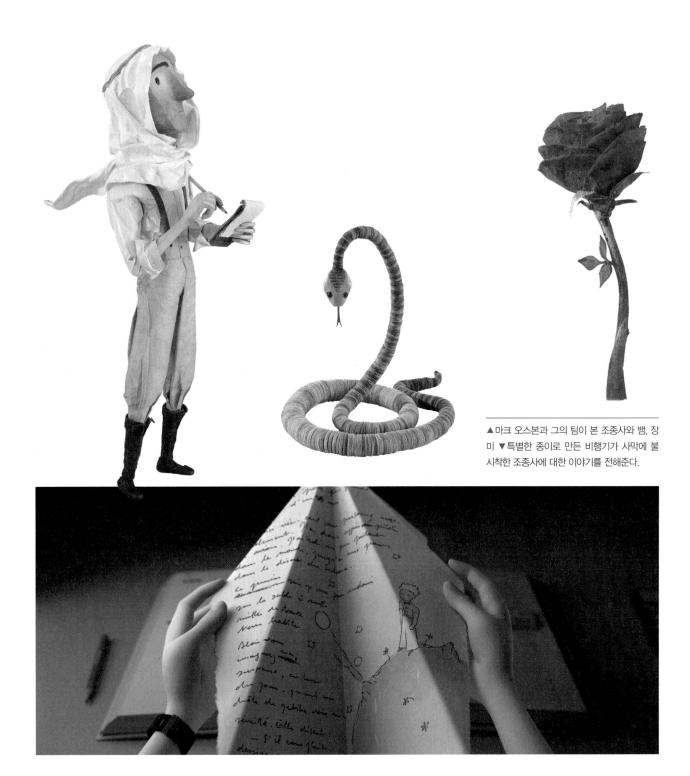

왕자처럼 집을 떠나기로 결심한다. 오직 어린 왕자만이 소녀의 친구, 노인을 구할 수 있기 때문이다. 소녀는 헬멧과 안경을 쓰고 비행기 버튼을 누른다. 마침내 소녀의 위대한 모험이 시작된다.

최초로 생텍쥐페리의 《어린 왕자》가 장편 애니메이션으로 만들어졌다. 제작자는 무명이 아니다. 2008년 존 스티븐슨과 함께 일했던 제작자 마크 오스본은 이미 〈쿵푸 팬더〉로 대성공을 거둔 바 있다. 그는 〈쿵푸 팬더〉에

서 무술의 대가가 되고 싶지만 어색하기 이를 데 없는 거대한 팬더를 무대에 등장시켰다.

애니메이션 제작에 들어간 마크 오스본은 《어린 왕자》를 장편 애니메이션 영화로 만들기 위한 각색과 콘셉

트에 대해 이렇게 말했다.

"많이 생각한 끝에 나는 성공의 열쇠가 책을 뛰어넘는 좀 더 넓은 이야기를 전하는 데 있다는 것을 알게 되었다. 그것은 어린 왕자와 그의 모험

을 설명하기 위해 '상자'가 될 수 있는 이야기다."

6천만 유로의 막대한 비용이 투입되는 모험이었지만, 제작자는 어린 왕자에 대한 자신의 새로운 관점을 전하기 위해 가능한 한 모든 수단을 동원했다. 그는 마침내 두 가지 애니메이션 기법을 통합한다. 하나는 실제 세상에서 전개되는 장면을 표현

하기 위한 3D 입체영상, 다른 하나는 어린 왕자의 우주를 표현하기 위해 다양한 이미지를 하나씩 촬영하는 스톱모션이다.

마크 오스본은 〈타잔〉과 〈슈렉 2〉의 밥 퍼시쉐티나 〈인크레더블〉, 〈업〉과 〈해리포터와 죽음의 성물〉의 미술감독 루 로마노처럼 실력이 검증된 전문가들로 제작팀을 구성했다.

▲ 행성에 서 있는 허풍쟁이 ▶ 일에 열중하는 사업가
▼ 사막에 불시착한 비행기

〈뉴요커〉의 커버 디자이너로 유명하고 〈타잔〉, 〈뮬란〉, 〈아이스 에이지〉, 〈니모를 찾아서〉 등의 작품을 작업한 피터 드 세브가 캐릭터 디자인을 맡았다. 히데타카 요스미는 등장인물의 표현에 대한 부분을 담당했다. 제이슨 부스가 등장인물의 연기를 애니메이션 영상으로 만들었으며, 알렉산더 주하즈가 수채화로 스톱모션 애니메이션을 구성했다.

음악은 〈인셉션〉과 〈쿵푸 팬더〉, 〈글래디에이터〉, 〈라이온 킹〉에 이르기까지 독창적인 사운드트랙으로 8회에 걸쳐 오스카상을 수상하며 실력을 널리 인정받은 한스 짐머에게 돌아갔다.

영어 버전에서는 레이첼 맥아담스(엄마), 제프 브리지스(조종사), 제임스 프랭코(여우), 베니치오 델 토로(뱀)가 주요 등장인물의 목소리를 연기했다. 프랑스어 버전에서는 클라라 푸엥카레(딸), 플로렌스 포레스티(엄마), 앙드레 뒤솔리에(조종사), 뱅상 카셀(여우), 기욤 갈리엔(뱀), 뱅상 랭동(사업가), 로랑 라피트(허풍쟁이), 기욤 카네(P씨)에게 배역이 돌아갔다. 그리고 프랑스 코미디언 마리옹 코티아르가 장미 목소리를 연기했다. 주의 깊은 관객들은 생텍쥐페리가 《어린 왕자》의 헌정사를 바쳤던 가장 사랑한 친구 레옹 베르트에게 보내는 따뜻한 눈길을 느낄 수 있다.

▲작품에 나오는 모습보다 더 사실적으로 묘사된 교수, 사업가, 허풍쟁이 ▼'어린 왕자의 세계'를 초자연적 시각으로 각색한 그림

텔레비전에서

〈어린 왕자의 모험〉

1978년 일본 어린이들은 텔레비전 화면을 통해 일본 나크 스튜디오에서 제작한 39가지 일화를 다룬 〈어린 왕자의 모험〉을 만날 수 있었다. 이 애니메이션은 1982년 미국에서 다시 각색돼 방영됐고, 3년 뒤에는 다른 나라에도 배급된다. 서양에서 방영된 이 애니메이션의 첫 자막에는 작품 개요가 소개된다. 즉, 이 영화가 앙투안 드 생텍쥐페리의 《어린 왕자》에서 영감을 받기는 했지만, 작품 자체에 직접적으로 영향을 받은 것은 아니라는 사실을 분명히 밝히고 있다. 작품에 친숙한 독자들은 제작자들이 행한 각색의 여백에 주목한다.

소행성 B612에서 어린 왕자가 탑이 우뚝 세워진 벽을 방패 삼아 포근한 침대에서 자고 있다. 잠에서 깬 어린 왕자는 두 개의 화산에서 계란을 익히고 커피를 데운다. 이어 나비 친구들을 쫓아 함께 뛰면서 가볍게 운동을 한다. 그의 장미는 코가 약간 들리고, '캔디'처럼 놀란 듯한 눈망울의 예쁜 소녀다. 일본 애니메이션의 뛰어난 기술 덕분에 작품 전반에 미학이 뚜렷이 부각되었다.

늙은 현인의 모습으로 등장한 철새는 어린 왕자에게 다른 행성을 탐험해보라고 권한다. 이에 따라 어린 왕자는 넓은 세상을 보기 위해 먼 길을 떠난다. 처음에는 철새들에 매달려 하늘을 날다가 어린 왕자는 잠자리채로 포획한 행성에 이끌려 우주여행을 계속한다. 창의성이 돋보이는 매우 재미있는 줄거리다.

앵글로색슨 버전에서는 "네스파?(그렇지 않아?)", "부알라(이것 봐)", "쎄봉!(좋아!)" 같은 프랑스어가 대화에서 장식처럼 사용된다. 원작에 대해 어느 정도는 각색의 자유가 허용되지만, 《어린 왕자》의 이 버전은 작품의 순수성을 고집하는 사람들을 놀라게 하고, 심지어 불쾌하게 만들 수도 있을 것이다. 순수주의자들은 결국 누군가가 자신들이 좋아하는 세계에 손을 대는 순간부터 신경이 곤두서게 마련이 아닌가.

색감, 데일 샤커의 주제 음악, 등장인물의 흥미로운 묘사, 영화 전반에 흐르는 즐거운 유머가 보기에 유쾌한 시리즈를 만들어낸다. 예를 들면 어린 왕자를 의미하는 '프티 프랭스'의 일본식 발음 '푸치 프린세'는 맛깔스럽게 느껴진다.

윌 빈턴의 작품에서 장미는 어린 왕자와 춤추며 어린 소녀의 모습으로 변한다. 그리고 춤을 마친 뒤에는 다시 본래 모습으로 돌아간다.

클레이 애니메이션

클레이 애니메이션의 선구자인 미국의 윌 빈턴은 1977년 클레이 애니메이션 기법을 도입해 〈어린 왕자〉를 TV 영화로 제작한다. 28분의 이 단편은 수잔 셰드번이 생텍쥐페리의 작품을 각색한 것으로 클리프 로버트슨이 내레이션을 맡았다.

이 단편 애니메이션은 어린 왕자와 여우가 만나는 순간을 묘사하며 환상적 장면을 선보여 미국 시청자들을 꿈 같은 여행으로 이끌었다. 노랑과 파랑이 뒤섞인 둘의 실루엣이 갑자기 추상적인 모습으로 변하며 함께 춤추기 시작한다. 잠시 뒤 영상은 푸릇한 불빛에 잠기고, 노란 후광을 등에 업고 뱀이 유령 같은 모습으로 등장한다.

이 장면의 분위기를 마치 무덤 저편에서 들리는 것 같은 음산한 목소리가 고조시킨다. 수염이 덥수룩한 조종사가 발을 질질 끌며 모래 위에서 무거운 걸음을 내디딘다. 당시 클레이 애니메이션의 기술적 한계로 인해 조종사의 움직임이 제한되는 데 대한 아쉬움은 남는다.

앙증맞고 상냥한 장미는 머리 매무새를 다듬는 듯하더니 소녀에게 자리를 넘기고, 예쁜 소녀로 변한 장미가 어린 왕자와 환상적인 춤을 춘다.

윌 빈턴의 〈어린 왕자〉는 다시 볼 만한 가치가 있는 독창적 애니메이션이다.

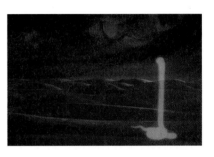

윌 빈턴의 애니메이션은 생텍쥐페리 작품의 시적 상상력을 보여준다.

〈데어 클라이네 프린츠〉

1966년에 콘라드 볼프가 제작한 《어린 왕자》의 독일어 버전 〈데어 클라이네 프린츠〉가 동독 텔레비전에서 방영되었다. 그리고 1990년에는 서독의 공영방송 ZDF가 생텍쥐페리의 《어린 왕자》를 각색해 새로운 버전으로 방영했다. 데오 케르프는 수채화로 그린 전통적 애니메이션으로 제작하는 한 시간 분량의 텔레비전 필름에 사인했다.

여기서 어린 왕자는 이삭처럼 곧추세운 헤어스타일에 묘하게 허리까지 올라오는 파란색 바지를 입었다. 또 조종사의 경우 사흘쯤 기른 짧은 수염이 얼굴의 절반을 덮고 있었다. 보기에 따라 조금 어색하게 느껴진 그 분장에 대해서는 논란이 없지 않았다.

사실 어린 왕자와 조종사가 힘겨운 걸음걸이로 사막을 걷는 모습을 반복하는 진부한 애니메이션이었지만 시청자를 끌어들이는 특별한 매력이 있었다. 푸른 행성에 놓인 나무의자에 앉아 있는 어린 왕자는 그 자체로 매우 시적인 분위기를 자아내고 있다. 여우와 함께 해를 마주하며 풀밭에 앉아 있는 어린 왕자의 모습도 마찬가지다. 돌더미처럼 땅바닥에 뒤죽박죽 쌓아올린 큰 숫자는 원작의 사업가에게서 보았던 것과 같은 재미있는 모습을 연출한다.

이 영화에서 한 가지 불편한 점은 저작권 문제로 아직 원본으로만 볼

수 있기 때문에 영화를 보려면 독일어를 듣고 이해할 수 있어야 한다는 것이다. 비둘기 위에 앉아 있던 어린 왕자가 행성을 떠나며 "아듀"라고 말하는 장면을 제외하고는.

어린 왕자가 조종사(위), 왕(중간), 허풍쟁이(아래)와 이야기를 나누고 있다.

〈퓨처라마〉와 〈레 카소스〉

〈심슨〉과 〈퓨처라마〉의 제작자 맷 그로닝이 〈어린 왕자〉를 텔레비전 애니메이션 시리즈로 각색해서 무대에 올린다. 공상과학영화에 유머를 곁들인 작품이다. 행성에 서 있던 어린 왕자가 "끔찍해"라고 소리치며 우주 탐험에 뛰어든다.

리차드 보링제

1990년 많은 텔레비전 방송 프로그램을 제작한 장 루이 캅이 만든 텔레비전 연속극에서 코미디언 리차드 보링제가 조종사와 내레이터를 연기한다. 열정적이며 순박한 성격을 지닌 배우(아프리카의 위대한 연인)는 뜨겁고 거친 목소리로 매력적인 조종사 역할을 생생하게 묘사한다. 어린 왕자의 "off"라는 목소리는 플로렌스 카이롱의 목소리다.

또한 그는 프랑스 애니메이션 연속극 〈레 카소스〉(소외계층 사람들의 약자)의 주인공들, 아니 어쩌면 안티주인공들 가운데 하나다. 〈레 카소스〉는 영화, 만화, 비디오, 애니메이션에서 소개된 등장인물들을 새로운 관점으로 바꿔 무대에 올린다. 무대는 사회복지사가 일하는 사무실인데, 그곳에서 등장인물들은 자신의 어려운 문제를 부탁한다. '인간쓰레기'의 변형된 모습으로 다시 만난 어린 왕자는 생텍쥐페리의 어린 왕자와 전혀 관계가 없다. 다만 풍자적 기법으로 어린 왕자는 사회복지사에게 '트럭'을 그려달라고 요구하며, 트럭은커녕 나루토조차 그릴 줄 모르는 그녀를 조롱한다.

〈로스트〉

미국의 텔레비전 시리즈 〈로스트〉는 〈어린 왕자〉라는 제목이 붙은 네 번째 일화에서 애런이라는 세 살짜리 금발 소년을 등장시킨다. 그리고 과학자들이 발견한 배의 잔해에서 '베시두즈Besixdouze(B612를 뜻한다. 즉, 베=B, 시=6, 두즈=12 – 역주)'라는 의미를 알 수 없는 신비한 글씨가 나타난다.

프랑스 3의 애니메이션

가상의 등장인물들은 운이 좋다. 그들은 우리와 달리 늙지 않는다. 어린 왕자는 1943년에 태어난 모습으로 전혀 변함이 없다. 그러나 실제 삶에서 모든 사람은 끊임없이 변하며, 오늘날의 어린이는 이전 세대의 어린이와 다르다. 즉, 그들의 취향, 문화생활, 레저, 선호하는 미디어는 선배 세대와는 다르다. 지금은 독서가 문화를 접하는 유일한 접근 수단이던 시대가 아니다. 책은 지금도 다른 표현 수단과 경쟁하고 있지만, 종이 위에 펼쳐지는 연필의 마술은 이제 더 이상 영화 화면이나 비디오와 같은 설득력을 지니지 못하는 것 같다.

그렇다면 오늘날의 어린이 세대가 어린 왕자와 좀 더 즐겁게 만날 수 있는 방법은 무엇일까? 매소드 애니메이션 프로덕션과 앙투안 드 생텍쥐페리의 후손들은 '새로운' 어린 왕자의 출현을 생각했다. 그 결과 피에르 알랭 샤트

▲▼프랑스 3에서 방영한 첫 번째 일화, 〈당시의 행성〉◀여우는 어린 왕자와 연합해 뱀의 계획을 무너뜨린다.

◀두 번째 일화에서 어린 왕자는 겉모습에 속지 말아야 한다고 말한다. 겉모습은 때로 거짓이기 때문이다.
▼영리하고 민첩하게 해주는 '화려한 옷'으로 갈아입기 전 평상복을 입은 모습으로 기다리는 어린 왕자

리에가 제작한 애니메이션 시리즈를 2010년 12월부터 프랑스 국영채널 프랑스 3의 어린이용 프로그램 〈루도〉에서 방영했다.

합성 영상으로 구성된 디지털 방식의 새로운 〈어린 왕자〉에서 어린 왕자는 뱀의 사악한 음모로부터 행성을 지키고 평화를 유지하기 위해 친구인 여우와 함께 우주를 탐험한다. 여기에서도 어린 왕자는 그의 장미에게 매일 편지를 쓴다.

'자유롭게 영감을 받은'이라는 공인된 형식에서 알 수 있듯이 생텍쥐페리 작품에서 자유롭게 영감을 받은 이 작품은 3년의 준비기간을 거쳐 모험과 시가 어우러진 24개 일화를 담아냈다. 이것은 단순히 작품의 속편이 아니라 어린 왕자의 세계에 대해 새로운 시각을 제안한다.

야닉 노아가 처음 나오는 자막을 노래로 불렀으며, 가브리엘 비스무트-비에네메가 어린 왕자 목소리를 연기했다. 그리고 기욤 갈리엔이 뱀의 껍질 속으로 미끄러져 들어갔다.

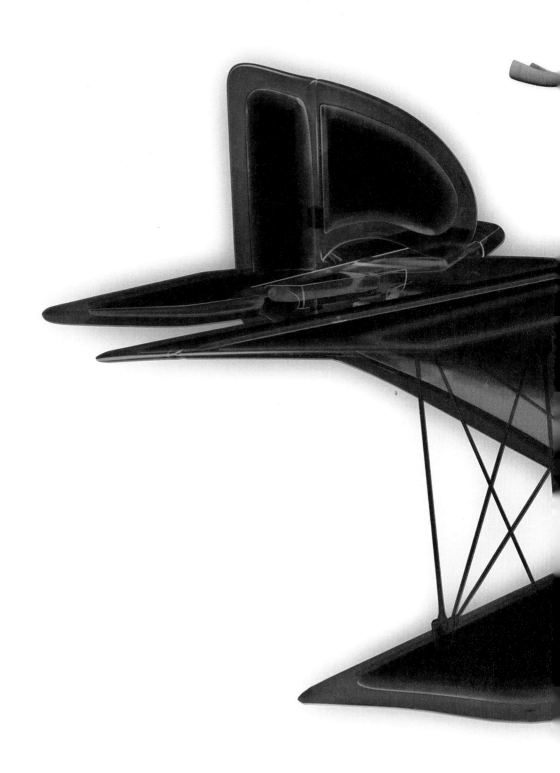

일화가 끝날 때마다 어린 왕자는 소행성 B612로 돌아가기 위해 조종간을 잡는다.

제오드에서 있었던 '소리와 빛의 공연'에서 생텍쥐페리의 비행기가 멋지게 재현되었다.

07
무대에서 보는
어린 왕자
Le Petit Prince
sur scène

연극

프랑스 연극무대에 한정해서 말한다 해도 연극으로 무대에서 공연된 〈어린 왕자〉 리스트를 작성하는 것은《어린 왕자》에서 사업가가 쉴 새 없이 우주의 별을 세는 것만큼이나 끝이 없고 지루한 일일 것이다. 1949년에 르슈발 아를르캥 극단은 파리의 무프타르 거리 76번지에서 〈두 명의 배우와 꼭두각시, 그리고 요술램프를 위한 무대〉를 공연한다. 그리고 1963년에는 벨기에 출신 코미디언 레이몽 제롬이 4개월 연속 파리의 마튀랭 극장 무대에 단독으로 선다. 그는 생텍쥐페리의 수채화에서 영감을 받은 컬러 애니메이션 영화가 상영되는 동안 무대에서《어린 왕자》본문을 낭독한다. 1967년에는 인기 코미디언 장 루이 바로가 오데옹 극장에서 생텍쥐페리의 작품을 연기한다.

파리의 뤼세르네르 극장에서는 자크 아르두앵이 각색하고 기 그라비스가 공연하는 포스터가 1977년부터 2001년까지 연속해서 무려 1만 회 이상 게시된다. 조종사와 어린 왕자 역을 맡은 두 배우 외에 다른 등장인물을 모두 한 배우가 맡아 연기를 펼친 이 연극은 무엇보다 절제된 무대가 돋보인다.

로렌츠 크리스티안 쾰러가 무대에 올린 술꾼과 허풍쟁이. 2011년 베를린의 아드미랄스팔라스트 극장에서 공연했다.

"생텍쥐페리의 텍스트는
그 자체로 이미
연극의 각본이다.
그것은 어린 왕자가
무대에 서야 하는 이유를
분명히 밝히고 있다."

– 비르질 타나즈

1985년에는 베르나르 제니가 스트라스부르의 슈쿠르트리 무대에 〈어린 왕자〉를 올린다. 생텍쥐페리의 '사도'가 되기를 바랐던 스테판 페즈아는 연령에 관계없이 모든 대중에게 작가의 작품에 담긴 마술, 꿈, 감동, 철학을 소개한다. 그는 모로코의 모래언덕에서 〈어린 왕자〉를 공연한 뒤 프랑스의 일반 무대에도 올리고, 이어서 자연경관을 최대한 이용하기 위해 프랑스 해변에서 공연했다. 그의 주장에 따르면 "어린 왕자는 외부에서, 그리고 별 아래서 모든 장면이 펼쳐지기 때문"이다.

생텍쥐페리 거리의 살롱 드 프로방스에 자리 잡은 트루아 항가 극단은 지금은 항가 팔라스로 이름이 바뀌었는데, 2008년부터 장 루이 카문이 연

1.생텍쥐페리 작품의 주인공을 맡은 난다 벤 샤반느. 그녀의 연기를 보면 여배우라고 해서 어린 왕자 역을 못할 이유가 전혀 없다! 2~4.베를린의 아드미랄스 팔라스트 극장에서 공연된 새로운 버전에 등장하는 허풍쟁이, 조종사, 독수리

비르질 타나즈의 무대에서는 두 아역 배우가 어린 왕자와 장미 역을 했다.

출하는 〈어린 왕자〉를 정기적으로 공연하고 있다.

2011년 11월 24일부터 2012년 1월 8일까지 〈어린 왕자〉는 극단 프랑세의 단원 오렐리앵 르쿠엥이 연출을 맡아 마침내 코미디 프랑세즈의 스튜디오-테아트르에서 공연하게 된다. 생텍쥐페리 작품의 이 버전에는 네 명의 배우가 나온다. 어린 왕자 역은 벤자멩 융거스, 내레이터와 메아리 및 여우 역은 크리스티앙 고농, 장미와 '꽃잎이 세 개인 꽃' 그리고 메아리 역은 쥴리안 브라힘, 그 밖의 모든 역은 크리스티앙 블랑에게 맡겨졌다.

2011년 베를린의 아드미랄스팔라

스트 극장에서는 난다 벤 샤반느라는 여배우가 어린 왕자를 연기하고, 무대감독인 로렌츠 크리스티안 쾰러가 조종사 역을 맡았다. 지리학자 역은 1996년 개봉된 아넌드 터커의 영국영화 〈생텍스〉에서 생텍쥐페리 역을 맡았던 독일의 유명배우 브루노 간츠에게 돌아갔다.

1998년 온두라스에 휘몰아친 태풍 미치로 인해 수천 명에 이르는 사망자와 실종자가 발생했다. 대재앙이 휩쓸고 지나간 뒤 캐나다 퀘벡의 제작자 아나이스 바르보는 이곳에서 1년을 보냈다.

그녀는 실의에 빠진 사람들을 격려하기 위해 온두라스의 연출자와 함께 생텍쥐페리의 《어린 왕자》를 새로 각색한 〈엘 프린시피토〉 공연에 참여한다. 이 연극에서는 온두라스의 빈민촌에서 온 아이들이 연기를 한다. 몇

달 동안의 사전준비 작업을 거쳐 〈엘 프린시피토〉는 온두라스의 국립극장에서 공연되었고, 2000년 5월에는 퀘벡에서도 공연되었다. '빈민굴의 어린 왕자들'에 대한 이 감동적 이야기는 2001년 다큐멘터리로도 제작됐다.

소설가이자 극작가, 감독인 루마니아 출신의 비르질 타나즈는 갈리마르 출판사에서 발행한 생텍쥐페리 전기를 쓴 작가다. 이처럼 생텍쥐페리의 삶과 작품에 남달리 친숙한 비르질 타나즈는 루마니아에 있는 동안 《성채》를 번역했고, 2005년에는 새로운 시각으로 각색한 〈어린 왕자〉를 무대에 올렸다. 이 연극은 파리의 샹젤리제 코미디 극장과 미셸 극장, 템플 극장, 페피니에르에서 공연했고 지방에서도 공연을 펼쳤다. 또한 두바이와 모로코, 스위스, 모스크바 등 해외에서도 공연이 이루어졌다.

비르질 타나즈는 자신의 연극을 '어린이였던 우리 자신의 모습과 대면하는 연극', 즉 자기 내면에 자리한 어린 시절의 추억과 향수를 상상하는 것이라고 설명한다. 그것은 성인이 되어 성공적인 인생을 살기 위해 침묵을 강요당했던 우리 자신의 내면에 숨은 어린 시절의 모습이다. 세상에서 우리에게 유일한 진리는 우리 안에 숨어 있는 어린 시절에 있다는 것을 인정하지 않을 수 없다.

〈어린 왕자〉는 그 밖의 여러 나라에서 무대에 올려졌다. 1950년 독일에서부터 시작해 이탈리아, 베트남, 아프리카에 이르기까지 어린 왕자의 무대는 끊임없이 세계로 퍼져갔다.

〈나비 빌라〉라는 이름의 거리 연극에서 어린 왕자는 세월을 뛰어넘어 21세기로 이동한다. 여러 행성을 방문한 어린 왕자는 장미를 만나고 싶어 하지만, 그가 사용하는 기계가 와가두구의 어느 거리에서 고장이 나고 만다. 기계를 고칠 방법을 찾던 어린 왕자는 주변에 몰려든 사람들의 호기심과 불신의 벽에 부딪힌다. 어린 왕자는 그들에게 자신의 이야기를 들려주기로 마음먹는다. 창의성과 구승성이 뛰어난 〈나비 빌라〉는 2014년 부르키나파소의 수도 와가두구에서 공연되었다.

밝은 색 옷에 긴 머플러를 한 내레이터의 모습이 유난히 눈에 띈다.

오페라와 음악무대

생텍쥐페리의 작품을 각색했던 옛 소련인 레프 크니퍼에 이어 영국 작곡가 레이첼 포트만이 2003년 《어린 왕자》에서 영감을 받은 2막 28장의 오페라를 무대에 올렸다. 이 오페라는 니콜라스 라이트가 노랫말을 썼고, 프란체스카 잠벨로가 연출을 맡았다.

휴스턴 그랜드오페라에서의 초연 후 2년 뒤에는 뉴욕시립오페라 무대에서 다시 공연됐다. 행성, 별, 새와 다양한 등장인물을 연기했던 어린이 합창단이 내레이션을 맡았다. 초연에서 성인 소프라노가 연기했던 장미 역할이 뉴욕에서는 어린 소녀에게 돌아갔다. 캐스팅에 참여하기 위해 무려 2만 5천 명이 넘는 어린이들이 몰려왔고, 그중 여섯 살부터 열여섯 살까지 6,500명이 오디션에 응시해 소수의 행복한 합격자만이 어린 왕자와 장미를 연기할 수 있었다. 2004년 영국 BBC 2 방송국에서 제작한 CD와 DVD는 지금도 유통되고 있다.

2006년에는 독일 태생의 오스트리아 피아니스트이자 작곡가 니콜라우스 샤플이 2막 16장으로 이루어진 오페라를 독일의 카를스루에에서 공연한다(노랫말은 세바스티안 바이글이 썼다). 《어린 왕자》에 대한 니콜라우스 샤플

"어린 왕자가 연극을 통해 보여주는 극적인 신비는 거의 모차르트 수준이다."

— 미카엘 레비나

레이첼 포트만이 선택한 어린 왕자. 2만 5천 명 가운데 선발된 행복한 주인공이다.

의 깊은 사랑은 여섯 살, 어린 시절로 거슬러 올라간다. 그때 삼촌이 선물한 《어린 왕자》를 만나면서 사랑이 싹트기 시작했다. 사실 프랑스어를 읽을 줄 몰라 한 글자도 이해할 수 없었지만, 그 무엇도 니콜라우스가 장미에 매혹되는 것을 막지 못했다.

니콜라우스는 1990년부터 〈어린 왕자〉 프로젝트를 시작했고, 마침내 그가 구상한 오페라의 첫 오디션이 1998년 잘츠부르크에서 열렸다. 그리

고 2006년에는 《어린 왕자》 출간 60주년을 맞아 국립 무대에서 2,500명의 관객이 지켜보는 가운데 다시 무대에 올랐으며, 그 뒤 이 작품은 프랑스어로 각색되었다.

레이첼 포트만처럼 니콜라우스 샤플도 어린이와 가족을 포함한 모든 연령층의 관객에게 사랑받는 작품을 만들고 싶어 했다. 그는 이 간단한 이야기를 전하기 위해 무대에 비행기를 설치했다.

1. 내레이터가 소리친다. "얘들아, 바오밥나무를 조심해야 한다!" 2. 어린 왕자가 부르는 노래로 내레이터의 비행기가 다시 하늘을 날 수 있지 않을까?

　그 비행기는 모형이 아니라 실제 록히드 P-38 라이트닝으로, 1944년 생텍쥐페리가 조종했던 비행기와 같은 기종이었다.

　2010년 5월 29일, 러시아 상트페테르부르크의 미카엘 테아트르에서는 'Offre la vie' 협회에서 주최하는 연극이 공연된다. 이 협회는 어린 환자들을 돕기 위해 결성된 조직으로 러시아의 영화와 연극, 록음악 분야에서 활약하는 33명의 스타가 생텍쥐페리의 작품에서 가장 아름다운 장면을 연기했다.

　2014년에는 미카엘 레비나가 생텍쥐페리의 작품을 각색한 새로운 오페

"그것은 천사들의 만남이며,
은혜의 교차로다."

– 알방 스리지에

라를 스위스의 로잔 오페라에서 공연했다. 프랑스 작곡가이자 피아니스트인 미카엘 레비나는 이렇게 말한다.

"어린 왕자가 연극을 통해 보여주는 신비는 거의 모차르트 수준이다. 어린 왕자는 경이와 은총을 지니는 동시에 인간의 궁극적 나약함과 비참한 현실에 맞선 단호한 의지를 표현한다. 바로 그런 점에서 생텍쥐페리의 작품은 역설적 힘을 지닌다."

2002년 10월부터 2003년 1월까지 프랑스의 유명한 가수이자 작곡가인 리샤르 코시앙트가 《어린 왕자》를 음악으로 각색해 카지노 드 파리에서 공연한다. 그는 《어린 왕자》가 "파스텔 색조를 지닌 음악적인 시"이며, 그 안에서 "작품이 음악과 함께 녹는다"고 말한다. 조종사 역은 캐나다의 가수 겸 작곡가 다니엘 라부아가 맡았고, 어린 왕자 역은 열세 살의 제프에게 돌아갔다. 악보의 가사는 카트린 라라, 가루, 모란느의 작사가 엘리자베스 아네스가 썼다. 연출은 작가이자 오페라 무대감독 장 루이 마르티노티가 맡았다. 환상적인 홀로그램과 유명 디자이너 장 샤를 드 카스텔바자크가 제작한 의상의 특수효과가 멋지게

1. "나는 그가 행성을 탈출하기 위해 철새의 이동을 이용할 수 있다고 믿는다." 2. 니콜라우스 샤플의 오페라에서 어린 왕자 뒤에 여자로 분장한 뱀이 서 있다. 3. 2006년 독일의 카를스루에에서 공연된 니콜라우스 샤플의 오페라에 등장한 허풍쟁이

어우러지면서 공연은 대성공을 거둔다. 파리 공연의 성공은 생텍쥐페리의 《어린 왕자》에 숭배를 아끼지 않는 한국에까지 그대로 이어졌다.

2010년 아비뇽의 오페라극장에서는 소냐 페트로브나가 구상해서 무대에 올린 안무 공연이 펼쳐졌다. 그녀는 이 무대를 형이상학적인 무대라고

2004년 2월 19일, 뮌헨의 가스타익 필하모니에서 세바스티안 바이글이 지휘하는 오케스트라 앞에 서 있는 어린 왕자와 조종사

주저 없이 말한다. 로랑 프티지라르가 작곡을, 에릭 벨로가 안무를 맡았다. 루치노 비스콘티의 〈신들의 석양〉에서 열연했던 무용가이자 배우 소냐 페트로브나는 이미 대중에게 널리 알려져 있었다. 이번에는 12명의 무용수와 약 20명의 합창단원과 함께 무대에 등장해 다양한 등장인물을 동시에 연기했다. 음악적 분위기를 한껏 고취시킨 그녀의 노력으로 공연은 특별한

반향을 일으킨다. 그녀는 〈어린 왕자〉에 매료된 자신의 열정을 소개하며 아무 망설임 없이 텍스트가 정말 좋았다고 말한다.

"나는 이 작품이 깊이 있고 아름답다고 생각한다. 여기에는 인간성에 대한 모든 것이 담겨 있다. 이것은 한 편의 아름다운 시다!"

〈에인절 리아셀〉은 마누 귀세가 발라드와 재즈, 현대음악을 망라해 쓴

뮤지컬 코미디로 2014년 12월 5일부터 2015년 1월 11일까지 바르셀로나에서 5만 명의 관객을 동원한다.

《어린 왕자》는 미국과 캐나다, 핀란드, 독일을 비롯한 여러 나라에서 발레로 대중에게 소개되었다. 그레고르 세이퍼트는 에릭 사티, 파스칼 콤라드, 세르게이 프로코피예프, 바흐의 음악과 브롱크스의 북을 혼합한 2막 오페라를 무대에 올렸다.

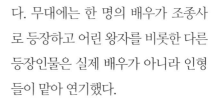

멀티미디어

1996년, 푸아티에의 퓌튀로스코프는 장 자크 아노가 제작한 입체영화 〈용기의 날개〉를 배급한다. 앙리 기요메의 안데스 서사시를 회상하는 영화에 앙투안 드 생텍쥐페리가 주인공으로 등장한 것이다.

1987년에 세워진 레저공원 개원 10주년을 기념해 제작된 새로운 감각의 영상은 첨단 영상기술을 선보이며 《어린 왕자》에게 경의를 표했다. 어린 왕자의 신비한 세계가 4차원으로 전개되었다. 3D 안경을 쓰고 관람할 수 있는 입체적 감동을 넘어 각양각색의 감각적 시도가 동원되고, 첨단영상을 통해 관객들은 비와 안개의 특수효과를 감상했다. 푸른 레이저 광선에 멋지게 반사된 비눗방울이 관객의 머리

위로 쏟아졌다.

2011년 9월 24일, 조제프 쿠르티에가 연출한 〈빛과 소리의 공연〉이 라데팡스 광장에서 시민들에게 무료로 공개됐다. 이 공연을 위해 사막으로 개조한 대형 아치의 거대한 장식이 설치된 무대에서 배우 피에르 아르디티가 작품을 낭송했다. 어린 왕자와 장미가 등장하는 멋진 영상이 대형 화면에 나왔으며, 여러 장면을 화려한 불꽃이 밝혔다. 광장에 모인 어린이들과 부모들은 모두 놀란 눈으로 〈어린 왕자〉를 관람했다.

같은 해에 미국 뉴욕의 뉴빅토리 극장에서는 릭 커민스와 존 스카울러가 교대로 조종사 역을 맡아 1인극 〈어린 왕자〉를 새로운 형식으로 선보였

다. 무대에는 한 명의 배우가 조종사로 등장하고 어린 왕자를 비롯한 다른 등장인물은 실제 배우가 아니라 인형들이 맡아 연기했다.

이때부터 다른 나라에서 상연되는 작품에서도 종종 인형이 등장했다. 이를테면 《어린 왕자》가 가장 인기 있는 나라 가운데 하나인 브라질에서 Cia Mútua 극단은 〈생텍쥐페리라는 이름의 왕자〉라는 제목의 연극에 인형을 등장시켜 우편항공사 시절부터 죽음에 이르기까지 작가의 인생을 이야기한다. 2005년에는 프라하의 타 판타스티카 극장에서 리카르도 마스카가 연출한 작품이 무대에 올랐는데, 음악과 안무를 곁들인 이 공연에서도 배우와 인형이 연기했다.

2014년 2월 개최된 러시아 소치올림픽에서는 프랑스 피겨스케이팅 선수 나탈리 페샬라와 파비앙 부르자가 프로그램의 주제로 《어린 왕자》를 선택했다. 이들은 《어린 왕자》의 작품세계를 회상하며 어린 왕자와 장미의 사랑이 상징하는 남녀관계를 연기했다.

2014년에는 생텍쥐페리의 실종 60주년을 기념하며 제작된 〈밤의 꿈들〉이라는 제목의 공연이 작가의 고향 리옹에서 펼쳐졌다. '빛의 축제'라는 주

퓌튀로스코프가 제작한 〈어린 왕자〉에서 장미가 큰 소리로 노래하고 있다.

제로 열린 이 공연에서는 클라라 시갈 레프치, 다미앙 퐁텐, 장 크리스토프 피포가 열연한다. 17분간의 감각적인 요정나라가 30분 간격으로 반복해서 공연되며 벨쿠르 광장에 운집한 수많은 관객의 마음을 사로잡았다.

그 밖에 제오드에서는 지아니 코르비와 피에르 과스미엘이 공동제작한 〈제오드에 있는 어린 왕자〉라는 제목의 멀티미디어 공연을 선보였다. 이 5분짜리 필름은 합성 영상과 압축파일, 그리고 베르디와 드뷔시의 음악을 곁들인 특수 음향효과를 가미해 생텍쥐페리의 감동적 삶을 재조명했다.

같은 해 프랑스 님에서는 '여름인형축제'를 맞아 40명의 프랑스, 러시아, 우크라이나 무용수들이 멋진 춤으로 〈어린 왕자〉를 무대에 올렸다.

라데팡스의 '빛과 불꽃 축제'. 조종사가 사막이 아니라 파리의 라데팡스 광장 위를 비행했다면 실종되지는 않았을 것이다.

음성녹음

《어린 왕자》독자들이 작품을 읽고 또 읽는다면 아마 생텍쥐페리의 주인공이 지니는 고유한 음성을 마음으로 느낄 수 있을 것이다.

1954년 생텍스의 실종 10주년에 즈음해 제작된 녹음 버전에서는 《어린 왕자》의 등장인물들에게 고유한 음성을 부여하기 위해 노력을 기울인다. 내레이터 역할을 맡은 제라르 필립의 분명하고 열정적인 목소리에 14세의 조르주 푸줄리의 음성이 더해진다. 어린 왕자의 음성을 맡은 조르주 푸줄리는 어린 나이에도 르네 클레망의 영화 〈금지된 장난〉에서 브리지트 포시와 함께 인상적인 연기를 펼쳐 주목 받았다.

이외에 가로등지기 역을 맡은 피에르 라르키와 뱀 역의 미셸 루, 여우 역의 자크 그렐로, 장미 역의 실비 플레요 같은 유명 배우가 각각 음성으로 연기했다. 앙드레 살레가 녹음을 담당한 이 버전은 1시간 30분 분량으로 제작됐으며, 전반 1/3이 주제부가 된다. 디스크 아카데미 대상을 받은 이 녹음 음반은 지금까지 전설로 전해지고 있다.

1959년에는 축음기를 통한 각색이

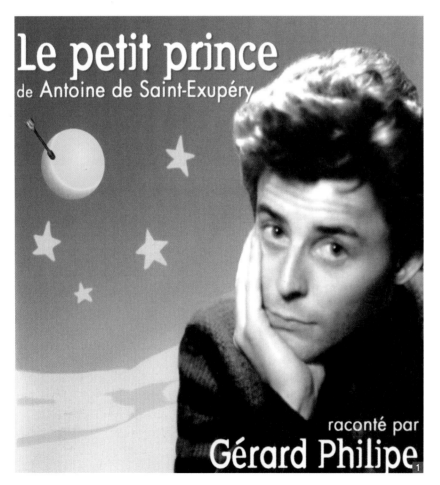

1. 배우 제라르 필립. 그는 내레이터 역을 완벽히 소화해 작가의 정신세계를 분명히 전달했다. **2.** 45회전의 포켓 음반. 《어린 왕자》에서 가장 중요한 두 장을 발췌했다.

"나는 《어린 왕자》를 다시 읽었다.
장미와 여우의 이야기,
어린 왕자와 죽음의 만남은
견디기 힘들 만큼 충격적이었다."

– 제라르 필립

ANTOINE DE SAINT-EXUPÉRY

Der Kleine Prinz

erzählt von
ULRICH MÜHE

Karl Rauch

울리히 뮈헤가 녹음한 〈어린 왕자〉는 세계에서 가장 인기 있는 버전 중 하나다.

빌 쿠아드플리에그와 함께 독일에서 실현되었다. 프랑스에서는 렌 로랭이 〈어린 왕자와 장미〉, 〈어린 왕자와 여우〉 두 장을 45회전 형식의 작은 디스크 한 장에 녹음한다. 하지만 프랑스에서 장 루이 트린티냥이라는 배우가 1972년 에릭 다맹과 함께 어린 왕자 역을 맡아 제라르 필립을 계승하기까지는 무려 20년 가까이 기다려야 했다.

다음 해는 마르셀 물루지와 에릭 레미의 순서가 된다. 그들은 여우 역

을 맡은 클로드 피엡루, 가로등지기 역의 장 카르메, 장미 역의 다니엘레 레브런, 사업가 역의 로맹 부테유와 함께 〈어린 왕자〉 녹음에 참여한다. 1978년에는 자크 아르두앵이 장 마레, 마리나 파스칼, 장 르 폴랭, 장 클로드 파스칼, 그리고 타이틀롤을 맡은 장 클로드 밀로 같은 유명 배우들과 녹음을 진행한다.

그때부터 다른 유명 배우들도 〈어린 왕자〉 녹음에 참여해 인상적인 음성을 들려주었다. 시디롬으로 제작된

〈어린 왕자〉 녹음에는 피에르 아르디티와 사미 프레이, 베르나르 지로도가 참여했고, 영어권에서는 리처드 기어, 케네스 브래너와 비고 모텐슨에 이르기까지 인기배우들이 앞다퉈 녹음했다. 그리고 영화 〈타인의 삶〉에서 인상에 남는 명연기를 선보인 배우 울리히 뮈헤도 〈어린 왕자〉 녹음에 참여했다. 2001년에 미셸 듀몬트(내레이터)와 마틴 펜사(어린 왕자)가 함께 출연해 라디오 캐나다에서 방송한 디지털 버전도 빼놓을 수 없다.

샹송으로 듣는 어린 왕자

앙투안 드 생텍쥐페리의 《어린 왕자》는 전 세계 유명 가수들에게도 깊은 영감을 주었다.

샹송 〈스웨이드헤드〉의 뮤직비디오(1988)에서는 영국 록그룹 더 스미스의 전 리더 모리세이가 금발 소년에게 봉투를 전달 받는다. 봉투를 열면 그 안에 《어린 왕자》 한 권이 들어 있다. 모리세이는 제임스 딘이 묻혀 있는 인디애나의 페어마운트에서 그 책을 읽는다.

1983년 네덜란드 출신의 전자음악 작곡가 톤 브뤼넬(1934~1998)이 생텍쥐페리의 텍스트를 각색한 〈아듀, 어린 왕자〉를 녹음한다. 2006년에는 일본인 카와에 미나코가 이스라엘 리론합창단이 2003년에 했던 것처럼 어린 왕자를 추모하는 노래를 부른다.

생텍쥐페리의 작품에 큰 영향을 받은 캐나다 가수 리치 어코인은 〈덧없는 인생Ephemeral〉 앨범을 제작한다. 2014년에 출시된 이 앨범은 윌 빈턴의 애니메이션 영화에 삽입된다.

그 밖에 다수의 프랑스 예술가들도 자신의 텍스트에 생텍쥐페리의 등장인물을 참고한다.

〈어린 왕자가 돌아왔다〉
질베르 베코(1966)

오 너, 생텍쥐페리의 어린 왕자
네가 사는 미지의 왕국에서
네가 있는 그곳에서 나는 네게 말했지
어린 왕자가 돌아왔다고
그가 네 목소리를 듣고
네 얼굴을 보기 위해서
수없이 돌아다녔다고
그는 아무에게나 묻는다
그를 보셨나요? (…)
사막의 이 남자,
어린 양을 위해 상자를 그려주었던 이 남자
모든 것들을 먹어버리려는 어린 양들
누가 모든 것을 먹어버리려고 하는가
허어!

---

1. 1967년 질베르 베코는 자신의 노래 〈중요한 건 장미야〉에서 생텍쥐페리의 세계를 암시한다. 2. 샹송 〈어린 왕자〉의 앨범 커버. 1973년 제작된 제라르 르노르망의 45회전 디스크다.

〈어린 왕자〉제라르 르노르망(1973)

그가 누구인지 모른다
그가 어디서 왔는지도 모른다
그는 아침이슬과 함께 태어났다
손에 장미를 들고서 (…)
그는 종종 지겨웠지
장미 때문에, 화산 때문에
그의 친구 뱀에게 요구했네
자기가 살던 곳으로 돌려보내 달라고

〈인간의 대지〉잔 망송(1987)

당신의 어린 왕자가 지구에 돌아온다면
생텍쥐페리 씨
그는 이제 가로등지기를 볼 수 없을 거야
그리고 분명히 놀랄 거야
그는 슬프겠지
당신의 착한 아이
인간의 대지에서 아무것도
이해하지 못할 거야

〈어린 왕자〉아르 망고(1990)

어린 왕자는 죽었네
너무 외로워서
오로라를 불태우며 죽었네
불안한 밤에
화산들의 불이 꺼지고
정원의 장미나무에
모래가 흩뿌려지고
초롱은 빛을 잃었네

〈어린 왕자〉다미엥 사에즈(1999)

안녕, 너 길게 늘어진 별이여
이 세상에는 어린 왕자가 있다 (…)
얼마나 많은 밤을
나는 너를 그리워하는가
날개가 있어도 앞으로 나아가지 못했다
이 밤에, 이렇게 적혀 있다
나는 떠난다고

〈나에게 양 한 마리만 그려줘〉
밀렌 파머(2000)

나에게 양 한 마리만 그려줘
하늘은 텅 비었고 상상은 없네
그래,
나에게 양 한 마리만 그려줘
다시 옛날처럼 아이가 되자

〈걸어라〉야닉 노아(2010)

행성에서 행성으로
지구의 어린 왕자여
모든 시인이 하는 모든 말이
우주를 다시 그리네

"나에게
양 한 마리만 그려줘
다시 옛날처럼
아이가 되자"

– 밀렌 파머

밀렌 파머의 양은 생텍쥐페리가 그렸던 양과 전혀 닮지 않았다.

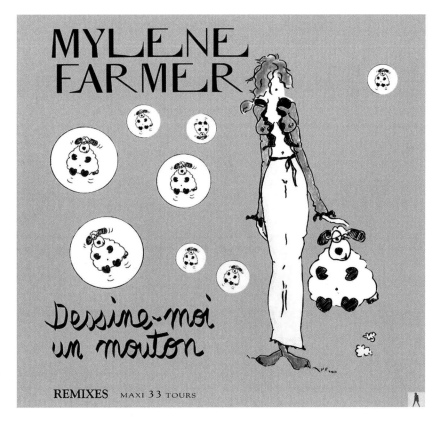

만화와 아동문학에서
만나는 어린 왕자

Le Petit Prince
dans la bande
dessinée et la
littérature jeunesse

조안 스파르가 상상하는 어린 왕자와 조종사

생텍쥐페리, 마지막 비행

- 어, 앙투안. 일몰을 보기 위해서 거기 있는 거야?
- 그런데, 넌 거기서 뭘 하고 있는 거야?
- 미안하지만, 양 한 마리만 그려줘.
- 내가 지난번에 그려줬잖아.
- 그건 별과 함께 떠났어.
- 뭐라고? 별과 함께 떠났다고? 난 그렇게 쓴 적이 없는데…….

1944년 7월 31일 11시 54분, 지중해에서 사라지기 전 마지막으로 상공을 비행할 때 앙투안 드 생텍쥐페리는 어린 왕자와 이런 대화를 나눈다. 이때 어린 왕자는 구름 위에 놓인 작은 의자에 앉아 있다. 사실 여부를 떠나 이것은 《코르토 말테제》의 저자 휴고 프라트가 《마지막 비행》에서 이야기한 내용이다. 우리는 휴고 프라트의 이야기를 곧이곧대로 믿을 수 없지만, 그렇다고 무턱대고 거짓말이라고 비난할 수도 없다. 그가 하는 말은 거짓말이 아니라 순전한 창작이기 때문이다. 자신의 작품을 소개하며 휴고 프라트는 이렇게 말한다.

"언제나 나는 거짓인 것처럼 진실을 이야기한다. 다른 사람들이 진실인 것처럼 말하면서 실은 거짓을 말하는

"언제나 나는 거짓인 것처럼 진실을 이야기한다."

- 휴고 프라트

것과 달리 나는 거짓인 것처럼 말하면서 독자들에게 사실을 말한다. 바로 거기에서 이중, 삼중의 의미가 배가된다. 독자들은 내가 말한 것 가운데 일부가 사실이라는 것을 이해하는 순간, 모든 이야기에 깊은 관심을 가지고 진실을 찾아 먼 길을 떠나게 된다."

생텍쥐페리 실종 50주년이 되는 1994년에 완성된 이 작품은 1995년 일반에 공개됐다. 이것은 화가의 마지막 작품으로 생텍쥐페리 후손들의 주문에 따른 특별한 결실이다. 휴고 프라트와 나눈 대담집 《코르토 저편에서》의 저자 도미니크 프티포는 프라트가 처음엔 생텍쥐페리의 작품에 별 관심이 없었고, 오히려 장 메르모즈에게 영감을 받았다고 말한다.

그는 어린 왕자라는 등장인물에 큰 관심을 가졌지만, 저작권 문제로 거절당한다. 이때 그는 꿈과 사실 사이에서 배회하는 장면을 상상했으며, 그가 상상한 이야기 안에서 생텍쥐페리는 죽기 몇 분 전 삶의 마지막 순간을 보낸다. 비행에 대한 돌발적 사

건이 어스름한 어조로 다뤄지는 반면 과거에 대한 회상은 먹물처럼 진하게 무대에 등장한다.

연료장치 결함에 따른 산소 결핍으로 생텍쥐페리의 비행기는 비정상적 상태로 운항한다. 비행기가 양처럼 피어오른 구름과 교차할 때 조종사는 과거와 현재의 경계가 모호한 상태에서 자신의 삶을 특징짓는 등장인물들을 떠올린다. "나는 마치 술에 취한 것 같다. 산소 부족 때문인가?" 점점 의식이 흐려지면서 조종사가 중얼거린다. "이 헬멧을 벗으면 좋겠는데……. 정신을 차릴 수가 없어!"

생텍쥐페리의 마지막 비행과 만화 컷 끝에 마침내 죽음이 위치한다. 의식을 거의 잃은 채 마지막 말을 읊조리는 생텍쥐페리의 죽음에 신비로운 지혜가 담겨 있다. "나는 이제 죽음이 무엇인지 알았다. 죽음이란……."

휴고 프라트의 죽음도 마찬가지다. 1994년 가을 《마지막 비행》을 끝낸 그는 암으로 고통받다가 몇 달 뒤인 1995년 8월 죽음을 맞았다.

지칠 줄 모르는 행성 측량자 휴고 프라트는 위대한
여행객 생텍쥐페리에게 경의를 표한다

조안 스파르의 어린 왕자

조안 스파르는 어렸을 때 할 아버지에게 어린 왕자 이야 기를 자주 들었다. 제라르 필 립이 제작한 녹음을 좋아했 고, 테이프를 들으면서 생텍 쥐페리의 음성이 배우의 음성 과 같다고 생각했다. 세 살 때 어머니를 잃은 제라르 필립은 생텍쥐페리를 추모하기 위해 특별히 발행된 주간지 〈르 프 앵〉의 임시증간호에서 이렇 게 말한다.

"이 책은 죽음이 무엇인지 내가 이해할 수 있도록 도와 주었다. (⋯) 모든 이야기가 그 것에 대해 말하고 있다. 우리 는 사랑하는 사람들의 죽음을 어떻게 받아들일 것인가."

《랍비의 고양이》의 저자 조 안 스파르는 성인이 되자 자 신이 직접 죽음에 대해 말하 기로 한다. 이때 그가 선택한 것은 생텍쥐페리처럼 소설이 아니라 만화였다. 이미 텍스 트와 그림이 곁들여진 책을 다시 만화로 제작하는 것이 무슨 의미가 있느냐고 묻는 독자도 있을 것이다. 자신의

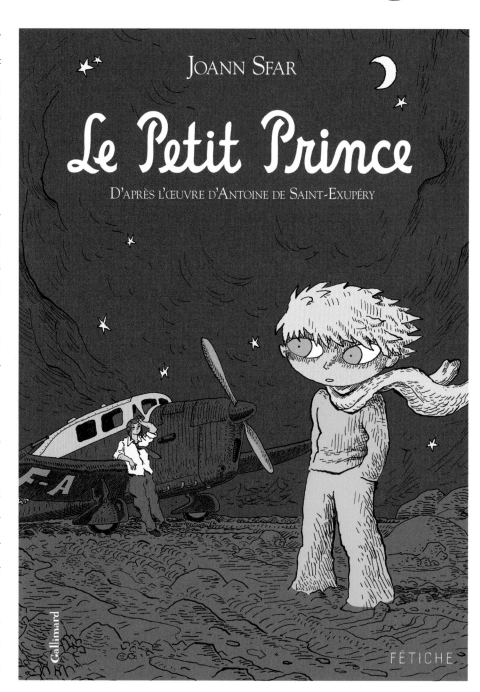

▲ 조안 스파르는 생텍쥐페리의 작품에 충실하면서도 《어린 왕자》에 대한 개인적 해석을 보여준다. ▶ 조안 스파르의 《어린 왕자》는 흑백과 컬러로 각각 제작되었다.

아저씨가 나한테 만들어준 상자를 밤에는 양이 집으로 쓸 수 있어서 좋아요.

네가 사는 집이 어딘데?

양을 어디로 데려갈 생각이니?

아저씨가 만들어준 상자 안에서 양이 편히 잘 수 있을 거예요.

집처럼 사용할 수 있겠네요.

물론이지.

낮에 양을 묶어둘 끈도 만들어줄게.

13

"나는 만화가 무슨 소용이 있는지 밝히고 싶었다."

결정을 변론하기 위해 스파르는 주저 없이 말한다.

"삽화가 있는 텍스트와 연재만화는 전혀 상관이 없다는 점을 밝히고 싶다. 사실상 만화는 연속장면으로 이루어진다는 의미에서 삽화가 곁들여진 소설보다 영화에 훨씬 더 가깝다. 나는 원작에 있는 어떤 것도 의도적으로 각색하지 않으려 노력했다. 내가 바란 것은 만화가 무슨 소용이 있는지를 분명히 밝히는 것이었다."

작업을 하면서 비록 원작과 일시적으로 거리를 두는 상황이 발생했지만, 스파르는 새로운 구상에 앞서 텍스트 원문을 채택하기로 한다. 비록 생텍스의 원작에 충실하기를 바랐지만, 상상력이 풍부한 작가인 만큼 원작에 충실하려는 의도가 그의 고유한 세계의 창조를 방해하지는 않는다.

예를 들어 만화 앞부분에서 우리는 불시착한 비행기 기체 안에 혼자 있던 생텍쥐페리가 담배연기와 무언의 대화를 나누는 장면에서 담배연기가 그에게 훈계하는 것을 보게 된다. 담배연기는 생텍쥐페리에게 이렇게 말한다.

"어린이들이 읽는 책에서는 절대 담배를 피우면 안 돼."

조안 스파르가 보기에는 본질적인 것을 말하는 《어린 왕자》의 이야기 안에 어린아이들이 쉽게 이해할 수 있는 순진한 것은 아무것도 없다. 그는 일본에서 생텍쥐페리의 작품이 어른들을 위한 책이라고 주장하는가 하면 "동화와 종교적 이야기가 만나는 책"이라고 말한 바 있다. 그는 이렇게 설명한다.

"《어린 왕자》에는 진정한 영성이 깃들어 있고 독자는 그것을 느낄 수 있다. 따라서 독자는 이 위대한 책 안에서 자신의 이야기를 만날 수 있다."

사람들은 금기를 건드렸다고 그를 비난했다. 실제로 조안 스파르는 원작에 없던 내레이터를 등장인물로 그려 생텍쥐페리와 내레이터를 동일한 인물로 묘사한다. 조안 스파르에 따르면 내레이터와 생텍쥐페리의 일치는 그가 각색한 만화에서 중요한 의미를 지닌다. 그는 자신의 의도를 간단히 요약한다.

"만화는 원작에 갇히지 않는 어떤 외적인 관점을 허락한다. 생텍쥐페리를 무대에 올리는 것은 나에게 큰 기쁨이었다. 그것은 어린 왕자와 위대한 한 남자의 구체적인 만남이다. 나는 어렸을 때 이 책을 읽고 나서 나와 어린 왕자를 일치시켰다. 그리고 나중에 어른이 된 다음 다시 이 책을 만나면서 내가 장차 조종사와 일치하리라는 것을 깨달았다."

일본의 유명한 만화가 지로 타니구치는 조안 스파르가 그린 눈이 큰 어린 왕자에게 찬사를 보냈다.

"나는 너무나 유명한 어린 왕자 이야기를 다 알고 있다고 생각했는데, 조안 스파르가 시도한 새로운 시각의 해석에 적이 놀랐다."

만화 《우연한 산보》의 저자인 그는 또 이렇게 말한다.

"이 책은 나를 상상력 너머의 멋진 나라로 데려갔다. 수십 년도 더 된 이야기가 다시 태어났고, 새로운 어린 왕자가 우리 앞에 나타났다고 말할 수 있을 것이다."

2008년 9월 15일, 조안 스파르는 유러피언 테아트르에서 배우 프랑수아 모렐을 통해 자신이 해석한 새로운 《어린 왕자》를 표현할 기회를 가졌다.

어린 왕자, 새로운 모험들

우주에 있는 어떤 것도 살아남지 못한다! 뱀의 음모로 별들이 하나하나 빛을 잃는다. 그때 어린 왕자는 은하수의 행성을 지키기 위해 친구인 여우와 함께 사랑하는 소행성 B612를 떠나기로 결심한다. 우주여행을 하는 동안 어린 왕자는 미지의 매혹적 행성을 계속 발견한다. 그 행성들은 환상적인 동시에 어딘가 불합리하고 이해할 수 없는 법칙에 따라 지배를 받고 있다.

어린 왕자는 갈등을 해소하고, 무지와 싸우고, 불관용에 맞서면서 행성들 사이의 소통을 돕는다. 하지만 과연 그의 능력으로 뱀을 물리치고 악에 맞서 승리할 수 있을까? 그가 다시 장미를 만날 수 있을까?

이런 질문에 대한 답이 어린 왕자와 여우가 방문한 행성의 숫자와 같은 24편의 만화 시리즈에 담겨 있다. 2011년부터 2015년까지 글레나에서 제작한 이 시리즈는 생텍쥐페리의 작품에서 영감을 받아 프랑스 3에서 방송한 애니메이션을 토대로 했다. 예술감독 디디에르 폴리와 성공한 만화 시나리오 작가로 〈삼각의 비밀Triangle secret〉, 〈눈Neige〉 같은 작

시리즈의 첫 주제에서 화가 뫼비우스는 어린 왕자와 그의 친구 어린 여우를 천사들의 행성으로 보낸다.

품을 각색했던 편집고문 디디에르 콘 바르의 지도를 받아 다른 작가들은 시나리오 구성과 편집, 그림, 컬러, 장식을 맡았다.

초기 10개 시리즈, 이를테면 뫼비우스, 테도, 그리포, 마티유 보놈, 피에르 마크보, 올리비에 쉬피오트, 제롬 주브레이, 자크 라몽타뉴, 아다모프,

케라미다스에서는 《어린 왕자》에 대한 화가의 새로운 관점이 추가된다.

등장인물

어린 왕자

우주의 살아 있는 모든 존재들, 심지어 동물이나 행성과도 대화를 나눌

수 있는 신비한 능력을 지니고 있다. 그가 크로키 수첩에 대고 숨을 내쉬면 수첩에 있는 그림이 생명을 지닌 물체로 태어난다. 왕자 의상으로 갈아입은 어린 왕자는 더 민첩하고 영리해진다. 또한 그가 칼을 쥐고 그림을 그리면 상상한 대로 피조물에게 생명을 줄 수 있다.

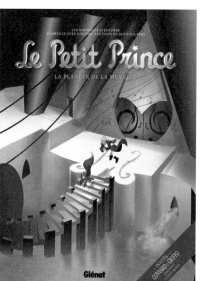

모험과 상상, 자유에 기여하는 공동작품

여우

가끔 투덜거리고, 때로 허풍도 치며, 늘 먹성이 좋은 여우는 어린 왕자의 가장 친한 친구다. 어린 왕자와 항상 함께하며 그를 돕고, 그에게 세상의 문을 열어주며, 그의 성장을 돕는다.

뱀

우리는 그 이유를 모르지만, 세상을 암흑에 빠뜨리기 위해 모든 준비를 갖춘 뱀은 절대 혼자 행동하지 않는다. 자기가 선택한 제물에게 악한 생각을 품게 하고 그들을 위험한 세계로 몰아넣기 위해서는 뱀이 자신에게 걸려든 제물을 물기만 하면 된다.

악한 존재들

뱀에 물린 자는 자기가 살던 행성의 불이 꺼지는 날 악한 존재가 된다. 뱀의 명령에 완전히 굴복한 악한 존재들은 항상 떼를 지어 행동한다. 하지만 이들은 뱀의 음모에 따라 악을 수행하기 위해 길을 가던 도중 어린 왕자와 만난다.

앨범

에올리언 행성

에올리언 주민들은 바람 덕분에 그들의 행성을 따뜻하게 데울 수 있다. 바람이 약해지면 행성은 얼어붙게 되는데, 어린 왕자는 과연 이 문제를 어떻게 해결할까?

불새의 행성

에메랄드 재단사들은 불 때문에 우주를 떠다니는 고동 위에 은신처를 마련해야 한다. 이것이 정말 불새의 잘못일까?

음악의 행성

유티안 주민들의 일상에 리듬을 주는 유명 가수 유포니가 발성연습을 하고 서투른 노래를 시작하자 사람들은 왠지 불안하다. 사랑이 이 난처한 상황을 해결할 수 있지 않을까?

제이드 행성

도시를 위협하는 가시덤불을 피하기 위해 리티안 주민들은 그들이 살던 도시를 떠나야 한다. 그런데 리티안 주민들을 이끄는 지도자는 방탕한 아들을 기다리고 있다. 어린 왕자와 여우는 그를 제시간에 만날 수 있을까?

천문학자의 행성

클로로필리안 주민들이 두려움에 떠는 이유는 천상의 궁륭을 만들려고 우주의 행성과 별을 탈취하는 천문학자 때문이다.

글로버스 행성

볼텐느 행성에서 가로등 상인은 주민들의 두려움을 이용해 상품을 유통시

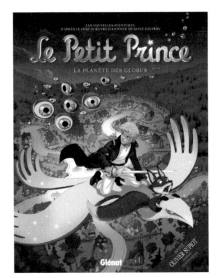
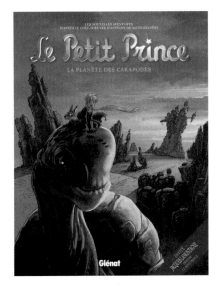

어린 왕자는 볼텐느 행성 주민들에게 두려움과 선입견을 극복하는 방법을 알려준다.

킨다. 그들은 아무런 해도 끼치지 않는 글로버스 주민들에게 맹목적인 공포심을 느낀다.

아미코프 행성

아미코프 주민들은 수다스러운 사람들이다. 폭군 사하라의 명령을 받은 운디네 사람들은 그들의 입을 테이프로 봉한다! 하지 말아야 할 말은 갈등으로 들어가는 문이다.

카라포드 행성

이상하게 생긴 야생 거북들이 지도자인 아로바스가 떠나기로 결정하는 날까지 외딴 도시에 우편물과 상품들을 배달한다.

거인의 행성

거인의 모습을 한 이 행성은 마치 살아 있는 존재처럼 움직인다. 하지만 탈라무스가 뇌에 명령을 하지 않으면서 거대한 몸체가 분해되기 시작한다.

바고노트 행성

연착하거나 목적지를 잘못 알고 무작정 달리는 기차들, 이것이 바로 혼란스러운 바고노트 행성 주민들이 사는 모습이다!

뤼도카 행성

일몰을 구경하기 위해 서로 싸우는 대신 두 주민들은 뤼도카를 즐기며 서로의 차이를 극복한다. 그런데 떠나기 전날 그들 사이에 반감이 다시 고개를 든다.

라크리마보라 행성

라크리마보라는 주민들 덕분에 양식을 공급받는 거대한 꽃들이다. 그 대신 꽃들은 불비에 맞서 주민들을 보호한다. 그런데 라크리마보라가 예기치 않은 위험에 처한다.

〈제이드 행성〉의 데생 표지

어린 왕자는 친구 여우와 함께 지구보다 훨씬 멋진 행성을 발견한다.

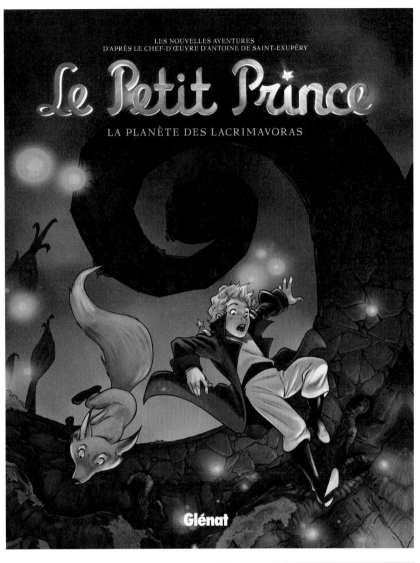

문제로 헤어질 때 사탄은 반드시 그들과 멀지 않은 데 있다. 다행히 어린 왕자와 여우가 사탄의 음모를 분쇄한다.

제옴 행성

제옴 행성 주민들은 허공에 떨어지지 않으려면 쉴 새 없이 걸어야 한다! 그런데 그들 가운데 일부가 맹목적인 복종을 거부한다.

버블 갑 행성

대양을 청소하는 바닷속 피조물 버블 갑은 더러운 바다에서 도대체 무엇을 할 수 있을까? 해일과 행성 주민들의 집이 오물로 가득한 바다에 잠겼다!

시간의 행성

시간이 한 장소에서 멈췄다가 다른 장소에서는 전속력으로 돌아간다. 주민들은 왜 당황하고 있는가! 위대한 시계상에게는 바로 그때가 시계추를 제시간에 맞출 때다.

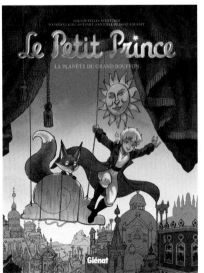

라크리마보라 행성에서 어릿광대의 행성에 이르기까지 어린 왕자는 종종 불편한 상황에 처한다.

어릿광대의 행성

슬픈 일이다. 어릿광대가 외로워지는 순간 주민들도 덩달아 웃을 수 없다. 권력을 장악하려는 야망을 가진 수상은 무언가를 위해 거기에 있다.

가르강 행성

어릴 적부터 친했던 두 친구가 권력

큐블리 행성

큐블리 주민들이 더 이상 배터리를 충전하지 못하면 그들이 사는 마을에서는 모든 것이 저속으로 움직인다. 그때 단지 하나의 기계장치만 돌아간다. 외부로부터 자신을 보호하기 위해 빗장을 만든다. 모든 것이 꺼지기 전 그들을 구하기 위해 어린 왕자와 여우가 달려간다.

코펠리우스 행성

솔라리 행성에서는 햇빛이 너무 강렬해 주민들이 색을 구별하지 못한다. 코펠리우스가 햇빛을 차단하기 위해 단호한 태도를 취하지 않는다면 그들은 영원히 색을 구별하지 못할 수도 있다.

오키디언 행성

소프레오 혜성에 위협당하는 오키디언 주민들에게는 그의 왕 오코도의 신비한 능력이 필요하다. 그런데 그가 갑자기 사라졌다. 어린 왕자와 여우가 그를 발견하지 못하면 그들의 운명은……

아쉬카바르 행성

아쉬카바르 행성에는 크리스탈리트와 세롤리트를 분리시키는 유리벽이 있다. 샤즈와 자크를 맺어준 사랑이 그들 사이를 가로막은 유리벽을 무너뜨릴 수 있을까? 어린 왕자와 여우가 이 단절의 문제를 해결하기 위해 달려간다.

바말리아스 행성

어린 왕자가 기억을 상실했다. 여우는 어린 왕자가 계속 행성들을 지킬 수 있도록 지난 일을 상기시키며 기억을 되살리려고 노력한다. 그런데 뱀을 만나게 되는 날, 뱀이 여우를 마음대로 조종할 우려가 있다.

뱀의 행성

뱀이 이번엔 소행성 B612를 공격해 장미를 끌고 간다. 어린 왕자는 자신이 도와주었던 모든 사람들의 도움을 받아 새 힘과 용기로 무장하고 장미를 구하기 위해 적진으로 뛰어든다. 마침내 최후의 격전이 벌어진다.

어린 왕자와 최후의 격전을 벌이는 뱀은 생텍쥐페리의 작품에서 본 뱀과는 다르다.

연재만화의 성공

2006년, 《어린 왕자》 출간 60주년을 기념해 발간된 임시증간호에서 〈리르〉는 명망 있는 만화가들에게 생텍쥐페리의 등장인물에 대한 그들의 관점을 독창적 이미지로 각색해줄 것을 요청한다. 많은 작가들이 참여했는데, 일부를 소개한다.

플로랑스 세스탁 Florence Cestac
1949년에 태어난 플로랑스 세스탁은 1975년에 출범한 퓌트로폴리스 출판사의 공동창업자 가운데 한 사람이다. 2000년 앙굴렘 국제만화축제에서 그랑프리를 수상한 그녀는 아동용으로 제작된 연재만화 《레 데블록Les Déblok》과 성인을 위한 만화 《정오의 악마Démon de midi》, 《완전한 사랑》의 작가다.

움베르토 라모스 Humberto Ramos
1970년에 태어난 이 멕시코 화가는 코믹 분야의 전문가로 《스파이더맨》, 《울버린》 등 뛰어난 작품을 선보였지만 코믹 분야에서 쌓은 경력이 《어린 왕자》를 새로운 관점으로 그리는 작업을 전혀 방해하지 않았다. 《어린 왕자》는 그에게 다른 의미에서의 슈퍼히어로가 아니었을까?

▲▲코믹 화가 움베르토 라모스가 전혀 다른 시각으로 그린 어린 왕자 ▲플로랑스 세스탁은 장미가 옆에 있는데도 슬픈 생각에 잠기고, 좁은 행성에서의 삶을 지루해하는 것 같은 어린 왕자를 보여준다.

지피 GIPI

1963년 이탈리아에서 태어난 잔 알폰조 파치노티의 애칭은 '지피'다. 그는 2006년 앙굴렘 국제만화축제에서 《전쟁사를 위한 노트》로 최우수상을 수상했다.

앙드레 주이아르 Andre Juillard

1948년에 태어난 앙드레 주이아르는 파트릭 코티아스가 시나리오를 쓴 연재물 《매파의 일곱 가지 삶》과 에드가 자코브가 구상한 《블레이크와 모티머》를 그린 유명 작가다. 섬세한 작업과 부드러운 색감, 그리고 우주의 시각적 아름다움을 통해 그는 생텍쥐페리 작품의 연속선상에서 어린 왕자를 그려낸다.

▲지피는 어린 왕자와 조종사가 만나기 직전의 긴박한 순간을 나름대로 상상해 그렸다. ◀생텍쥐페리의 원작에 충실한 어린 왕자. 앙드레 주이아르의 멋진 그림이 돋보인다. "넌 좋은 독을 가지고 있니? 나를 오랫동안 고통스럽지 않게 해줄 자신이 있어?"

Tu as du bon venin? Tu es sûr de ne pas me faire souffrir longtemps?

쥘Jul

《유황의 끝에》에서 데생화가 쥘은 대중문화의 우상 가운데 일부를 재해석해 사악한 쾌락을 주제로 다시 그림을 그렸다. 그 가운데 4쪽으로 제작된 이야기 안에 《위대한 왕자》라는 제목으로 《어린 왕자》를 각색한다. 쥘은 《현인들의 행성》과 속편을 제작했으며, 이 책에 실린 삽화는 《현인들의 행성》에서 발췌했다.

조안 스파르 Joann Sfar

1971년에 태어난 조안 스파르는 1990년대에 등장한 신세대 만화작가들 가운데 대표적 인물로 꼽힌다. 베스트셀러인 《랍비의 고양이》를 비롯해 100개가 넘는 작품을 발표한 그는 화가일 뿐 아니라 제작자이자 소설가다. 어린 시절부터 《어린 왕자》와 특별한 관계를 맺었던 그는 2008년에 《어린 왕자》를 연재만화로 그렸다.

마르탱 베르욘 Martin Veyron

1950년에 태어난 마르탱 베르욘은 '베르나르 레드미트'라는 주인공을 탄생시킨 저자다. 그는 당시 사회와 개성 없는 인간들을 날카로운 감각으로 유머 있게 관찰했다.

▲쥘이 아이러니한 시각으로 그린 어린 왕자 ▼이 그림을 보고는 아무도 조안 스파르가 모자를 그렸다고 생각하지 않는다. 뱀이 삼킨 어린 왕자(수채화로 그린 그림)

"이 위대한 책 안에서 우리 각자는 자신의 이야기를 발견할 수 있다."

– 조안 스파르

《파일럿과 어린 왕자》

내가 고국으로 돌아가기를 원하는지,
아니면 미국에 머물기를 원하는지 사람들이 나에게 물을 때
나는 《어린 왕자》를 다시 읽었다.
그리고 사막에서 살아남은 조종사를 떠올리면서
이 책이 내게 용기를 북돋아주고,
그것이 내게 희망을 준다는 것을 새삼 깨달았다.

피터 시스Peter Sis는 시인이다. 하지만 그는 단어만 사용하는 문자시인이 아니다. 그에게 단어는 앙투안 드 생텍쥐페리의 책에서 보듯 그림과 융화돼 새로운 세계를 창조하며 독자를 신비한 여행으로 이끈다.

그의 그림책 《파일럿과 어린 왕자》는 멋진 이야기다. 언뜻 보면 피터 시스가 작품을 쓰면서 아무것도 창조하지 않은 채 생텍쥐페리의 삶을 있는 그대로 서술하는 데 만족한 것처럼 느껴진다. 하지만 《어린 왕자》에서 보았듯 우리는 피터 시스와 더불어 눈에 보이는 겉모습에 머무르지 않고 그 너머를 볼 수 있어야 한다. 너머가 아니라, 어쩌면 그 안을 볼 수 있어야 한다.

그가 제시하는 이미지는 바다의 파도처럼 또는 사막의 발자국처럼 분명 존재했지만 미처 눈에 담지 못한 수천의 작은 조각으로 만들어졌다.

《파일럿과 어린 왕자》는 두 파트로 나뉜다. 여기에서 각 파트에는 생텍쥐페리의 삶의 단계를 조명하는 세부 묘사가 넘치고, 정제된 내용이 두드러진다. 그것은 마치 눈의 휴식을 위한 것처럼 군데군데 말이 없는 삽화들로 텍스트의 연결이 끊어진다.

이것을 제대로 읽으려면 잠깐 머리를 돌리거나 책을 돌려야 한다. 그림의 구불구불한 길을 따라가야 하고 커브를 돌아야 한다. 생텍쥐페리가 비행기로 그랬던 것처럼 그는 산과 함께 말뛰기놀이(구부리고 있는 다른 사람의 등을 두 손으로 짚고 뛰어넘는 놀이)를 한다.

1943년, 생텍쥐페리가 스틸링 성으로 돌아올 때 비행기는 마치 대서양 위에서 물결치는 것 같았다. 이와 마찬가지로 《파일럿과 어린 왕자》에서 조종사가 스페인으로 비행할 때 그의 눈에 들어온 풍경은 마치 너그럽고 친절한 거인들의 모습과 닮았다.

그렇다면 어린 왕자는 이 모든 것 안에서 도대체 어디에 있는가? 어린 왕자는 승객석에 앉아 자신의 창조주인 작가와 함께 표지 위를 날고 있다. 우리는 마지막 두 페이지에서 그를 잠깐 만난다.

생텍쥐페리의 비행기에 매달린 금발의 소년은 마치 지구에 오려고 자기 행성을 떠났던 또 하나의 우주난민인 이티E.T.처럼 허공에서 자전거를 타고 있다. 그의 자전거 바퀴가 프로펠러의 움직임을 그리고 있다.

피터 시스는 이렇게 말한다.

"어쩌면 앙투안은 자신만의 행성을 발견했는지 모른다. 수많은 별 사

이에서 자신을 바라보며 반짝이는 작은 행성에서……."

피터 시스라는 화가이자 작가 역시 또 하나의 어린 왕자가 아닐까? 그도 생텍쥐페리처럼 어느 날 자기 고향을 떠날 수밖에 없게 된다. 1982년, 체코슬로바키아 정부는 1984년 LA올림픽을 준비시키기 위해 피터 시스를 미국으로 보낸다. 하지만 그는 생텍쥐페리의 주인공과는 달리 자기 나라로 돌아가지 않는다. 그리고 체코슬로바키아 정부로부터 독촉을 받던 피터 시스는 마침내 미국에 살기로 결정한다.

"그는 어린 시절과 그가 보았던 장소들,
만들었던 것들, 만났던 사람들을 다시 생각했다.
그는 작은 수채화물감을 한 통 사서
삽화가 들어가는 책을 작업하기 시작했다.
그 책은 금발의 소년에 대한 이야기를 적은 책이다."

–《파일럿과 어린 왕자》 중에서

▶ 어린 왕자가 자기 행성으로 돌아가지 않고 조종사와 함께 비행기를 타고 다시 출발했다면 어땠을까?

Le Pilote et le Petit Prince

LA VIE
D'ANTOINE DE SAINT-EXUPÉRY

Peter Sís

GRASSET JEUNESSE

컬렉토이의 어린 왕자와 여우 피규어

09
어린 왕자, 영감
Inspiration Petit Prince

파생상품들

생텍쥐페리의 작품과 주인공의 가치는 다국적 기업들의 특별한 관심을 끌었다. 제조상품의 가치를 높이기 위해 어린 왕자 이미지를 사용하려는 전 세계 사업가들과 생텍쥐페리 상속재단 소젝스SOGEX는 상표권 사용에 대한 라이선스를 비롯해 수많은 계약을 맺었다. 전 세계에 걸쳐 상표권 취득자는 150명이 넘고 상품도 약 1만 종에 달한다.

그 가운데 대표적인 상품을 살펴보면 다음과 같다. 아니마의 장난감, 픽시와 레블론-델리엔의 피규어, '작가들의 차' 고급문구점, 스카이랜턴의 휴대용 랜턴, 키웁의 그래픽 제품들, 모네드파리에서 제조한 화폐, 비르지니의 주석제품, 블룸의 임시 문신, 몰스킨의 다이어리, 소피텔 호텔체인, IWC 손목시계, 오브리 카도레의 도자기, 트루세리에의 어린이방 장식품, 플라스토이 장난감, 버즈비즈의 휴대폰 액세서리……

여기에 '어린 왕자들' 협회를 재정적으로 후원하기 위해 세네갈에서 직수입한 바오밥나무와 델바드가 재배한 어린 왕자의 장미도 빼놓을 수 없는 상품이다.

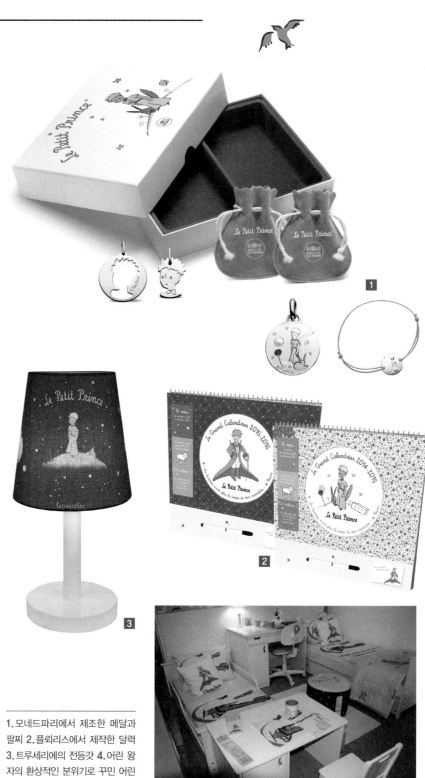

1. 모네드파리에서 제조한 메달과 팔찌 2. 플로리스에서 제작한 달력 3. 트루세리에의 전등갓 4. 어린 왕자의 환상적인 분위기로 꾸민 어린이 침실

1.파리 프티주르에서 만든 만년필 2.플뢰리스에서 만든 다이
어리 3.제피르가 만든 양 장식의 볼펜 4.컬렉토이의 어린 왕자
피규어 5.아트토이에서 제작한 어린 왕자의 유명한 얼굴 모습
6.픽시의 어린 왕자 등장인물 컬렉션

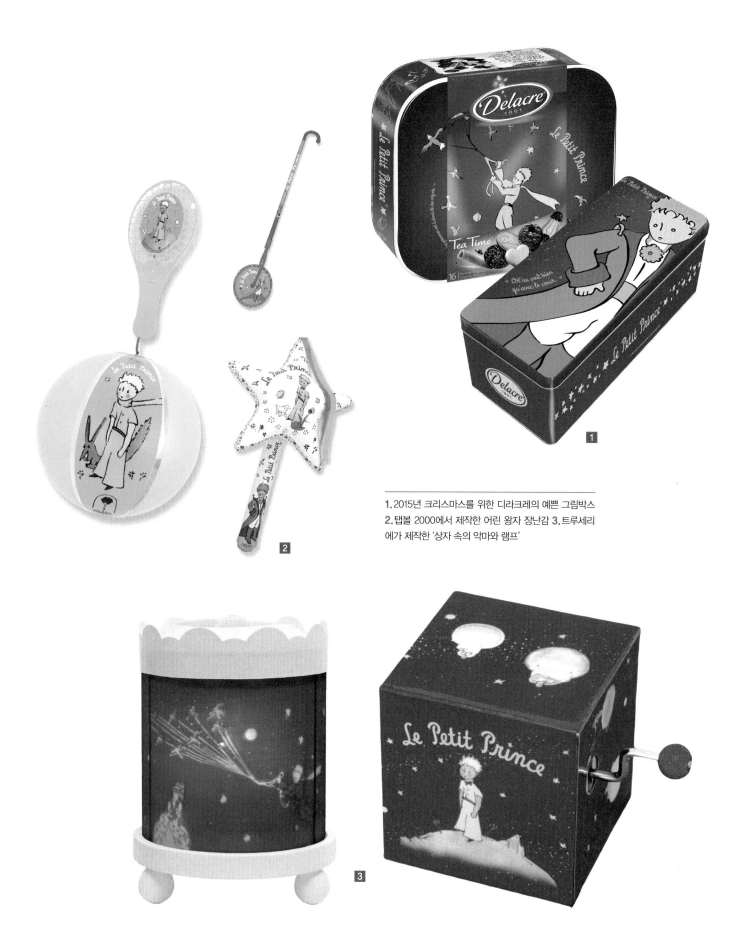

1. 2015년 크리스마스를 위한 디라크레의 예쁜 그림박스
2. 탭볼 2000에서 제작한 어린 왕자 장난감 3. 트루세리에가 제작한 '상자 속의 악마와 램프'

소젝스와 계약한 모든 제품은 제조와 유통 과정에서 앙투안 드 생텍쥐페리의 작품세계가 제시하는 가치관에 부합해야 한다. 멕시코에서 라이선스를 받은 제품은 계약조건에 따라 멕시코에서 제조되고, 브라질에서 계약한 제품은 브라질에서 제조돼야 한다. 그 밖의 다른 나라에서 제조하는 경우에도 소젝스와의 협의를 거쳐 1989년 UN이 제정한 아동권리규칙에 따른 제반 협약을 준수해야 한다.

1. 니어미디어에서 한정판으로 만든 조각 가운데 하나 2. 파리스틱 스튜디오에서 고안한 어린 왕자 그림들 3. 플라스토이가 만든 어린 왕자 저금통 4. 첵스가 디자인한 어린이와 어른을 위한 어린 왕자 의상

1~2. 파리스틱/데코 미뉘의 스티커 벽지 3. 세네갈 외지의 식물들의 바오밥나무 4. 후긴과 무닌의 어린 왕자 우편엽서

1. 프티주르의 선물 박스 안에 들어 있는 접시와 컵. 생텍쥐페리의 수채화 화풍을 인용했다. 2. 세키구치의 플러쉬 인형들 3. 블룸의 임시 문신

어린 왕자와 함께 배우기

어린 왕자와 함께 프랑스어 배우기
어린 왕자는 국경이 없다. 여러 나라
에서 번역된 데 만족하지 않는 어린
왕자는 언어 장벽이 가로막은 사람들
사이의 소통에도 기여한다. 두 개의
언어로 발행된 다양한 책들이 프랑스
어 학습을 좀 더 쉽게 만든다. 한국과
루마니아, 중국 독자들을 위한 대역판
對譯版은 생텍쥐페리의 원문에 사용
된 단어의 개념과 설명을 곁들인다.

1.마크 오스본의 영화에서 영감을 받아 프랑스 제작
사 루도넛이 창작한 영화 게임 2.루마니아 사람들에
게 프랑스어를 효과적으로 가르치기 위해 특별히 고
안된 이 방법은 생텍쥐페리의 작품을 참고로 했다.

"PLEASE, DRAW ME A SHEEP."
예를 들어 영문대역판을 참고하면,
"미안하지만 나에게 양 한 마리만 그
려줘요"라는 프랑스어 문장을 영어로
옮기는 것은 매우 간단하다. 루마니
아어로 옮기는 것도 마찬가지다. 나

탈리아 콘란의 삽화를 넣어서 아름다
운 그림책으로 발행된《어린 왕자와
함께 배우는 영어》총서는 루마니아
어린이들이 노래, 시, 회화, 사전의 도
움으로 셰익스피어의 언어와 쉽게 친
해질 수 있게 제작되었다.

어린 왕자와 함께하는 게임

여덟 살 이상의 아이들이(물론 어른들도 할 수 있다) 2~5명씩 팀을 이뤄 함께 즐기는 이 게임은 어린 왕자의 세계에서 영감을 받아 루도넛에서 만들었다. 게임 방법은 매우 간단하다. 여우, 양, 장미 또는 코끼리 모양의 타일을 가지고 가장 아름다운 행성을 만드는 것이다.

루도넛은 이 밖에도 마크 오스본의 애니메이션에서 영감을 받아 '별을 향한 어린 왕자의 여행'이라는 다른 게임도 고안했다. 여섯 살 이상의 어린이들이 2~6명씩 팀을 이뤄 영화의 여주인공을 따라가면서 상상의 날개를 펼치고 행성에 있는 어린 왕자를 만나기 위해 비행기를 타고 상공을 비행한다.

어린 왕자와 함께 읽기 배우기

유치원이나 초등학교 저학년 어린이에게 더없이 좋은 기회가 왔다. 이들을 위해 특별히 고안된 버전으로 생텍쥐페리의 텍스트가 수록된 《어린 왕자》를 만날 수 있는 것이다.

교사가 준비한 단어와 독해 목록을 가지고 게임을 하며 재미있게 노는 동안 어린이들은 자연스럽게 《어린 왕자》에서 발췌한 글을 중심으로 쓰기, 읽기 능력을 키울 수 있다. 어른들이 재미있는 놀이를 지켜보며 어린 시절로 돌아가고 싶다는 마음을 갖게 하기에도 충분하다.

1. 생텍쥐페리처럼 우주의 행성을 상상하는 협조 게임 2. 이 게임이 어린이들에게 읽기를 가르쳐준다면 어린 왕자를 만나는 데 너무 어린 나이는 없다.

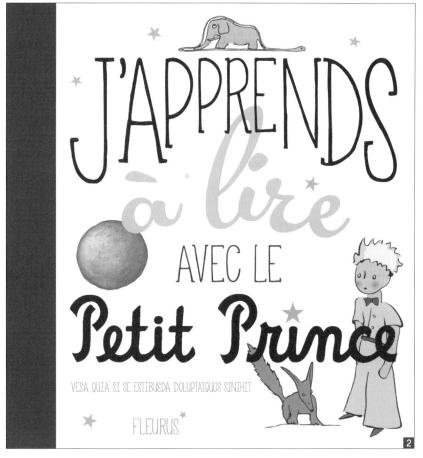

어린 왕자와 함께 양 세기
(플뢰리스 출판사)

양 한 마리, 양 두 마리, 양 세 마리……. 아이들을 재우는 데 이만큼 유용한 책은 없다. 어린 왕자, 여우와 함께 어린 시절의 아름다운 꿈을 꾸기 위해 꼭 필요한 책이다.

어린 왕자와 함께 산수 배우기
(갈리마르 출판사)

양의 숫자를 잘 세려면 먼저 수에 익숙해져야 한다.

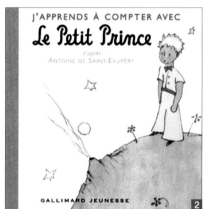

유아를 위한 어린 왕자
(플뢰리스 출판사)

유아를 위해 선택한 쉬운 어휘와 한눈에 들어오는 대형 제본 덕분에 생텍쥐페리의 동화와 친해지는 데는 이제 나이가 상관없다.

1.생텍쥐페리의 《어린 왕자》에는 양이 한 마리밖에 안 나오지만 아기들을 재우려면 양이 많이 필요하다. 2.이 책이 있다면 셈법을 알려고 굳이 사업가가 될 필요는 없다. 3.유아들을 《어린 왕자》의 세계로 이끌기 위해 채택된 어휘집

어린 왕자와 함께 나는 …을 배운다
(플뢰리스 출판사)

나는 색깔을 배우고, 논리를 배우고, 예절을 배우고, 동물을 배운다. 어린이들에게 인생을 가르쳐주기 위한 컬렉션.

어린 왕자의 판화
(플뢰리스 출판사)

별, 양, 장미, 해……. 어린 왕자와 함께 만나는 20개 정도의 단어들.

1. 어린 왕자와 함께 다양한 색깔을 배운다. 2. 단어를 배우고, "미안하지만 양 한 마리만 그려줘"라는 말을 배우기 위한 책

장 샤를 드 카스텔바자크, 패션의 왕자

가수 퍼렐 윌리엄스의 모자를 보는 순간, 《어린 왕자》를 읽은 우리는 자연스럽게 의문을 제기하게 된다.

"이게 모자가 아니라 혹시 코끼리를 삼킨 보아뱀이 아닐까?"

반면 장 샤를 드 카스텔바자크가 비행과 여행을 주제로 창작한 작품을 보면 더 이상 의문을 품지 않는다. 패션모델들이 어린 왕자가 그려진 옷을 입고 무대 위를 걷는다. 어떤 모델은 갈리마르 출판사의 유명한 '백서'를 장식했던 《인간의 대지》와 《마지막 비행》의 표지 그림이 선명하게 새겨진 의상을 입고 있다.

어린 시절과 예술, 그리고 인기 있는 판화의 얼굴을 부각시킨 독창적 디자인은 JC/DC(장 샤를 드 카스텔바자크 – 역주)의 패션에 자주 등장하는 소재로 많은 사람들의 관심을 끌기에 부족함이 없었다.

많은 디자인 가운데서도 생텍쥐페리의 작품세계가 특히 주목받는 이유가 있다. 디자이너가 어린 왕자와 깊은 관계가 있기 때문이다. 다섯 살부터 열일곱 살까지 기숙사 생활을 하며 어린 시절과 청소년 시절에 아름다운 추억을 쌓지 못했던 그는 생텍쥐페리가 아버지에게 주었던 《어린

장 샤를 드 카스텔바자크가 긴 소매와 짧은 소매의 두 버전으로 디자인한 셔츠에는 어린 왕자의 초상화가 그려져 있다.

"내가 패션계에 처음 발을 내디뎠을 때
내 나이는 열일곱 살이었고,
사람들은 나를 '어린 왕자'라고 불렀다.
그때부터 일생 동안 나는
어린 왕자가 내게 전해준 이미지에서 벗어나지 않았다."

– 장 샤를 드 카스텔바자크

왕자》와 열네 살에 처음 만났다. 책을 읽는 순간, 그는 등장인물의 외로움을 자신의 것으로 받아들였다. 일찍부터 기숙사 생활을 한 그의 일상에서 떠나지 않았던 외로움이 그를 생텍쥐페리의 《어린 왕자》에 깊이 빠져들게 했다. 2011년, 어린 왕자 인터넷 사이트(lepetitprince.com)에 실린 인터뷰에서 그는 이렇게 말한다.

"《어린 왕자》는 내게 최고의 작품이며, 삶의 주춧돌이었다."

《어린 왕자》의 글뿐만 아니라 생텍쥐페리의 작품에 수록된 그림 또한 그의 마음을 사로잡았다.

"생텍쥐페리의 그림 하나가 내게 큰 감동을 주었다. 그 그림을 보면서 나는 '지금의 네 손에 어린 시절의 네 손을 영원히 간직하라'는 세르반테스의 문장을 떠올렸다."

카스텔바자크의 감동은 이어진다.

"그림을 잘 그리든 잘 못 그리든 그것은 전혀 중요하지 않다. 우리는 잘 그리기 위해 그 자리에 있는 것이 아니며, 아름다운 것을 그리기 위해 있는 것도 아니다. 다만 우리는 감동적인 것을 말하기 위해 그 자리에 있는 것이다."

카스텔바자크는 장 미셸 바스키아, 키스 해링 같은 뉴욕 예술가들을 비롯한 여러 명의 '어린 왕자'를 만났다. 리샤르 코시앙트의 공연에서 무대의상을 맡았던 카스텔바자크는 자신이 기획하는 뮤지컬 코미디를 꿈꿨다. 하

"나는 어린 왕자에 대한 진실한 사랑을 가슴에 품고 있다.
어린 왕자의 모험은 '고독의 성경'과 같으며, '외로움의 로드무비'와 같다."

– 장 샤를 드 카스텔바자크

 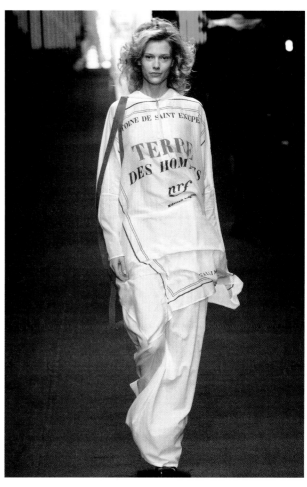

《인간의 대지》와 《마지막 비행》의 표지를 사용한 의상에서 보듯 문학이 패션과 양립하지 못할 이유는 없다.

지만 그가 원하는 뮤지컬 코미디는 전자음악과 록의 에너지를 발산하는 공연으로 고전적 분위기보다는 현대적 영감을 지니며, 오늘날 젊은 세대의 새로운 희망을 말하고 있다.

그가 디자인한 의상의 판매수익금은 '어린이를 위한 앙투안 드 생텍쥐페리 재단'에 기부돼 어린이들을 위해 전액 사용되었다. 그는 아동복지를 위한 생텍쥐페리 재단의 취지에 적극적으로 지지를 보낸다.

"앙투안도 분명 나와 생각이 같을 것이다. 우리가 반드시 지켜야 할 가치가 있다면 그것은 소중한 어린이들이다."

이것이 바로 장 샤를 드 카스텔바자크가 가장 중요시하는 것 가운데 하나다. 그는 이렇게 말한다.

"생텍쥐페리 재단이 '생텍쥐페리다운' 가치에 몰두하는 것은 매우 바람직한 일이다. 세상에 잠시 사는 우리의 삶은 스쳐 지나갈 뿐이며, 우리는 후손들에게 지구를 잠깐 빌린 것이기 때문이다."

어린 왕자와 광고

미안하지만 나에게 광고 하나만 그려 줘……. 앙투안 드 생텍쥐페리의 주인공은 이처럼 S. T. 듀퐁 라이터를 비롯해 프랑스 전력공사인 EDF, 환경보호제품을 판매하는 레위니카 등 여러 회사의 광고문구에도 종종 사용되었다. 특히 금연 캠페인을 벌이는 레위니카는 화산을 청소하는 어린 왕자에 주목했다.

수자원 관리부터 에너지 관리, 환경오염 문제까지 관장하는 프랑스의 다국적 기업 베올리아도 환경보호의 중요성과 지구 보전에 대한 우리 모두의 책임을 부각시키기 위해 화산을 청소하는 어린 왕자를 광고에 응용했다.

일본에서는 에너지절약운동의 하나로 저소비전력 전등의 사용을 촉진

일본 기업 도시바의 광고 캠페인에 사용된 사진들

1.어린 왕자의 색감을 살린 레위니카 광고 2.에어
프랑스 광고에서 어린 왕자가 평화롭게 자고 있다.
3.행성을 깨끗이 청소하는 어린 왕자는 자연의 지속
가능한 발전을 위한 선구자로 등장한다.

하기 위한 텔레비전 스폿 광고에서
생텍쥐페리의 어린 왕자와 화산을 홍
보용 애니메이션으로 제작했다. 일본
기업 도시바와 제휴한 이 광고는 자
연의 지속 가능한 발전을 위한 등장
인물의 적극적 자세를 강조한다.

이처럼 어린 왕자는 환경보호에 대
한 주인공의 생각을 통해 광고에 적
극적으로 활용된다.

"일을 마치고 돌아왔을 때, 나는 저 멀리 높은 곳에 앉아 있는 어린 왕자를 보았다."

eFrance

프랑스

스문화마을

10
어린 왕자의
세계일주

Le tour du monde
du petit prince

어린왕자공원

"70년 전
터키 천문학자가 발견한
소행성 B612가
2014년 여름
알자스에 착륙했다."

한 개의 미로와 두 개의 열기구, 한 개의 에어 바, 여러 마리의 여우 가족, 세 개의 관람실과 한 개의 트램펄린, 양 떼, 하늘을 나는 의자들……. 이 목록은 콜마르와 뮐루즈 사이, 알자스 윙제르셍의 프레베르에 있는 '어린왕자공원'을 방문해 즐길 수 있는 다양한 프로그램을 정리한 것이다. 이 공원은 세계에서 가장 먼저 세워진 하늘공원으로 생텍쥐페리의 주인공이 한 행성에서 다른 행성으로 여행했듯이 다양한 시설물을 이용해 관람객들에게 색다른 여행을 제공한다.

어린왕자공원은 야닉 노아의 후원으로 공사를 마치고 2014년 7월 1일 일반에 개방됐다. 이 공원은 열기구

1. 세계에서 가장 먼저 세워진 하늘공원, 어린왕자공원 방문을 환영합니다. 2. 대형 열기구를 타면 잊을 수 없는 알자스 풍경이 한눈에 들어온다. 3. 어린이와 가족이 함께 즐길 수 있는 이상적이고 멋진 공원

개발 분야 전문회사인 에어로필 SAS가 디자인해 2006년부터 2012년까지 레저공원으로 사용되었던 비오스코프 용지에 세워졌다.

설치물의 둥근 구형은 마치 운석과 충돌하며 생긴 큰 웅덩이처럼 느껴진다. 사람들은 구형 구조물을 보며 정확히 이 장소에 소행성 B612가 떨어졌으리라고 상상하게 된다. 두 개의 애드벌룬 행성과 공원 주변을 선회하는 한 개의 에어 바는, 말하자면 왕과 술꾼, 가로등지기가 살았던 행성들을 떠올리게 한다.

하늘공원에서 보여주는 30여 개의 다양한 구경거리는 생텍쥐페리의 작품 세계를 연상시킨다. 이를테면 공원을 산책하는 동안 술꾼의 에어 바와 "나를 길들여줘", 가로등지기가 떠오르고 "나에게 양 한 마리만 그려줘", 《남방우편기》, 《성채》, 소행성 B612가 자연스레 연상된다. 어린왕자공원의 볼거리들은 네 가지 주제, 즉 비행·동물·여행·정원으로 요약된다.

www.parcdupetitprince.com

1. 에어 바는 《어린 왕자》의 등장인물 술꾼을 행복하게 해줄 것이다. 2.《야간비행》에서 영감을 받은 시설물에 멋진 날개가 펼쳐졌다. 3. 수평 날개가 두 쌍인, 세상에서 가장 큰 복엽기가 상공을 날기 위해 조종사 생텍쥐페리의 경쟁자들을 기다리고 있다.

비행

상공으로 솟아오르고, 온몸으로 중력을 느끼며, 35미터 높이에서 한 잔을 마시고, 150미터를 걸어서 가로등지기의 애드벌룬 행성으로 올라간다. 그런 다음 복엽기를 타고 한 바퀴 돌고, 한밤중에 돌풍을 만나면서 관람객들은 아에로포스탈 조종사들처럼 다양한 경험을 한다.

동물

진짜 양을 만나 벽에 양을 그리고, 공원에서 태어난 여우들과 친해지며, 애벌레가 나방으로 탈바꿈하는 모습을 지켜보고, 새들과 친해질 수도 있다.

1. 머리에 떠오르는 수많은 질문에 천문학자들이 답하게 하는 과학 퀴즈 2. 어린왕자공원 전경 3. 행성에 서 있는 어린 왕자는 마치 자기 이름을 딴 공원을 물끄러미 바라보고 있는 것 같다.

> "각각의 위성은 마치
> 왕과 가로등지기, 술꾼이
> 실제로 살았던 것 같다."

여행

작은 열차를 타고 공원을 일주하고, 거대한 돌차기 그림판의 함정에서 벗어나 우편물을 지구의 다른 끝에 전달하고, 천문학자가 스스로 제기하는 질문에 대답할 수 있도록 도와준다. 또한 장 자크 아노가 앙리 기요메에게 헌정한 영화 〈용기의 날개〉를 관람하고, 4차원 탐험으로 바닷속을 여행한다.

정원

나비가 날아다니는 정원을 유유히 산책하고, 소행성 B612를 구경하며, 장미원에서 기른 어린 왕자의 장미를 볼 수 있다. 하지만 샘으로 이어지는 미로에서 길을 잃을 수도 있으니 주의해야 한다! 사막의 이슬 덕분에 물의 고마움도 느껴볼 수 있다.

1. '왕의 애드벌룬' 덕분에 150미터 상공에서 일몰을 구경할 수 있다. 2. "그때 여우가 나타났다." 3. 현기증이 나지 않는다면…….

다른 곳에서는?

아마 앙투안 드 생텍쥐페리는 자신이 실종된 뒤 어린 왕자가 이런 영광을 얻으리라고는 상상하지 못했을 것이다. 오늘날 어린 왕자는 가장 많은 장소에서, 또한 전혀 예상치 못한 곳에서도 큰 인기를 누리고 있다. 한마디로 어린 왕자는 우리가 사는 행성에서는 어디든 자기 집처럼 전혀 낯설지 않을 것이다. 우리는 이제 더 이상 어린 왕자의 이름을 빌린 학교시설이나 유치원, 거리, 호텔, 레스토랑의 숫자를 세지 않는다. 아울러 그에게 사랑을 고백하는 조각이나 상, 벽화도 셀 수 없을 정도다.

이처럼 진정한 '세계시민'의 위상이 바로 생텍쥐페리의 작품이 지니는 세계적 인기를 증명한다. 그가 지구에 머무른 시간은 아주 짧았지만, 그가 사람들의 가슴에 남긴 흔적은 시간이 아무리 흘러도 절대 지워지지 않을 것이다.

페쿠에노 프린시페 병원(브라질)

브라질의 파라나 주 쿠리티바에 있는 페쿠에노 프린시페(어린 왕자의 포르투갈어) 병원은 세계에서 가장 큰 어린이 전문병원이다. 이 병원은 생텍쥐페리의 정신세계에서 영감을 받아 어린 왕자가 장미를 돌보듯 그들에게 맡겨진 어린이들을 끝까지 책임지려고 노력한다. 어린이 환자들은 이곳에서 그들을 위해 특별히 준비된 시스템의 혜택을 누릴 수 있다. 교사와 배우, 수많은 자원봉사자가 어린이 환자들을 정성스럽게 돌보고 있다. 그들은 어린이들이 생명이 위독한 환자라는 생각에서 벗어나 또래 친구들과 명랑하게 생활할 수 있도록 돕는다. 그들의 자발적인 수고와 헌신은 집을 떠난 어린이들이 병원에서 편안히 지내게 하고, 여우가 어린 왕자에게 말했듯이 '길들여져서' 치료에 전념할 수 있도록 분위기를 조성한다.

이 병원은 2000년을 맞아 UN이 제정한 새천년개발목표MDGs의 8가지 의제에 적극적으로 참여했다. 또한 2014년에는 어린 왕자 탄생 70주년을 기념해 뉴욕 UN본부에서 전시회를 개최했다. 이때 전시된 그림과 책, 대형벽화를 통해서 UN은 '관계맺기'라는 의미 있는 프로젝트를 발표했다.
www.pequenoprince.org.br/hospital

하코네 어린 왕자 박물관(일본)

1999년 6월 29일, 앙투안 생텍쥐페리가 정확히 99세가 되는 날 일본에서는 생텍쥐페리 개인과 작품, 특히 《어린 왕자》에게 헌정하는 박물관이 개관했다. 동경 서쪽의 하코네 시에 있는 어린 왕자 박물관은 작가의 열렬한 추종자인 아키코 토리가 자비로 설립한 박물관이다. 이곳은 생텍쥐페리의 작품세계에 완전히 빠져들게 만들었으며, 인기 있는 장소는 실제와 같게 다시 지었다.

어린 왕자 동상이 방문객을 반기는 입구는 생텍쥐페리가 태어난 리옹 생모리스드레망 성의 실제 모습을 재현했다. 또한 생텍쥐페리의 삶에서 매우 중요한 네 장소, 이를테면 장난감이 들어 있는 생모리스의 작은 아기방, 《남방우편기》를 집필한 케이프 주비의 작업실, 《야간비행》을 썼던 부에노스아이레스의 아에로포스탈 사무실, 뉴욕의 센트럴파크에 있던 아파트의 방도 원래 모습대로 다시 세워졌다. 박물관에는 생텍쥐페리가 아에로포스탈에서 근무할 때 운항했던 것과 같은 기종의 비행기도 전시돼 있다. 생제르맹데프레의 카페도 그가 생전에 좋아하던 모습 그대로 복원되었다. 또한 박물관 공원에 있는 예배당도 생모리스 근처에 있던 예배당과 비슷한 모습으로 재현되었다.

하코네의 어린 왕자 박물관 입구에서 어린 왕자가
직접 방문객을 맞고 있다.

전시실에는 생텍쥐페리의 삶과 경력을 조명하는 사진과 손편지, 《어린 왕자》를 집필하는 동안 그린 원본 삽화와 《어린 왕자》의 다양한 판본들이 전시되었다. 그가 살았던 시절의 족적을 되살리기 위해 일부 건물은 모로코, 아르헨티나, 파리, 미국의 분위기로 장식됐다. 관람객들은 《인간의 대지》를 각색하기 위해 찾아갔던 장 르누아르에게 작품을 설명하며 함께 나눈 대화 녹음을 통해 생텍쥐페리의 실제 음성을 들을 수 있다.

박물관 관람을 마치고 어린 왕자 극장과 어린 왕자 레스토랑을 돌아본 뒤, 방문객들은 생텍쥐페리의 《어린 왕자》 마지막 장을 참고해 이름 붙인 '5억 개의 방울' 상점에서 기념품을 살 수 있다.

www.tbs.co.jp/1-prince/

가평 쁘띠프랑스(한국)

프랑스를 지극히 사랑하는 한국 기업가 한홍섭(그는 프랑스를 50번 이상 방문했다!)이 마침내 '쁘띠프랑스'라는 이름의 이색적인 마을을 지어 프랑스를 향한 자신의 열정을 아낌없이 쏟아부었다. 한국의 수도 서울에서 60킬로미터쯤 떨어진 가평호수 근처에 세워진 작은 마을 쁘띠프랑스의 여러 건물에서 우리는 프랑스 문화의 다양한 모습을 만날 수 있다.

350종에 이르는 번역서를 통해 한국인들과 매우 친한 어린 왕자 입상

이 방문객을 환영하는 마을로 들어서면 등장인물을 표현한 벽화와 조각을 곳곳에서 만날 수 있다. 3층 건물은 상설전시관으로 생텍쥐페리의 삶과 작품에 대한 다양한 자료를 관람할 수 있다.

한홍섭은 생텍쥐페리가 개인의 차원을 넘어 프랑스의 의식과 스타일, 문학을 대표한다고 이야기한다. 매주

어린이를 위한 연극이 공연되며, 영상실에서는 《어린 왕자》를 각색한 뮤지컬 코미디와 영화, 오페라, 각색극을 관람할 수 있다.

www.pfcamp.com

---

1. 프랑스를 모르는 한국인 방문객들은 이곳에서 이국적인 분위기를 감상할 수 있을 것이다. 2. 쁘띠프랑스는 생텍쥐페리의 수채화를 바탕으로 어린 왕자의 색감을 그대로 재현해냈다.

진짜 지리학자들을 깜짝 놀라게 하는 인형. 생텍쥐페리를
추모하는 쁘띠프랑스 마을이 한국에 세워졌다.

지리학자

"우리는 꽃 따위는 기록하지 않는단다.
꽃은 덧없는 것이기 때문이야."
어린왕자 중에서

쁘띠프랑스의 어린 왕자도 가끔은 자신의 모습을 예쁘게 가꿀 필요가 있는 모양이다.

타르파야 박물관(모로코)

모로코 남부, 대서양의 파도와 사하라의 모래언덕 사이에 있는 케이프 주비-타르파야는 툴루즈에서 생루이나 세네갈로 우편물을 운송하는 항공우편 조종사들을 위한 기항지였다. 조종사들은 이곳에 정기적으로 기착해 브레게 14에 연료를 가득 채웠다.

2004년, 이곳에 세워진 박물관에는 모르족과 협상하던 생텍스의 역할을 기록한 자료와 함께 아에로포스탈에 대한 역사적 사실이 전시돼 있다. 또한 기념관은 조종사이자 작가로서 생텍쥐페리의 삶과 문학에 경의를 표하고 있다.

《어린 왕자》에 대한 구상은 사막의 모래밭과 어둑한 불빛이 살아 있는 이곳에서 시작되었을 것이다. 그리고 25년 뒤 미국에 체류하면서 이곳의 경험을 되살려 분명한 의식으로 마침내 《어린 왕자》를 집필했던 것 같다.

요리이 휴게소(일본)

2010년 6월 9일부터 사이타마 현 요리이를 지나는 일본 운전자들은 고속도로를 주행하면서 면적이 무려 2만 제곱미터에 달하는 요리이 휴게소를 이용하게 되었다. 《어린 왕자》의 작품 세계를 본떠 아키코 토리가 디자인한 요리이 휴게소에는 레스토랑 어린 왕자, 카페 생텍쥐페리, 꽃가게 에페메르와 변화무쌍한 상점이 있다. 다시 고속도로로 진입하기 전에는 정원을 거쳐 우회하는 길이 있다. 길가에는 여우를 위한 동굴, 참을성 없는 술꾼을 위한 포도원, 가로등과 아름답게 핀 노란 장미(생텍쥐페리의 인증이 있다)가 있어 마치 어린 왕자의 세계에서 산책하는 듯한 기분을 맛볼 수 있다.

"그는 분명히 살아 있다. 우리가 영원히 잊지 못하는
주인공을 통해 그를 보고 있기 때문이다."

– 올리비에 다게

1. 생텍쥐페리의 작품에서처럼 장미에 둘러싸인 요리이 휴게소의 어린 왕자 2. 레스토랑 어린 왕자 입구 3. 여러 행성을 방문한 어린 왕자는 요리이 휴게소에서 마치 자기 집처럼 편안히 쉴 수 있을 것 같다.

그레뱅 박물관의 어린 왕자(프랑스, 캐나다)

어린 왕자는 실제로 존재한다! 2011년 12월 14일부터 파리 그레뱅 박물관에서 어린 왕자를 볼 수 있고, 그에게 가까이 다가갈 수 있으며, 심지어 손으로 만지거나, 합성수지로 만든 그의 입상에 손을 대볼 수 있게 되었기 때문이다.

조각가이자 조형예술가 스테판 바렛은 프랑스 3에서 방영한 애니메이션의 등장인물을 모델로 해서 여우, 장미와 함께 있는 어린 왕자 밀랍인형을 제작했다. 결과는 놀라웠다. 방문객들은 금발의 머리 타래에 불룩한 바지, 인조보석을 하나하나 꿰매서 만든 별이 총총한 망토의 주인공과 실제로 함께 있는 것 같은 생생한 감동을 느낄 수 있다.

어린 왕자 밀랍인형을 일반에게 공개하는 날, 생텍쥐페리 상속재단 이사장 올리비에 다게는 이렇게 선언했다.

"그는 분명히 살아 있다. 우리가 영원히 잊지 못하는 주인공을 통해 그를 보고 있기 때문이다. 이곳에서 어린 왕자는 육신을 지닌 소년으로 다시 태어났다. 우리는 그를 두 팔로 안고 싶은 욕망을 떨칠 수가 없다!"

어린 왕자 밀랍인형 덕분에 이제 우리는 그 곁에서 함께 사진을 찍을 수 있다. 안타깝게도 조종사는 이런 행운을 누리지 못했다. 그는 기억을 더듬어 어린 왕자를 그릴 수 있었을 뿐이다. 2013년부터는 캐나다 몬트리올의 그레뱅 박물관에서도 어린 왕자 밀랍인형을 만날 수 있게 되었다.

www.grevin.com

---

1. 카페 생텍쥐페리. 방문객들은 사막에 불시착한 조종사와는 달리 갈증으로 죽을까 봐 걱정하지 않아도 된다. 2. 유행을 절대 타지 않는 두 아이콘, 어린 왕자와 영국 여왕 엘리자베스 2세가 마침내 그레뱅 박물관에서 만났다.

비록 철자의 오류가 있을망정 생텍쥐페리의 《어린 왕자》에서 발췌한 문장이 벽에 적혀 있다.

캄보디아 문맹퇴치를 위한 프랑스 NGO단체인 시파르SIPAR의 도움으로 캄보디아 소녀가 《어린 왕자》를 읽고 있다

11
어린 왕자와 우리
Le Petit Prince et nous

어린 왕자의 열렬한 추종자들

데생의 마술에는 국경이 없다. 《어린 왕자》의 작품세계가 우주적이라는 말은 곧 《어린 왕자》에 열광하는 추종자들이 책이 출간된 미국이나 프랑스에 국한되지 않고 전 세계에 퍼져 있다는 말이다. 그들에게 굳이 "미안하지만, 양 한 마리만 그려줘"라는 말을 들려줄 필요는 없다. 생텍쥐페리의 주인공이 불러일으킨 감동에 깊이 매료된 독자들은 너나없이 자발적으로 그 문장을 가슴에 담고 있기 때문이다.

1.백만 개의 별과 함께 있는 꽃, Platynews 2.어린 왕자, Megatruth 3.어린 왕자, Ryouworld 4.어린 왕자, Poevil

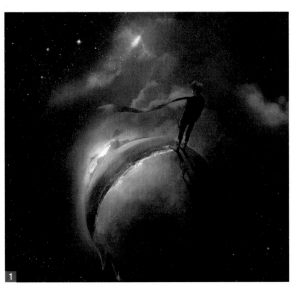

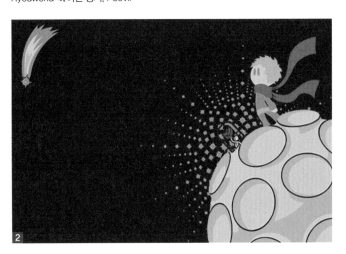

"나와 마찬가지로
어린 왕자를 사랑하는 당신도
우리가 모르는 양 한 마리가
장미를 먹었는지 먹지 않았는지에 따라
우주의 어떤 것도 이전과
같지 않다는 것을 알게 될 것이다."

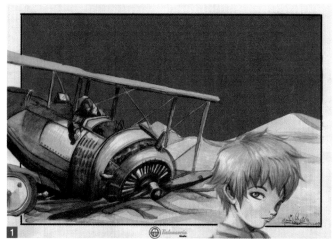

1.어린 왕자, Caio Souza 〈yo〉 2.어린 왕자, Israel Maia 3.어린 왕자,
HyeinGo 4.무제, Niko Geyer 5.불시착한 비행기와 어린 왕자, Bartok

1. 어린 왕자, Neemh 2. 나의 어린 왕자,
Wibblequibble 3. 어린 왕자, Breno de
Borba

그들은 데생, 수채화, 콜라주, 사진, 인형, 3D영상, 의상, 코스프레와 심지어 케이크를 통해 《어린 왕자》가 제시하는 영감의 근원과 회화적 영향력을 파악한다. 《어린 왕자》 독자들과 열렬한 추종자들은 어린 왕자의 페이스북에 각자의 생각을 올리며, 어린 왕자 인터넷 사이트의 팬아트 프라이데이 창에는 매주 금요일마다 다양한 의견이 공개된다.

만약 어린 왕자의 페이스북과 인터넷 사이트에 글을 올리고 싶다면 연필을 손에 들고 상상력이 이끄는 대로 따라가면 된다.

---

1. 무제, MasterTeacher 2. 어린 왕자, Julia Bronovytska

1.어린 왕자, Vifon 2.무제, Gally 3.일몰을 사랑하는 어린 왕자, Oruba

"나를 이렇게 슬프게 지내도록 내버려두지 말고,
그 아이가 돌아왔다고
서둘러 편지를 보내주길 바란다."

1.어린 왕자와 나, Charles Floria 2.어린 왕자와 여우, Pokita
3.어린 왕자, 여우, Pilar Hernández

우리는 마음으로만
볼 수 있어.
본질은 보이지 않기
때문이지.

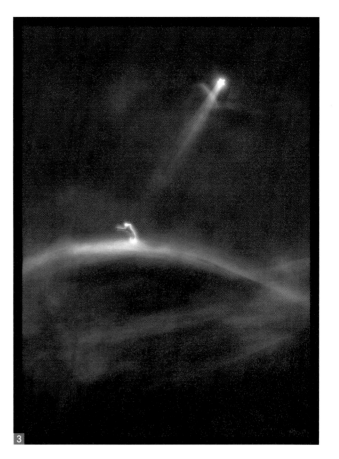

1.무제, famoalmehairi 2.어린 왕자, Yasemin Ezberci
3.어린 왕자, Muesliriegel

1. 무제, Elle duPomme 2. 어린 왕자, Pablo Olivero 3. 무제, Élodie Stervinou 4. 어린 왕자, Marina Simunovic

수집가들

전 세계에 널리 퍼져 있는 어린 왕자 수집가들은 매우 활발한 공동체를 형성하고 있다. 인터넷의 도움으로 그들은 공동관심사에 대해 진지한 대화를 나누고, 수집품을 교환 또는 대여하며, 어린 왕자 수집에 대한 열정을 공유한다. 그들 가운데 일부는 어린 왕자와 생텍쥐페리처럼 함께 여행을 즐기고 서로 만나기도 하며 돈독한 우정을 쌓고 있다.

그런데 수집가들의 목적은 별을 세는 사업가처럼 단순히 수집품을 많이 모으는 데 있지 않다. 그들은 '길들이라'는 여우의 교훈을 가슴에 담고 생텍쥐페리의 작품을 사랑하는 모든 사람들과 진실한 '관계'를 맺는다.

이러한 의미에서 터키 수집가 일디라이는 앙카라에 어린 왕자를 위한 박물관 Küçük Prens(어린 왕자)를 세우고 싶었다. 때를 기다리던 그는 마침내 《어린 왕자》의 71주기를 기념하는 전시회 모임에서 자신의 생각을 알렸다. 이스탄불에서 열린 전시회에는 생텍쥐페리 작품들의 터키어 초기 번역본들이 주로 전시됐다.

2009년, 이탈리아 수집가 안토니오 마시모 프라고메니는 어린 왕자 공식 사이트에서 100개 이상의 언어로 번역된 자신의 수집품들에 대해 생텍쥐페리의 작품세계를 사랑하는 사람들 사이에 '관계를 맺는 총서'라고 설명했다. 또한 중요한 것은 이 총서가 작품을 통해 세상에 수놓는 아름다운 우정의 관계망을 짜는 것이라고 덧붙였다.

프랑스 수집가 파트릭 투로는 자신의 서재 책장을 몇 미터에 걸쳐 가득 채운 수백 권의 책을 보며 '태평양의 가장 작은 섬'에 모두 들어가게 할 수 있는 인류를 떠올린다고 말한다.

카탈루냐의 수집가 하우메 아르보네스도 수십 개의 언어로 번역된 책을 수백 종 이상 보유하고 있다. 그는 지구 곳곳에서 사용되는 이 언어들은 인류의 문화유산을 대표하기 때문에 반드시 보존해야 한다고 생각한다.

하우메는 아란어처럼 머잖아 사라질 위기에 처한 언어를 보존하기 위해 《어린 왕자》를 아란어로 번역, 출간했다. 아란어는 카탈루냐의 발다란 골짜기에 거주하는 약 2천 명의 주민들이 사용하는 오크 방언으로 구어 중심의 발화언어다. 하우메는 그 밖의 방언으로 번역하는 작업에 대해서도 재정지원을 아끼지 않았으며, 생텍쥐페리

장-마르크 프로브스트의 서재. 생텍쥐페리 작품 수집가들의 서재에는 수천 권의 초판들이 소장돼 있다.

"나는 단순히 수집가에 머물고 싶지 않다.
나의 진정한 목적은 어린 왕자의 메시지를 다른 사람들,
다른 국민들도 알 수 있게 하는 것이다.
그래서 나는 매년 새로운 언어로 하는 번역을 시도했다."

– 장-마르크 프로브스트

이것은 어린 왕자에 대한 자료 수집일까? 차라리 이것은 태평양의 가장 작은 섬에 모두 모을 수 있는 인류의 상징이 아닐까?

작품에 대한 저작권 계약을 위임받은 프랑스 갈리마르 출판사와 변방의 에디터들 사이에서 중재를 맡았다.

수집가들은 합법적인 판본만 찾는 것이 아니다. 2천 권이 넘는 '보물'을 소장하고 있는 독일 수집가 미카엘 패텔은 해적판에 특히 관심을 보인다. 그것들은 미처 발행되지 않은 내용과 삽화를 보여주며 작품을 좀 더 충실하게 뒷받침하기 때문이다.

어린 왕자 수집가들에게 진정한 동기를 부여하는 것은 단지 수집에 대한 욕망이나 기록 경쟁에 대한 집착이 아니다. 그것은 바로 어린 왕자의 원본들이 탄생시킨 의미 있는 그림과 단어들의 다양성에 대한 진지한 호기심이다.

어쨌든 어린 왕자 수집가들 가운데 절대적 기록을 보유한 사람은 스위스 수집가 장-마르크 프로브스트다. 그는 1980년부터 270개 언어와 방언으로 번역된 3,400종 이상의 각기 다른 판본들을 수집했다! 이뿐만 아니라 수많은 공연 프로그램과 포스터, 악보를 비롯한 잡지와 시나리오, 각종 시청각 자료들도 모았다. 그의 인터넷 사이트(www.petitprince-collection.com)는 어린 왕자와 관련된 모든 정보가 간직돼 있는 소중한 보고다.

나아가 그는 자신이 수집한 보물들을 기반으로 2013년에 협회를 창립했다. 그가 목표로 하는 것은 두 가지

장-마르크 프로브스트의 수집은 《어린 왕자》에 등장하는 사업가가 별을 세는 것만큼이나 인상적이다. 그는 1980년부터 《어린 왕자》의 각종 판본을 3,400권 이상 수집했다.

다. 즉, 인터넷을 통해 대중이 그의 수집품들에 쉽게 접근하게 하는 것, 그와 동시에 새로운 번역과 출간을 통해 생텍쥐페리의 작품을 세상에 더 널리 전파하는 것이다.

이런 의도에서 장-마르크 프로브스트는 2008년에 이탈리아계 스위스 방언인 테신어로 《어린 왕자》를 번역

했고, 2년 뒤에는 아프리카 변방의 언어인 소말리어로 번역했다.

수집가들의 전시실을 이용하는 방법은 결코 어렵지 않다. 어린 왕자의 친구들의 페이스북 공식 페이지에 들어가면 쉽게 수집품을 볼 수 있고, 파트릭 투로가 개설한 '어린 왕자의 범세계적 친구들(www.patoche.org/

lepetitprince)' 목록을 참고하면 어렵지 않게 해결된다.

또한 모든 수집가들은 수집한 내용이나 숫자에 상관없이 수집목록에 이름을 올릴 수 있으며, 다른 수집가들과 함께 생텍쥐페리와 어린 왕자에 대한 열정을 공유할 수 있다.

어린 왕자와 사회

어린 왕자와 아동의 권리

관용, 타인에 대한 존중, 문화, 아동의 권리……. 이 모든 주제는 생텍쥐페리 작품세계의 중심에 있다.

2014년 2월 3일부터 5월 20일까지 '프랑스어 사용 운동과 검은 역사의 달' 행사가 열렸다. 이 행사에 즈음해 뉴욕의 프렌치 헤리티지 랭귀지 프로그램 수강 학생들을 대상으로 아동의 권리 및 인권을 주제로 한 글쓰기 대회가 열렸다. 이 대회를 알리는 포스터에 등장한 인물은 생텍쥐페리 작품의 밤바라어 번역본인 《어린 왕자 Masadennin》 표지의 검은 어린 왕자였다.

말리와 세네갈, 기니를 포함한 인근 국가에서 사용하는 언어인 밤바라어로 번역된 책 표지에는 금발에 흰옷을 입었지만 피부색은 검은 어린 왕자가 등장한다.

B612 재단

2002년에 설립된 B612 미국 재단은 두 가지 목표를 내세웠다. 즉, 지구와 충돌할 가능성이 있는 행성의 목록을 작성하는 것, 그 행성의 궤도를 변경할 수 있는 항구적 첨단기술을 개발하는 것이다.

1.사진에 있는 검은 피부의 어린 왕자는 밤바라어 번역본 《어린 왕자》의 표지에 들어갔던 그림이다. 2.천체망원경 센티넬의 설계도

2017년이나 2018년부터 '센티넬'이라는 이름의 천체망원경을 사용해 지구를 위협하는 우주 물체를 관찰하는 등 본격적으로 활동을 시작할 예정이다.

어떤 행성은 지름이 불과 수십 센티미터밖에 안 되는 반면, 어떤 것들은 무려 수백 킬로미터에 달한다. 이 가운데 가장 위험한 행성을 우리는 지구접근물체라 부른다. 지구 가까이에서 운행한다고 해서 모두 위협적인 행성으로 판단하는 것은 아니다. 실제로 지구에 위협을 가할 수 있는 행성의 두 가지 조건은 다음과 같다.

지름이 150미터 이상, 지구에서 아무리 멀어도 748만 킬로미터 이내의 거리에서 궤도를 운행하는 경우다. 이 조건에 해당할 때 비로소 지구접근물체라고 한다.

2002년, 프랑스 우주비행사 필립 페렝이 우주기지에 가져간 단 한 권의 책은 바로 《어린 왕자》였다. 우주에서 새로 발견된 3개의 지구접근물체는 생텍쥐페리 작품의 등장인물 이름을 인용해 명명했다. 과학자들은 그 이름을 외우기 위해서 특별히 신경을 쓸 필요가 없다. 왜냐하면 그 세 행성의 이름은 바로 생텍쥐페리, 어린 왕자, 베시두즈이기 때문이다.

1995년부터는 4049라고 명명된 새로운 행성이 목록에 이름을 올린다. 국제천문학회에서 정한 이 행성의 이름은 노라 갈Nora Gal(본명 Eleonora Yakovlevna Galperina)인데, 이는 《어린 왕자》를 맨 처음 러시아어로 옮긴 번역가의 이름이다.

우리가 확신할 수 있는 것은 생텍쥐페리가 상상했던 B612는 너무 작아서 결코 우리에게 위협이 되지 않는다는 사실이다. 하지만 그 행성이 언젠가 지구 가까이 오고 싶은 욕망을 가지게 된다면 마침내 우리는 어린 왕자를 가까이에서 볼 수 있을지 모른다.

지폐

어린 왕자와 코끼리를 삼킨 보아뱀 그림이 함께 인쇄된 프랑스의 50프랑

생텍쥐페리의 초상화가 들어간 프랑스의 50프랑 지폐. 1992년에 제조되었다.

지폐가 생텍쥐페리를 추모하기 위해 제조되었다.

프랑스계 스위스인 로저 푼트가 디자인한 이 지폐는 1993년부터 2001년까지 한시적으로 유통되었다. 1992년과 1993년에 제조된 일부 지폐는 Exupéry의 E에 붙는 철자부호에 오류가 있었는데, 1977년에 새로 제조되면서 수정되었다.

어린 왕자, 세계적인 상징

2014년 5월, '프랑스어 사용 운동의 달'에 문화외교적 활동을 전개하며 어린 왕자를 상징으로 채택했다. UN 산하의 국제 프랑스어 사용 운동OIF (Organisation Internationale de la Francophonie), UN 정보기구, 미국 주재 퀘벡대표단, 생텍쥐페리 상속재단은 UN과 OIF의 활동을 지지하며 인류문화의 세계적 가치를 보호하기 위한 운동의 상징으로 어린 왕자를 선택한 것이다.

국적과 문화, 종교의 차이를 뛰어넘는 인본주의적 메시지를 담고 있는 동시에 단순하고 보편적인 언어에 정통하고, 수많은 번역을 통해 전 세계에 널리 알려진 생텍쥐페리의 주인공은 지구에 사는 모든 주민들 사이의 소통을 주장하기 때문이다. 또한 인간과 자연 사이의 상호관계와 지구에 대해 새로운 시각을 지니고 문화다양성을 증진하기 위해서는 어린 왕자야말로 가장 이상적인 홍보대사이기 때문이다.

Le Petit Prince

Une action de diplomatie culturelle
A cultural diplomacy initiative

UN의 문화외교 활동을 소개하는 소책자 첫 페이지에 어린 왕자가 세계적인 상징으로 등장했다.

전시회

모건 도서관 & 박물관(뉴욕)

《어린 왕자》 수사본을 소장하고 있는 모건 도서관 & 박물관에서는 2014년 1월 24일부터 4월 27일까지 〈뉴욕에서 어린 왕자를〉이라는 제목으로 전시회를 개최했다. 수사본과 미발행본 원고, 사진, 데생, 수채화, 편지와 함께 1998년 바다에서 건진 생텍쥐페리의 팔찌를 비롯한 유품에서 발췌한 글 등이 전시되어 관람객들은 《어린 왕자》를 집필한 생텍쥐페리의 창작 과정을 자세히 되짚어볼 수 있었다.

어린 왕자의 역사는 뉴욕과 연관이 깊다. 뉴욕에서 《어린 왕자》를 썼으며, 프랑스가 아닌 미국에서 영역본이 먼저 나오고 이어 프랑스어본이 출간되었다. 윌 빈턴의 단편 방송을 통해 《어린 왕자》의 독서법과 더불어 어린이를 위한 애니메이션 〈어린 왕자〉가 대중에게 소개되었다.

www.themorgan.org

▲ 뉴욕의 모건 도서관 & 박물관에서 개최한 전시회의 포스터 ▼ 마지막 임무를 수행하는 조종사 앙투안 드 생텍쥐페리의 사진이 뉴욕에서 전시되었다.

"생텍쥐페리가 군복을 입은 채 여자 친구 실비아 해밀턴의 집에 도착했다.
'당신에게 아주 놀라운 것을 주고 싶습니다.
자, 이것이 내가 가지고 있는 가장 소중한 것입니다.'
생텍쥐페리가 테이블 위에 심하게 구겨진 종이봉투를 놓았다.
그 안에는《어린 왕자》수사본과 삽화가 들어 있었다.
그것이 바로 모건 도서관 & 박물관이 1968년 그녀에게서 건네받은
《어린 왕자》원본이다."

갤러리 아르뤼디크(파리)

마크 오스본의 장편 애니메이션 상영에 즈음해 2015년 6월 13일부터 9월 19일까지 파리의 갤러리 아르뤼디크에서 애니메이션의 밑그림들이 전시되었다.〈어린 왕자의 예술〉이라는 제목의 이 전시회에서는 피터 드 세브와 알렉산더 주하즈가 서명한 100여 작품이 판매되었다. 피터 드 세브는 생텍쥐페리의 등장인물들에 대한 그래픽 작업을 담당했고, 알렉산더 주하즈는 스톱 모션으로 상연될 장면을 위한 수채화와 연필화를 맡았다.
www.arludik.com

▲ 어린 왕자의 네 가지 표현과 자세에 대한 연구
▶ 여우의 눈길과 피터 드 세브의 데생을 통해 어린 왕자와 여우 사이의 은밀한 공모가 느껴진다. 피터 드 세브는 마크 오스본의 애니메이션에서 등장인물을 그리는 그래픽 작가로 활동했다.

어린 왕자 단체들

어린 왕자들

돌고래에게 가까이 다가가고, 인기 있는 운동선수와 만나며, 스타의 손을 잡고, 유명한 셰프와 요리하고, 코알라와 입을 맞추며, 에어캐나다에 탑승하고……

모든 어린이가 이런 꿈을 꾼다. 비영리 공익단체인 '어린 왕자들' 협회는 1987년부터 백혈병에 걸렸거나 유전질환을 앓고 있는 어린이들이 이런 꿈을 실현할 수 있도록 돕고 있다. 어린 왕자들 협회는 가족들과 힘을 합치고 의료단체의 적극적 후원을 받아 어린이 환자의 치료에 적극적으로 동행한다. 자원봉사자들은 어린이들이 질병과 맞서 새로운 에너지를 찾을 수 있도록 곁에서 정성껏 돕는다.

1988년부터 2014년까지 2,500명의 어린이에게 기쁨을 주기 위해 5,300개에 달하는 소원이 실현되었다. 어린 왕자들 협회는 도미니크 베일의 도움으로 세상에 태어났다. 체육학 교수이자 스키 강사인 도미니크 베일은 어린 시절에 품었던 꿈의 소중함과 어린이들에게 꿈을 주기 위한 자신의 계획에 확신이 있었다.

www.petitsprinces.com

나에게 양 한 마리만 그려줘

이 협회는 1990년부터 에이즈나 기타 전염병에 걸린 어린이 및 청소년, 젊은이들과 함께 보조를 맞추고 있다.

환영의 집인 '나에게 양 한 마리만 그려줘' 협회는 그들의 치료 과정에 함께 참여하며, 질병에 지지 않고 삶의 계획을 세울 수 있도록 모든 지원을 아끼지 않는다. 교육에서 건강까지, 신체운동부터 자존감을 지키는 정신훈련에 이르기까지 전반적으로 환자들의 자활의지를 북돋운다.

심리학자와 간호사, 사회복지사들로 구성된 이 협회는 병원과 연대해 환자 및 가족들에게 더 나은 삶의 질을 제공한다.

www.dessinemoiunmouton.org

짐승을 쓰다듬거나 슈발리에(기사)가 되는 것은 사실 그리 중요하지 않다. 본질은 꿈이 현실이 되는 것을 보는 것이다.

앙투안 드 생텍쥐페리 재단

생텍쥐페리는 이제 우리 곁에 없다. 하지만 그의 인본주의 정신과 다른 사람들을 향한 이타적 세계관은 언제나 우리와 함께 있다.

2008년부터 작가의 가족들과 전 세계에서 몰려든 추종자들이 설립한 '젊음을 위한 앙투안 드 생텍쥐페리 재단FASE'은 생전에 《어린 왕자》의 작가가 열망했던 것들을 수행한

다. 즉, 오늘날 젊은이들의 일상생활을 좀 더 가치 있게 만드는 데 기여하며, 그들이 더 밝은 미래를 준비할 수 있도록 지원한다.

어려운 환경에 처한 젊은이들의 고민을 이해하며, 그들이 책임 있고 연대의식을 지닌 시민으로 성장할 수 있도록 지원을 아끼지 않는다. FASE는 30여 국가에서 활동 중인 자원봉사자들과 협조체계를 갖추고 문맹과 소외에 맞선 저항, 도서관 설립, 직업교육 등을 수행하고 있다.

아울러 생텍쥐페리가 《성채》에 썼던 다음 문장을 행동으로 옮기는 다양한 교육체계를 갖추고 있다.

"미래에 대해서 너는 어떤 것도 예상하려 하지 말고 다만 그것을 허락하게 하라."

www.fasej.org

어린 왕자의 날개들

사실 어린 왕자는 그의 친구 조종사의 비행기를 한 번도 타보지 못했다. 하지만 장애가 있는 어린이들은 '어린 왕자의 날개들' 협회의 도움으로 조종사들을 만나고, 항공술의 세계를 맛볼 수 있으며, 비행기를 타고 잊을 수 없는 처녀비행의 감격을 누릴 수도 있다.

FASE와 연계된 이 협회는 항공분야에서 종사했던 50여 명의 활동적인

회원들과 어린 시절부터 장애를 겪은 여러 분야의 전문가들로 구성된 비영리 단체다. 1998년부터 이 협회의 도움으로 생텍쥐페리의 영웅 어린 왕자의 나이로 추정되는 일곱 살에서 열네 살까지의 어린이가 천 명이 넘게 꿈을 실현하고 장애를 뛰어넘은 자유를 만끽할 수 있었다.

www.lesailesdupetitprince.france

'어린 왕자의 날개들'의 도움으로 처녀비행을 하는 순간, 어린이들은 장애를 잊고 행복에 젖는다.

작은 세상과 우주

1997년, 리옹에 거주하는 피에르 샤틀랑 교수가 설립한 '작은 세상과 우주' 협회는 입원한 어린이들이나 병으로 고통받는 어린이들의 삶의 질 개선을 목표로 한다. '작은 세상의 집'은 리옹의 '모자병원'이 있던 자리에서 첫걸음을 내디뎠다. 가족들이 어린이 환자 가까이에서 치료 과정을 지켜보며 함께 지낼 수 있도록 배려하는 인도적 조치였다.

환자와 함께 생활하는 사랑의 쉼터에는 환자 가족이 자유롭게 사용할 수 있는 54개의 방이 있다. 그들은 공동 생활공간에서 다른 가족들과 서로 대화를 나누고 격려하며 함께 병마와 싸우고 있다.

이 협회는 첨단의료기기인 MRI를 설치함으로써 어린이들이 전신마취를 하지 않고도 안전하고 정확하게 자기공명영상을 통해 몸 상태를 관찰하고 이를 치료에 응용할 수 있는 준비를 갖췄다. 현재 프랑스에서는 10개 병원이 MRI 시설을 갖췄다.

www.lepetitmonde.com

어린 왕자

1985년에 설립된 '어린 왕자' 협회에서는 방학 기간이나 새로운 교육법에 따라 야외에서 녹색자연학습을 실시하는 어린이와 청소년들을 위해 다양한 프로그램을 갖추고 있다. 자신 및 타인에 대한 존중을 비롯해 서로의 차이를 인정하는 자세와 상호협조나 폭력의 배제 같은 시민의 올바른 자세와 가치를 중시하는 소중한 내용들이다.

각종 세미나와 아울러 더불어 잘 살기 위해서, 그리고 집단지성과 평화의식의 고취를 강조하며 모든 연령층을 망라하는 범세대적 만남을 통해서 조화로운 인간관계와 가치 있는 휴머니즘을 일깨운다.

이 협회는 생텍쥐페리의 작품세계에서 깊은 영감을 받았다. 《어린 왕자》는 세대를 뛰어넘는 뛰어난 문학 작품에만 머물지 않는다. 어린 왕자는 작품의 등장인물을 넘어 길들여야 하고, 길들인 것에 책임을 져야 하는 사람들의 진정한 친구가 되었다.

www.lepetitprinceasso.fr

어린 왕자의 별들

생텍쥐페리 상속재단의 도움을 받아 2007년 이고르 샤무라예프가 러시아에서 설립한 이 협회는 어려움에 처한 어린이를 돕는 앙투안 드 생텍쥐페리의 철학을 계승하는 동시에 구체적 실천을 통해 인간관계에 바르게 적용하는 것을 목표로 한다.

이를테면 종이를 제작할 때 염소의 사용에 따른 환경파괴 위험성에 주목하는 그린피스와 연대해 캠페인을 벌이며 자연보호운동에 앞장서고 있다. 또한 종이 사용을 억제하기 위해 수백 권의 《어린 왕자》를 러시아 전역에 걸쳐 손에서 손으로 건네주는 도서나 눔운동도 전개한다.

www.lepetitprince.ru

결론

레옹 베르트는 그의 친구 앙투안에 대해 이렇게 말한다. "생텍쥐페리는 얼굴에 미소를 가득 담고 함께 있는 사람들과 그 장소의 분위기를 사로잡았다. 그는 다른 사람들과 예상치 않은 관계를 맺는다."

생텍쥐페리와 마찬가지로 어린 왕자도 책을 통해 그를 처음 만나거나 몇 년 뒤 다시 만나는 사람들 사이에 전혀 차이가 없이 가까이 있는 사람들에게 즉각 공감을 얻어내는 능력을 지니고 있다.

어린 왕자는 단순히 아름다운 동화의 주인공에 머물지 않기 때문이다. 그는 거리에서 만나는 동무이며, 평생을 함께 살아가는 친구다. 우리가 살아가는 동안 곁에 두는 충실하고 소중한 지지자다. 그가 병원이나 인본주의적 협회에 이름을 빌려주었다면, 그가 아동의 권리를 지키기 위해 투쟁에 참여한다면, 그가 UN에 의해 세계적 상징으로 선택되었다면 그것은 결코 우연이 아니다. 어린 왕자는 인간사회의 소중한 가치인 관용, 교육, 자연존중, 열린 세상, 타인에 대한 배려를 구현하기 때문이다.

어린 왕자는 태어나면서부터 주름이 없었다. 그의 실루엣은 항상 변함이 없다. 그의 얼굴과 둥근 눈도 마찬가지다. 우리에게 남겨진 생텍쥐페리의 사진에서 그의 얼굴이 항상 영원을 바라보는 것처럼 어린 왕자의 두 눈도 일시적인 대상을 바라보지 않는다. 그는 늙지 않는다. 어린 왕자의 나이는 책을 읽는 독자의 나이와 같다. 우리는 어린 왕자 안에서 어린 시절의 자신, 청소년기의 자신, 성인이 된 자신의 모습을 발견한다.

또한 우리는 《어린 왕자》가 어른이 읽는 어린이용 책인지, 아니면 어린이들의 손에 있는 어른들의 이야기인지 영원히 알 수 없다. 하지만 그것은 전혀 중요하지 않다. 본질은 《어린 왕자》가 계속 우리를 열광하게 하고, 우리의 마음속에 있는 깊은 열망과 함께 울린다는 것이다.

언젠가는 그가 돌아올 것이다. 생텍쥐페리도 그에 대한 신비를 가슴에 품고 있다. "그가 돌아오면 나에게 즉시 편지를 보내주길 바란다"는 마지막 글에서 그 바람을 읽을 수 있다. 하지만 우리는 '어린 왕자가 정말 떠났는가?'에 대해 의문을 품지 않을 수 없다. 독자들은 어린 왕자가 항상 그들 곁에, 그들의 상상의 주름 안에, 그들이 독서를 통해 가슴에 새긴 영원한 삶의 추억 안에 언제나 함께한다는 것을 잘 알고 있기 때문이다.

어린 왕자가 다시 나타나는 것을 보려면, 그가 귓가에 대고 "나에게 양 한 마리만 그려줘" 하고 나지막이 속삭이는 음성을 들으려면 지금 《어린 왕자》를 펼치는 것으로 충분하다.

참고문헌

《어린 왕자의 기억》
장 피에르 게노 & 제롬 페크나르 Jean-Pierre Guéno & Jérôme Pecnard, 제이콥 뒤베르네 출판사

어린 왕자, 작품
델핀 라크루아 & 비르질 타나즈 Delphine Lacroix & Virgil Tanase의 텍스트에서, 임시증간호

《그는 옛적에… 어린 왕자였다》
알방 스리지에 Alban Cersier가 소개한 텍스트, 갈리마르 출판사 폴리오 총서

《생텍쥐페리》
비르질 타나즈 Virgil Tanase, 갈리마르 출판사 폴리오 총서

앙투안 드 생텍쥐페리의 아름다운 이야기
알방 스리지에 & 델핀 라크루아 Alban Cerisier & Delphine Lacroix가 모은 텍스트에서, 갈리마르 출판사

앙투안 드 생텍쥐페리, 데생, 수채화, 파스텔, 펜과 연필
알방 스리지에 & 델핀 라크루아 Alban Cerisier & Delphine Lacroix가 제작한 카탈로그에서, 갈리마르 출판사

《생텍쥐페리, 천사장과 작가》
나탈리 데 발리에르 Nathalie des Vallière, 갈리마르 출판사 폴리오 총서

어린 왕자, 60년 후에… 진실한 이야기
2006년, 월간지 〈리르 Lire〉 임시증간호

생텍쥐페리, 영원한 영웅
2014년, 주간지 〈르 프앵 Le Point〉 임시증간호

《미지의 여인에게 보낸 편지》
앙투안 드 생텍쥐페리, 갈리마르 출판사

《어린 왕자의 진정한 이야기》
알랭 비르콩들레 Alain Vircondelet, 플라마리옹 출판사

옮긴이 _ 김이랑

1962년 서울에서 태어나서 서울대학교 사회과학대학을 졸업했다.

청강문화산업대학 만화창작과 겸임교수를 지냈으며, 만화평론가, 사단법인 우리만화연대 감사로 활동했다.

지은 책으로 《날자! 우리 만화》, 《한국만화의 선구자들》 등이 있다.

옮긴 책으로 《위대한 개츠비》, 《동물농장》, 《오만과 편견》, 《그리스로마신화》, 《탈무드》, 《사랑하는 아들아 너는 인생을 이렇게 살아라》,

《새해에 꼭 해야 할 일 50가지》, 《삶을 아름답게 하는 지혜》, 《만화원론》, 《슬램덩크 승리학》, 《한국 만화의 선구자들》 등이 있다.

부록

소설 어린 왕자

앙투안 드 생텍쥐페리 글·그림 | 김이랑 옮김

레옹 베르트에게

나는 이 책을 한 어른에게 바쳤는데,

그 점에 대해서는 어린이들에게 진심으로 미안하게 생각합니다.

하지만 내게는 그럴 만한 이유가 있습니다.

그 어른은 나의 가장 친한 친구이기 때문입니다.

또 그 어른은 어른의 책이든, 아이의 책이든 모두 이해하기 때문입니다.

그리고 그는 지금 프랑스에 살고 있는데, 추위에 떨며 굶주리고 있습니다.

그래서 저는 그 어른에게 용기를 주어야 합니다.

그런데 이 모든 이유로도 부족하다면 어른이 되기 전,

어린이였을 때의 그에게 이 책을 바치고 싶습니다.

어떤 어른도 예전엔 다 어린이였습니다.

(물론 어른들은 이 사실을 별로 기억하지 않습니다.)

그래서 나는 이 책을 '레옹 베르트'가 아닌

'어린이였을 때의 레옹 베르트'에게 바치겠습니다.

– 어린이였을 때의 레옹 베르트에게

1

여섯 살 무렵에 나는 원시림에 관한 이야기를 쓴 《모험 이야기》라는 책에서 굉장한 그림 하나를 보았습니다. 그것은 보아뱀이 맹수를 집어삼키는 그림이었는데, 그 그림을 옮겨 놓은 것이 위에 있습니다.

그 책에는 "보아뱀은 먹이를 씹지 않고 통째로 집어삼킨다. 그런 뒤 보아뱀은 꼼짝도 하지 않고 먹이가 소화될 때까지 여섯 달 동안 계속 잠만 잔다."고 씌어 있었습니다. 그래서 나는 원시림에서는 도대체 어떤 일들이 일어나는지 곰곰이 생각한 끝에 색연필을 가지고 내 나름대로 첫 번째 그림을 그렸습니다. 내가 그린 제1호 그림은 아래와 같습니다.

나는 어른들에게 이 그림을 보여주면서 무서운지 어떤지 물어보았습니다. 그러자 어른들은 "모자가 왜 무서워?" 하고 대답했습니다. 내가 그린 그림은 모자가 아니고 보아뱀이 코끼리를 삼킨 그림이었는데 말입니다. 그래서 나는 어른들이 알아볼 수 있도록 보아뱀의 뱃속 모습을 그렸습니다. 어른들은 언

제나 설명을 해주어야 합니다. 나의 제2호 그림은 아래와 같습니다.

그러자 어른들은 나에게 충고했습니다. 속이 보이든 안 보이든 보아뱀 그림은 집어치우고, 차라리 지리나 역사, 산수, 문법에 관심을 갖는 게 좋을 것이라고 말입니다. 그래서 나는 일찍이, 그러니까 여섯 살 무렵에 훌륭한 화가로서의 꿈을 접었습니다. 첫 번째 그림과 두 번째 그림이 성공을 거두지 못해서 낙심했기 때문입니다.

어른들은 혼자서는 아무것도 이해하지 못합니다. 일일이 설명을 해주어야 합니다. 하지만 언제나 어른들에게 매번 설명을 해주어야 한다는 것은 어린이인 나에게 벅찬 일입니다.

나는 할 수 없이 다른 직업을 선택해야만 했습니다. 그래서 나는 비행기 조종하는 법을 배웠습니다. 나는 전 세계를 정말 많이 누비고 날아다녔습니다. 지리 공부가 많은 도움이 된 것은 사실입니다. 한번척 보기만 하면 중국과 애리조나를 구별할 수 있었으니까요. 또 밤에 길을 잘못 들었을 때도 매우 큰 도움이 되었습니다.

나는 이렇게 해서 일생 무수히 많은 점잖은 사람들을 만났고, 어른들 집에서 오랜 세월을 살며 그들과 아주 가까이 지냈습니다. 하지만 그렇다고 해서 그들이 더 좋게 생각되지는 않았습니다. 다만 좀 똑

똑해 보이는 사람을 만나면 늘 간직하고 있던 나의 제1호 그림을 보여주었습니다. 그 사람이 정말로 무엇을 이해할 줄 아는 사람인지 시험해 보고 싶었기 때문입니다. 그러나 대답은 언제나 내가 기대하던 것이 아니었습니다. 그러면 나는 보아뱀이니 원시림이니, 별이니 하는 이야기는 꺼내지도 않고 그분이 알아들을 만한 이야기를 합니다. 카드놀이나 골프, 정치, 넥타이 등에 관한 이야기를 하는 것이지요. 그러면 그분은 아주 똑똑하고 착실한 사람을 알게 되었다며 몹시도 좋아합니다.

2

나는 6년 전 사하라사막에서 비행기가 고장을 일으키기 전까지 마음을 털어놓고 지낼 친구 한 명 없이 살아왔습니다. 비행기는 무엇 때문인지 고장이 나서 꼼짝도 하지 않았습니다. 하는 수 없이 나는 비행기를 고쳐야 했습니다.

정비사도 승객도 없었기 때문에 그 어려운 수리를 나 혼자 감당해야만 했습니다. 나에게 그것은 생사와 관련된 문제였습니다. 겨우 8일 동안 마실 물만 있었을 뿐이니까요.

첫째 날 저녁, 나는 사람이 사는 곳으로부터 수천 마일이나 떨어져 있는 모래밭에서 잠들게 되었습니다. 나는 망망대해 한가운데서 표류하고 있는 사람보다도 훨씬 더 외로운 신세였습니다. 그러니 해가 뜰 무렵, 이상한 작은 목소리를 듣고 잠이 깼을 때는 얼마나 놀랐겠습니까. 그 목소리는 이렇게 말했습니다.

"양 한 마리만 그려 주세요."

"뭐라고?"

"양 한 마리만 그려 달라고요."

나는 벼락 맞은 사람처럼 후다닥 일어나서 눈을 비비고 자세히 쳐다보았습니다. 그랬더니 나를 점잖게 살펴보고 있는 어린 친구가 보였습니다.

다음에 실린 그림이 내가 나중에 그 아이를 그린 것들 중에서 가장 근사한 초상화입니다. 물론 내 그림은 실제 모델보다 훨씬 덜 아름답습니다. 하지만 그를 진짜처럼 아름답게 그리지 못한 것은 내 탓만이 아닙니다. 여섯 살 무렵에 어른들 때문에 화가의 꿈을 포기했고, 그림이라고는 그때 속이 보이는 보아뱀과 속이 안 보이는 보아뱀을 그려 본 일밖에 없으니까요.

아무튼 그때 나는 너무 놀란 나머지 그 꼬마를 멍하니 바라보고 있었습니다. 다시 한 번 말하지만, 당시 내가 있던 그곳은 사람들이 사는 곳에서 수천 마일이나 떨어진 곳이었습니다. 그런데 그 꼬마는 길을 잃은 것 같지는 않았습니다. 몹시 지쳐 보인다든지, 배고프다든지 또는 목이 마른다든지, 무서워서 벌벌 떤다든지 하지 않았습니다. 다시 말해 사람들이 사는 곳에서 수천 마일이나 떨어진 이 사막 한가운데서 길을 잃은 어린아이의 모습을 하고 있지 않았다는 말입니다.

한참 후에야 나는 겨우 말문을 열어 이렇게 말했습니다.

"그런데……, 넌 여기서 뭘 하고 있는 거니?"

그러자 꼬마는 무슨 중요한 일에 관해 말하는 것

이 그림이 어린 왕자의 초상화입니다.
훗날 내가 그를 그린 그림 중에 가장 훌륭한 것입니다.

처럼 조용히 같은 말만 되뇌었습니다.

"부탁이에요. 양 한 마리만 그려 주세요."

너무 이상한 일을 당하게 되면 누구나 그것을 거역하지 못하는 법입니다. 나는 사람들이 사는 곳으로부터 수천 마일이나 떨어진 곳에서, 죽을 위험에 처해 있는 사람이 하기에는 도무지 이해할 수 없는 일이라는 생각이 들었지만, 주머니에서 종이 한 장과 만년필을 꺼냈습니다. 그런데 바로 그때, 나는 내가 공부한 것은 지리와 역사, 산수, 문법이라는 생각이 났습니다. 그래서 조금 퉁명스럽게 그림을 그릴 줄 모른다고 말했습니다. 그랬더니 꼬마는 이렇게 대답했습니다.

"괜찮아요. 양 한 마리만 그려 주세요."

나는 양을 그려 본 일이 없었기 때문에 내가 그릴 줄 아는 두 가지 그림 중에서 하나를 그려 보기로 했습니다. 그것은 바로 나의 제1호 그림인 속이 들여다보이지 않는 보아뱀 그림이었습니다. 그런데 놀랍게도 그 어린 친구는 이렇게 대답하는 것이었습니다.

"아니, 아니, 코끼리를 삼킨 보아뱀을 말한 게 아니에요. 보아뱀은 아주 위험해요. 그리고 코끼리는 아주 거추장스럽고요. 우리 집은 아주 조그맣단 말이에요. 난 꼭 양이 있어야 해요. 양 한 마리만 그려 주세요."

나는 할 수 없이 양을 그렸습니다. 그러나 꼬마는 "아니에요! 이 양은 병이 들었어요. 다른 양으로 그려 주세요." 했습니다. 그래서 나는 다른 양을 그렸습니다. 그러자 꼬마는 빙그레 웃으며 말했습니다.

"아저씨, 이건 암양이 아니고 숫양인 걸요. 뿔이 있으니까 말이에요."

나는 또다시 다른 양을 그렸습니다.

"이건 너무 늙었어요. 난 오래 살 수 있는 어린 양을 갖고 싶어요."

나는 더 이상 느긋하게 참을 수가 없었습니다. 비행기를 수리하는 일이 무엇보다 급했기 때문에 그림을 아무렇게나 대충 그려 놓고 한마디 툭 던졌습니다.

"이건 상자야. 네가 갖고 싶어 하는 양은 이 상자 속에 들어 있어."

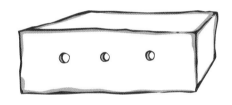

그랬더니 정말 뜻밖에도 나의 어린 심판관의 얼굴이 밝아졌습니다.

"이게 바로 내가 갖고 싶어 하던 그림이에요! 그런데 이 양은 풀을 많이 줘야 할까요?"

"왜 그런 걸 묻니?"

"우리 집은 아주 작으니까요."

"이 정도면 괜찮을 거야, 이 양은 아주 작으니까."

꼬마는 머리를 숙여 그림을 들여다보더니 말했습니다.

"아주 작지도 않은데요, 뭐…… 보세요, 양이 잠들었어요."

이렇게 해서 나는 어린 왕자를 알게 되었습니다.

3

그가 어디서 왔는지를 아는 데는 꽤 오랜 시간이 걸렸습니다. 나에게는 여러 가지를 물어보면서도 어린 왕자는 내가 묻는 말에는 제대로 대답해 주지 않았기 때문입니다. 그러나 나는 어린 왕자가 하는 말을 통해 점차 그에 관해 알게 되었습니다.

가령 내 비행기를 그가 처음 보았을 때 나에게 이렇게 물었습니다.

"이 물건이 뭐예요?"

"물건이 아니라 이건 비행기란다. 하늘을 날아다니는 거야."

나는 자랑스럽게 하늘을 날아다니는 것에 대해 말해 주었습니다. 그러자 어린 왕자는 큰 소리로 말했습니다.

"그럼 아저씨도 하늘에서 떨어졌어요?"

"그렇지."

내가 겸손하게 대답했습니다.

"정말 재미난 일이네?"

그러더니 어린 왕자는 깔깔대고 웃었는데 그 웃음이 나를 화나게 만들었습니다. 나는 어린 왕자가 내 불행을 좀 더 진지하게 생각해 주기를 바랐기 때문입니다. 그런데 어린 왕자가 다시 말했습니다.

"그럼 아저씨도 하늘에서 왔구나. 어느 별에서 왔는데요?"

나는 어린 왕자의 존재에 대해 알아내기 좋은 순간이라고 생각하면서 황급히 물었습니다.

"그럼 너는 다른 별에서 온 거야?"

그러나 어린 왕자는 내 말에 대꾸도 하지 않고 비행기를 들여다보면서 조용히 머리를 끄덕였습니다.

"하긴, 이런 걸 타고서는 아주 멀리서 오지는 못했을 거야……."

그러더니 오래도록 무엇인가 곰곰이 생각했습니다. 그리고 나서는 내가 그려 준 양을 주머니에서 꺼내더니 보물처럼 열심히 들여다보았습니다.

'다른 별들'에 대한 이야기를 약간이라도 비친 어린 왕자의 말에 나는 조바심이 났습니다. 그래서 어떻게든 좀 더 알아보려고 애를 썼습니다.

"얘야, 너는 어디서 왔지? 너희 집은 어디를 두고 하는 말이고, 양을 어디로 데려가려는 거니?"

그러나 어린 왕자는 오래도록 무엇인가를 곰곰이 생각하더니, 엉뚱한 대답을 했습니다.

"아저씨가 그려 준 상자 말이에요, 밤에는 양의 집으로 사용할 수도 있으니까 아주 좋아요."

"그럼. 그리고 네가 좋다면 낮 동안에 양을 매어 둘 고삐와 말뚝도 그려 줄게."

어린 왕자는 나의 제안이 마음에 들지 않는 것 같았습니다.

"양을 매어 둔다고요? 정말 이상한 생각이에요!"

"그렇지만 양을 매어 두지 않으면 아무 곳이나 돌아다녀서 잃어버릴지도 모르는데……."

그랬더니 어린 왕자는 다시 한 번 깔깔대며 웃었습니다.

"아니, 가긴 어디로 가요?"

"어디로든지 곧장 앞으로……."

어린 왕자는 웃음을 멈추고 말했습니다.

"괜찮아요, 내 집은 아주 작으니까!"

그러고는 약간 서글픈 생각이 들었는지 슬픈 목소리로 말했습니다.

"앞으로 곧장 간다 해도 그리 멀리 갈 수 없어요."

이렇게 해서 나는 또 한 가지 중요한 사실을 알게 되었습니다. 어린 왕자가 살던 별이 집 한 채보다 조금 큰 정도라는 사실을요.

나는 그것이 별로 이상하게 생각되지 않았습니다. 지구, 목성, 화성, 금성같이 사람들이 이름을 붙여 놓은 큰 별들 외에 작은 떠돌이별이 수백 개가 있고, 어떤 것은 너무 작아서 망원경으로도 보이지 않는다는 것을 잘 알고 있었기 때문이지요.

천문학자가 그런 별을 하나 발견하면 이름 대신 번호를 매깁니다. 예를 들면 '소행성 3251호'라고 부르는 것이지요. 나는 어린 왕자가 살던 별을 '소행성 B612호'라고 믿을 만한 이유가 있었습니다. 이 소행

성은 터키 천문학자가 망원경으로 한 번 본 일이 있는 별이기 때문입니다. 이 천문학자는 그 무렵 국제천문학회에서 자기의 발견에 대한 증명을 했으나 그의 옷 때문에 아무도 그의 말을 믿지 않았습니다. 하여튼 어른들은 그렇습니다.

그런데 소행성 B612호에 다행스런 일이 생겼습니다. 터키의 한 독재자가 국민에게 양복을 입으라고 명령을 했고, 1920년에 그 천문학자가 양복을 입은 채 다시 사람들에게 증명을 해 보였습니다. 그랬더니 이번에는 모두가 그의 말을 믿었습니다.

소행성 B612호에 대해서 이렇게 자세한 이야기를 하고 그 번호까지 알려주는 것은 어른들 때문인데 어른들은 숫자를 좋아합니다. 어른들에게 새로 사귄 친구에 대해 이야기하면 그분들은 정작 중요한 것에 대해서는 도무지 묻지 않습니다.

"그 친구의 목소리가 어떠냐?"

"무슨 장난을 좋아하느냐?"

"곤충채집을 하느냐?"

이렇게 묻는 일은 절대로 없습니다.

"나이가 몇이냐?"

"형제가 몇이냐?"

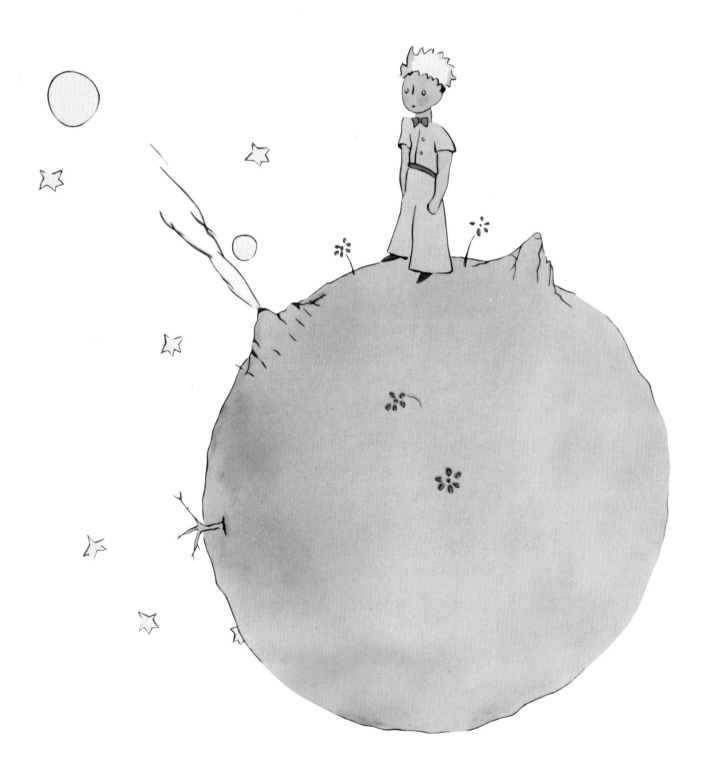

"몸무게가 얼마나 되니?"

"그 아이의 아버지는 돈을 얼마나 버니?"

이렇게 물어봅니다. 이런 것을 알아야 그 친구를 아는 것으로 생각합니다.

"창틀에 제라늄이 피어 있고, 지붕 위에서 비둘기들이 놀고 있는 아름다운 붉은 벽돌집을 보았어요."

어른들은 이렇게 말하면 그 집이 어떻게 생겼는지 상상하지 못합니다.

"십만 프랑짜리 집을 보았습니다."

이래야 어른들은 감탄합니다.

"정말 훌륭한 집이구나!"

상황이 이러니 어쩔 수 없습니다.

"어린 왕자는 정말 예쁘고, 미소를 잘 지으며, 양을 갖고 싶어 했어요. 이게 바로 그가 존재했던 증거랍니다. 만일 누군가가 양을 갖고 싶어 하면 그 사람이 있었다는 증거가 되는 거예요."

어른들에게 이렇게 말하면, 그분들은 어깨를 으쓱하며 우리를 아이로 취급할 것입니다.

"그가 떠나온 별은 B612호 소행성입니다."

하지만 이렇게 말하면 어른들은 우리의 말을 알아들을 것이고, 또 여러 가지 질문으로 귀찮게 하지도 않을 겁니다. 어른들은 언제나 이런 식이니까요. 하지만 그렇다고 해서 어른들을 나쁘게 생각하면 안 됩니다. 어린이들은 어른들에게 아주 너그러워야 합니다.

물론 인생을 이해하는 우리들은 숫자를 대수롭지 않게 여깁니다. 그래서 나는 이 이야기를 옛날 공주 이야기처럼 이렇게 하고 싶었습니다.

"옛날에 자기보다 조금 더 클까 말까 한 별에 사는 어린 왕자가 있었습니다. 그 왕자는 친구가 그리웠습니다. 그래서……."

인생을 이해하는 사람들에게는 이렇게 하는 편이 훨씬 진실된 느낌을 줄 것입니다. 왜냐하면 나는 사람들이 이 책을 아무렇게나 읽어 버리는 것이 싫기 때문입니다. 이 추억에 대해 이야기하려면 나는 큰 슬픔에 빠집니다. 내 친구가 양을 데리고 떠난 지 벌써 6년이 지났기 때문입니다.

그의 모습을 지금 여기에 그리는 것은 그를 잊고 싶지 않기 때문입니다. 친구를 잊는 것은 슬픈 일입니다. 물론 누구나 다 친구가 있는 것은 아니지만, 그렇다고 그를 잊고 살아간다면 나도 숫자에만 흥미 있는 어른들처럼 될 것입니다.

내가 지금 그림물감과 연필을 사서 그를 그리려는 이유가 바로 이것입니다. 그림이라고는 여섯 살 때 속이 들여다보이지 않는 보아뱀과 속이 들여다보이는 보아뱀밖에는 그려 본 적이 없는 내가, 이 나이에 그림을 다시 시작한다는 것은 힘든 일입니다. 물론 나는 최선을 다해 내 어린 친구의 모습을 그릴 것입니다. 하지만 완벽한 그림을 그리지는 못할 것입니다. 이 그림은 그럭저럭 괜찮은데, 저 그림은 볼품없다든가 할 것입니다. 어린 왕자의 키도 조금 다를 것입니다. 어떤 것은 너무 크고, 어떤 것은 너무 작고……. 또 그가 입은 옷도 어떤 색깔이었는지 정확히 기억나지 않습니다. 그래도 나는 기억력을 되살려 열심히 그릴 것입니다. 물론 그림에도 어떤 중요한 부분을 잘못 그릴 수 있습니다. 하지만 그 정도는 너그럽게 용서해 주셔야 합니다. 내 친구는 도무지 자신에 대해 설명해 주지 않았기 때문입니다. 아마 나도 자기와 같은 줄로 생각했던 모양입니다. 그러나 나는 불행하게도 상자 속에 든 양을 꿰뚫어 보지는 못합니다. 아마 나도 조금은 어른들처럼 생겼고, 나이가 든 모양입니다.

5

나는 어린 왕자의 별과 여행, 또 그 별을 떠나온 사연에 대해 매일 조금씩 알게 되었습니다. 물론 아주 천천히, 그리고 어린 왕자가 무엇을 곰곰이 생각하던 중에 우연히 알게 된 것입니다.

3일째 되던 날, 나는 바오밥나무의 비극에 대해서 알게 되었습니다. 물론 이것 역시 양 때문이었습니다. 왜냐하면 어린 왕자가 무슨 중요한 의문점이 생긴 것처럼 갑자기 이렇게 물었기 때문입니다.

"양이 작은 떨기나무를 먹는다는 게 정말이에요?"

"응, 사실이야."

"와, 정말 잘됐어요."

나는 양이 작은 나무를 먹는 일이 왜 그렇게 중요한지 이해하지 못했습니다.

"그러니까 바오밥나무도 먹는단 말이죠?"

나는 바오밥나무는 작은 나무가 아니라 큰 성당만큼 아주 큰 나무이며, 한 무리의 코끼리 떼가 덤빈다고 해도 바오밥나무 하나를 무너뜨리지 못할 것이라고 말했습니다. 그러자 어린 왕자는 코끼리 떼라는 말을 듣고 웃으며 말했습니다.

"그럼 코끼리들을 모두 높이 쌓아 놓아야겠네⋯⋯."

그러나 어린 왕자는 영리하게 이런 말도 했습니다.

"바오밥나무도 큰 나무가 되기 전에는 작은 나무잖아요."

"맞아! 그렇지만 어째서 양이 작은 바오밥나무를 먹길 바라는 거야?"

"아이, 참!"

어린 왕자는 말할 필요도 없다는 듯이 대답했습니다. 그래서 나는 혼자서 이 수수께끼를 풀기 위해 끙끙거렸습니다.

어린 왕자의 별에도 다른 별과 마찬가지로 좋은 풀과 나쁜 풀이 있었습니다. 그러니 당연히 좋은 풀의 씨와 나쁜 풀의 씨가 있었겠지요. 그러나 씨는 눈에 보이지 않았습니다. 그것들은 땅속 은밀한 곳에서 조용히 자고 있다가 깨어나고 싶은 생각이 들면 살짝 기지개를 켰습니다. 그러면 조그맣고 연약한 예쁜 잎이 태양을 향해 고개를 내밀지요. 물론 무나 장미나무의 새싹이라면 마음대로 자라도록 내버려두어도 좋습니다. 하지만 나쁜 풀일 때는 내버려 둘 수 없습니다. 보이는 즉시 뽑아 버려야 합니다.

그런데 어린 왕자의 별에는 무서운 씨가 있었습니다. 그것은 바로 바오밥나무의 씨였는데, 그 별은 온통 바오밥나무의 씨투성이었습니다. 그리고 바오밥나무는 자칫 손을 늦게 쓰게 되면 영영 없애 버릴 수가 없었습니다. 그 녀석들은 별 전체를 휘감아 버렸고, 뿌리는 땅에 구멍을 냈습니다. 작디작은 별에 바오밥나무가 넘쳐나게 되면 별이 산산조각으로 부서질지도 모르는 일이었지요.

어린 왕자는 나중에 이런 말을 했습니다.

"그건 규칙의 문제예요. 아침에 몸단장을 하고 난 다음에는 별의 몸단장도 해주어야 해요. 장미나무와 바오밥나무는 싹일 때는 아주 비슷하지만, 어느 정도 자라서 구별할 수 있게 되면 곧바로 바오밥나무를 뽑아 버리도록 규칙으로 정해야 해요. 귀찮기는 하지만 아주 쉬운 일이기도 하죠."

어느 날 어린 왕자는 나에게 훌륭한 그림을 하나 그려 보라고 했습니다. 그래서 이 땅에 살고 있는 어린이들의 뇌리에 깊은 인상을 심어 주라고 말입니다.

"그 어린이들이 언제고 여행을 할 때 꼭 필요하게 될 거예요. 할 일을 나중으로 미루어도 괜찮을 때가 있지만 바오밥나무의 경우는 그렇지가 않아요. 전에 나는 게으름뱅이가 사는 별을 본 적이 있어요. 그런데 그 게으름뱅이는 작은 나무 세 그루를 그냥 무시해 버렸어요……."

그래서 나는 어린 왕자가 가르쳐주는 대로 그림을 그렸습니다. 윤리 선생 흉내를 내기는 싫었지만 바오밥나무의 위험성이 너무나 알려져 있지 않았고, 또 길을 잘못 들어 어떤 소행성에 발을 들여 놓게 되는 사람이 큰 위험을 당할지도 모르기 때문입니다. 그래서 나는 한 번만 예외를 두어 윤리 선생처럼 말하려고 합니다.

"어린이들아! 바오밥나무를 조심해!"

내가 이 그림에 이렇게까지 많은 정성을 들인 것은 나와 마찬가지로 오래전부터 모르고 지나친 위험을 내 친구들에게 알려주기 위해서입니다. 내가 주는 교훈은 그만한 값어치가 있을 것입니다.

어쩌면 여러분은 이런 생각을 할지도 모릅니다.

'왜 이 책에는 바오밥나무만큼 굉장한 그림이 없을까?'

대답은 아주 간단합니다. 많은 그림을 그렸지만 바오밥나무처럼 잘 그려지지 않았던 것입니다. 바오밥나무를 그릴 때는 위험을 알려야만 한다는 절박감에 사로잡혀 정말이지 열심히 그렸거든요.

6

아, 어린 왕자! 나는 이렇게 해서 아주 조금씩 그의 쓸쓸한 생활을 알게 되었습니다. 어린 왕자한테는 해가 지는 고요한 풍경을 감상하는 일밖에는 달리 기쁜 일이 없었습니다.

어린 왕자는 4일째 되는 날 아침, 이런 말을 했습니다.

"나는 석양이 아주 좋아요. 우리 해 지는 거 구경하러 가요."

"그렇지만 기다려야 하는데……."

"뭘 기다려요?"

"해가 지길 기다려야 한단 말이야."

처음에는 정말 이상하다는 눈으로 나를 쳐다보더니 어린 왕자는 얼마 후 웃음을 터뜨렸습니다. 그러고는 이렇게 말했습니다.

"난 아직도 우리 집에 있는 줄 착각했어요!"

그렇습니다. 누구나 다 아는 것처럼 미국이 오전일 때 프랑스에서는 해가 집니다. 한걸음에 프랑스에 갈 수 있다면 지금 당장 석양을 볼 수 있겠지만, 불행히도 프랑스는 너무 멀리 떨어져 있습니다.

조그마한 어린 왕자의 별에서는 의자를 몇 발짝만 뒤로 옮겨 놓으면 석양을 볼 수 있었습니다. 그래서 어린 왕자가 보고 싶을 때는 언제든 해가 지는 모습을 볼 수 있었지요.

"어느 날 나는 해가 지는 걸 마흔세 번이나 구경했어요!"

그리고 조금 있다가 다시 말을 이었습니다.

"아저씨……, 몹시 쓸쓸할 때는 해가 지는 풍경을 구경하고 싶어져요……."

"그럼 마흔세 번이나 해 지는 풍경을 구경하던 날은 그렇게도 쓸쓸했어?"

"……."

어린 왕자는 대답이 없었습니다.

7

5일째 되던 날은 양에 관한 이야기 덕분에 어린 왕자의 생활에 관한 비밀도 알게 되었습니다. 어린 왕자는 오랫동안 고민하던 문제의 해답을 얻은 것처럼 밑도 끝도 없이 갑자기 이렇게 물었습니다.

"양이 말이에요, 떨기나무를 먹는다면 꽃도 먹겠지요?"

"양은 닥치는 대로 무엇이든 먹지."

"가시가 돋친 꽃도 먹어요?"

"그럼 가시 돋친 꽃도 먹고말고."

"그럼 가시는 무슨 소용이에요?"

나는 그때 그 말이 무엇을 뜻하는지 알지 못했습니다. 기관에 볼트가 너무 꽉 박혀 있어서 그것을 빼내는 데만 정신이 팔려 있었기 때문입니다. 비행기 고장 때문에 눈앞이 캄캄했고, 또 물이 얼마 남지 않아서 최악의 상황이 닥쳐올까 봐 걱정이 되었습니다.

"네? 가시는 무슨 소용이에요?"

어린 왕자는 한 번 물어보면 절대로 그냥 지나치

는 법이 없었습니다. 나는 볼트에 너무 집착한 나머지 건성으로 대답했습니다.

"가시, 그건 아무런 쓸모가 없는 거야. 꽃이 심술 맞아서 그런 걸 달고 있는 거지."

"그래요?"

어린 왕자는 잠시 조용히 있더니 원망스러운 말투로 다시 말했습니다.

"나는 아저씨 말을 믿지 않아요! 꽃들은 약하고 순진해요. 꽃들은 가시로 최대한 자기들을 보호하고 있는 거라고요. 다치지 않으려고 가시로 겁을 주며 다른 것들이 다가오지 못하게 하는 거예요."

나는 아무런 대답도 하지 않았습니다. 그때 나는 이런 생각을 하던 중이었거든요.

'요놈의 볼트가 끝까지 버틴다면 망치로 힘껏 두들겨서 뽑아 버릴 테다.'

그런데 어린 왕자는 다시 나를 방해했습니다.

"아저씨는 정말 그렇게 믿는 거예요?"

"아니!"

나는 소리쳤습니다.

"아니, 아니야! 난 아무것도 믿지 않아. 네가 자꾸 방해를 해서 아무렇게나 대답한 거야. 너도 보다시피 나는 지금 아주 중요한 일을 하는 중이라고!"

어린 왕자는 화들짝 놀라 나를 쳐다보았습니다.

"중요한 일이라고요?"

어린 왕자는 시커먼 기름투성이 손으로 수리에 열중하는 나를 보고는 이렇게 중얼거렸습니다.

"아저씨도 어른들처럼 말하는군요!"

그 말을 듣고 나는 부끄러워졌습니다. 그러나 어린 왕자는 내 심정 따위는 안중에도 없는 듯 계속 말했지요.

"아저씨는 모든 걸 혼동하고 있어요. 완전 뒤죽박

죽이죠."

어린 왕자는 성이 잔뜩 나서는 샛노란 금발을 바람에 휘날리며 말을 이었습니다.

"나는 얼굴이 시뻘건 어떤 신사가 사는 별을 하나 알고 있어요. 그 신사는 꽃향기를 맡아 본 적이 없어요. 별을 본 일도 없고요. 또 누군가를 사랑해 본 일도 없죠. 그 신사는 온종일 계산만 하면서 살아요. 그리고 아저씨처럼 '나는 중요한 일을 하느라 너무 바쁘다'는 말만 계속하죠. 하지만 그건 사람이 아니고, 버섯이에요!"

"뭐라고?"

"버섯이라고요!"

어린 왕자의 얼굴은 너무 화가 나서 하얗게 질려 있었습니다.

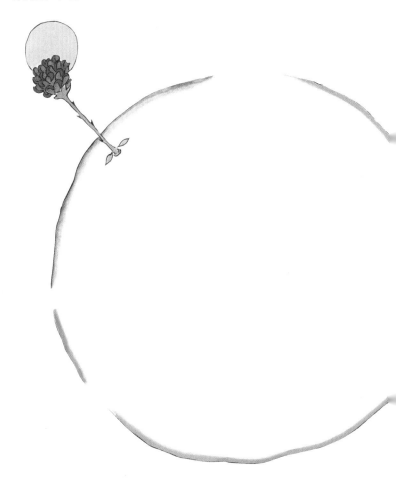

"수백만 년 전부터 꽃은 가시를 만들어 왔어요. 그렇지만 양들이 꽃을 먹는 것도 수백만 년 전부터예요. 그러면 어째서 아무 소용도 없는 가시를 만드느라 꽃들이 그렇게 고생을 하는지 알아보는 게 중요한 일이 아니란 말이에요? 양과 꽃들의 전쟁이 중요하지 않단 말이에요? 그 뚱뚱하고 얼굴이 시뻘건 신사의 계산보다 더 중요하지 않단 말이에요? 그리고 내 별 말고는 아무 곳에서도 볼 수 없는, 세상에 단 하나뿐인 꽃을 어느 날 아침에 양들이 몽땅 먹어 치울 수도 있는데 그게 중요한 일이 아니란 말이에요?"

어린 왕자는 얼굴이 새빨개져서 다시 말을 이었습니다.

"수백만 개, 아니 수천만 개 별 중 하나의 별에서만 피는, 세상에 단 하나밖에 없는 꽃을 사랑하고 있는 사람은 그저 별들만 쳐다봐도 행복할 거예요. 속으로 '저기 어딘가에 내 꽃이 있겠지' 하고 생각하면서……. 그런데 양이 그런 꽃을 먹어 치운다고 생각해 보세요. 그러면 그 사람은 마치 모든 별이 갑자기 빛을 잃은 것처럼 느껴질 거예요……. 그런데도 그게 중요하지 않단 말이에요?"

어린 왕자는 더 이상 말을 잇지 못하고 갑자기 흐느껴 울기 시작했습니다.

해는 이미 지고 없었습니다. 나는 연장을 내려놓았습니다. 망치와 나사, 갈증과 죽음에 대한 생각은 나를 이미 떠나 있었지요. 다만 나는 이 태양계의 수많은 별 중 하나인 지구로 불시착한 어린 왕자에 대한 생각으로 가득 차 있었습니다. 나는 그를 감싸 안고 달래 주며 말했습니다.

"네가 사랑하는 꽃은 이제 위험하지 않아. 네 양에다가 부리망(그물처럼 섞여 동물의 입에 덧씌우는 망)을 그려 줄게. 네 꽃에는 갑옷을 그려 주고, 또……."

나는 더 이상 무슨 말을 해야 할지 알 수 없었습니다. 나는 위로의 말을 하는 데 서툴렀습니다. 어떻게 해야 작은 어린 왕자의 마음을 달래 줄 수 있는지, 어떻게 해야 마음을 다시 붙잡을 수 있는지 알지 못했습니다. 눈물의 나라는 그토록 알 수 없는 곳이었습니다.

8

나는 얼마 뒤에 그 꽃에 대해 좀 더 알게 되었습니다. 어린 왕자의 별에는 꽃잎이 한 장만 있는 아주 소박한 꽃들이 있었는데, 그 꽃들은 별로 자리를 차지하지도 않고, 누군가를 귀찮게 하는 일도 없었지요. 어느 날 아침에 풀 속에서 조용히 피어났다가 저녁이면 지고 마는 것이었어요. 그런데 어느 날, 어딘가에서 바람에 날려 왔는지 처음 보는 씨앗이 싹을 피웠습니다. 그래서 어린 왕자는 이 낯선 싹을 주의해서 살펴보았지요. 혹시 바오밥나무의 새로운 종류일지도 몰랐기 때문입니다.

그러나 이 싹은 어느 날 성장을 멈추면서 꽃봉오리가 생겨났고, 어린 왕자는 점점 자라나는 꽃봉오리를 보면서 곧 어떤 기적이 생길지도 모른다고 생각했습니다. 하지만 그 꽃은 푸른 방에 숨어 아름답게 단장을 하기에 바빴습니다. 정성껏 자신의 색을 고른 뒤, 천천히 옷을 입고, 꽃잎을 하나씩 가다듬었지요. 개양귀비꽃처럼 꾸깃꾸깃한 모습으로는 세상 밖으로 얼굴을 내밀기 싫었나 봅니다. 아름다움이 절정에 달했을 때 나오고 싶었던 거예요. 그렇습니다. 그 꽃은 정말 아름다운 꽃이었어요. 신비로운 단장은 이렇게 여러 날 계속되었습니다.

그러던 어느 날 아침 해가 뜰 무렵 그 꽃은 활짝 피어났습니다.

그런데 그렇게 열심히 치장을 하고 피어난 꽃은 피곤한 듯 하품을 하며 이렇게 말했습니다.

"아아! 이제야 잠에서 깼어요. 용서하세요, 제 머리가 온통 엉망이라서……."

그 순간 어린 왕자는 감탄을 금할 수 없었습니다.

"당신은 정말 아름다워요."

"그렇지요? 전 해님과 함께 피어났어요……."

어린 왕자는 그 꽃이 그다지 겸손하지 않다는 것을 알 수 있었습니다. 그러나 마음을 흔들어 놓을 정도로 아름다운 꽃이었습니다.

"아침 식사 시간인 것 같은데요."

꽃이 계속해서 말했습니다.

"제가 뭘 필요로 하는지…… 친절을 베풀어 주실 수 있을까요?"

잠시 당황한 어린 왕자는 신선한 물이 담긴 물뿌리개를 찾아서 그 꽃의 시중을 들어주었습니다.

그러나 그 꽃의 허영심은 이내 어린 왕자의 마음을 괴롭히기 시작했습니다. 하루는 자기의 몸에 있는 네 개의 가시에 대해 이야기하면서 어린 왕자에게 이런 말을 했습니다.

"호랑이들이 발톱을 내밀고 덤빌 테면 덤비라고 해요!"

어린 왕자는 이렇게 대꾸했습니다.

"우리 별에는 호랑이가 없어요. 그리고 호랑이는 풀을 먹지 않아요!"

그러자 꽃은 상냥하게 대답했습니다.

"나는 풀이 아니에요."

"미안해요……."

"호랑이는 조금도 무섭지 않아요. 하지만 바람이 불어 대는 건 질색이에요. 바람막이가 없을까요?"

'바람이 질색이라니…… 풀한테는 안타까운 일이야. 아무튼 이 꽃은 정말 까다로워.'

어린 왕자는 차마 말은 못 하고 속으로만 생각했습니다.

"저녁에는 유리관을 씌워 주세요. 당신 별은 지독

히 춥군요. 설비도 엉성해요. 내가 있던 곳은……."

그러나 꽃은 말을 잇지 못했습니다. 사실 그 꽃은 씨앗으로 왔기 때문에 다른 세계에 대해서는 아는 것이 없었기 때문입니다. 이렇게 속이 뻔히 들여다보이는 거짓말을 한 게 민망했는지 꽃은 어린 왕자에게 잘못을 뒤집어씌우려고 감기에 걸린 것처럼 두세 번 기침을 했습니다.

"바람막이는 어떻게 됐어요?"

"가지러 가려던 참인데 당신이 말을 시키는 바람에……."

그러자 꽃은 어린 왕자가 미안해하도록 일부러 기침을 더 세게 했습니다. 그래서 어린 왕자는 사랑에서 우러나오는 착한 마음을 가졌으면서도 이내 그 꽃을 의심하게 되었습니다. 별것 아닌 말들을 어린 왕자는 심각하게 받아들였기 때문에 불행했습니다.

하루는 어린 왕자가 내게 그런 속마음을 털어놓았습니다.

"그 꽃의 말을 듣지 않는 건데 그랬어요. 꽃이 하는 말을 절대로 듣지 말았어야 해요. 꽃은 그냥 바라보고, 향기를 맡는 거예요. 내 꽃은 내 별을 온통 향기로 뒤덮이게 해주었지만 나는 그걸 즐기지 못했어요. 그 발톱 이야기를 듣고 나는 무척 약이 올랐지만, 사실은 가엾다는 생각을 했어야 해요……."

또 이런 이야기도 했습니다.

"나는 그때 아무것도 이해하지 못했어요! 그 꽃이 하는 말로 판단할 게 아니라, 하는 일을 보고 판단해야 했어요. 내게 향기를 주고 나를 기분 좋게 해주었으니까요. 도망치지 말았어야 해요. 그 서툰 오만함 뒤에 애정이 숨어 있는 걸 알아차렸어야 해요. 꽃들은 자기 마음과 다른 말들을 무척 잘 하니까요. 그런데 난 너무 어려서 꽃을 사랑하는 방법을 몰랐던 거예요."

9

나는 어린 왕자가 철새들이 이동할 때를 이용해서 별을 빠져나왔다고 생각합니다. 길을 떠나던 날 아침, 그는 자기 별을 깨끗이 정리했지요. 불을 뿜는 화산을 정성 들여 청소했는데, 어린 왕자에게는 활화산이 두 개 있었습니다. 이것은 아침 식사를 데우는 데 매우 편리했습니다. 그에게는 불 꺼진 화산도 하나 있었지만, 그의 말처럼 '어떻게 될지는 알 수 없는 일'이었어요. 그래서 어린 왕자는 꺼진 화산도 청소해 주었지요.

화산들은 제대로 청소해 주기만 하면 폭발하지 않고 조용히 규칙적으로 불을 뿜습니다. 화산의 폭발이란 굴뚝의 불과 같습니다.

물론 지구에 사는 우리는 너무 작아서 우리의 화산을 청소해 줄 수 없기 때문에 화산으로 인해 불행

한 일을 많이 당하지요.

어린 왕자는 좀 쓸쓸한 마음으로 나머지 바오밥나무의 싹도 뽑아 버렸습니다. 다시는 그 별로 돌아오지 못하리라 생각했던 것이지요. 그래서 그날 아침에는 늘 해 오던 이런 일에 더욱 애착이 갔습니다.

그리고 마지막으로 꽃에 물을 주고 유리관을 씌워 주려고 했을 때 그는 눈물이 쏟아지려고 했습니다.

"잘 있어!"

그러나 꽃은 대답이 없었습니다.

"잘 있어!"

그는 다시 한 번 말했습니다.

꽃은 기침을 했습니다. 그러나 이것은 감기 때문이 아니었습니다.

"나는 바보였어. 용서해 줘. 그리고 아무쪼록 행복하게 지내도록 해!"

마침내 꽃은 이렇게 말했습니다.

어린 왕자는 꽃이 악을 쓰거나 대들지 않는 것이 이상했습니다. 그는 유리관을 손에 든 채 어쩔 줄 모르고 우두커니 서 있었습니다. 꽃이 왜 이렇게 조용한 태도를 취하는지 그 이유를 알 수 없었습니다.

"그래, 난 너를 좋아해."

꽃은 이렇게 말했습니다.

"너는 몰랐지. 그건 내 탓이었어. 그렇지만 너도 나와 마찬가지로 어리석었어. 아무쪼록 행복하기를 빌게. 그 유리관은 내버려 둬. 이젠 쓰기 싫어."

"그렇지만 바람이……."

"나는 그렇게 감기가 심하게 든 것도 아니야. 찬바람은 내게 이로울 거야. 나는 꽃이니까."

"하지만 벌레들이……."

"나비를 보려면 벌레 두세 마리쯤은 견뎌 내야 해. 나비는 참 아름다워. 나비가 아니면 누가 나를 찾아 주겠어. 너는 멀리 가 있을 거고. 큰 짐승들은 조금도 겁날 것 없어. 나는 발톱이 있으니까."

그러면서 꽃은 천연덕스럽게 네 개의 가시를 가리키면서 말을 이었습니다.

"그렇게 우물쭈물하지 마. 속상하니까. 떠나기로 작정했으면 빨리 떠나야 해!"

그 꽃은 울고 있는 자기 모습을 어린 왕자에게 보이고 싶지 않았습니다. 마지막까지 자존심이 강한 꽃이었지요.

10

어린 왕자는 소행성 325호, 326호, 327호, 328호, 329호, 330호 옆에 살고 있었습니다. 그래서 좀 더 많은 것들을 배우기 위해 가까운 별부터 둘러보기 시작했지요.

가장 먼저 찾아간 별에는 왕이 살고 있었습니다. 왕은 자주색 천과 흰 담비털로 만든 옷을 입고 소박하면서도 위엄이 느껴지는 왕좌에 앉아 있었습니다.

"아! 신하가 한 명 왔구나."

왕은 어린 왕자를 보고 소리쳤습니다.

'나를 한 번도 본 적이 없는데 어떻게 알아볼까?'

어린 왕자는 궁금한 생각이 들었습니다.

왕에게는 이 세상이 아주 간단하다는 것을 어린 왕자는 알지 못했습니다. 왕에게는 모든 사람이 다 신하라는 것을 말입니다.

"좀 더 자세히 볼 수 있도록 이리 가까이 오너라."

왕은 누군가의 왕 노릇을 하게 된 것이 몹시도 자랑스러운 듯이 말했습니다.

어린 왕자는 앉을 자리를 둘레둘레 찾아보았지만 별은 왕의 으리으리한 흰 담비 모피 망토로 다 덮여 있었습니다. 그래서 서 있을 수밖에 없었고, 너무 피곤했기 때문에 하품이 나왔습니다.

"왕의 면전에서 하품을 하는 것은 예의에 벗어나는 일이다. 짐은 그런 행동을 금하노라."

왕이 말했습니다.

"하품을 안 할 수가 없어요. 머나먼 여행을 했고요. 또 잠을 못 잤거든요……."

어린 왕자는 당황해서 이렇게 대답했습니다.

"그러면 하품하기를 허락하노라. 짐은 몇 년째 하품하는 사람을 보지 못했노라. 짐에겐 하품하는 모습이 신기하게만 보이는구나. 자! 또 하품을 하여라. 이것은 명령이다."

"그렇게 말씀하시니 겁이 나서…… 하품을 더는

할 수가 없어요."

어린 왕자는 얼굴을 붉히며 말했습니다.

"흠! 흠! 그렇다면 짐은…… 네게 명하노니 어떤 때는 하품을 하기도 하고 또 어떤 때는……."

왕은 기분이 상했는지 말을 하다가 말았습니다.

왕은 무엇보다 자신의 권위가 존중되기를 원했습니다. 그는 불복종을 용납하지 않았거든요. 그는 절대군주였습니다. 하지만 매우 착한 사람이었기 때문에 이치에 맞는 명령을 내렸습니다.

그는 평소에 이렇게 말하곤 했습니다.

"만약에 짐이 어떤 장군더러 물새로 변하라고 명령했는데 장군이 이 명령에 복종하지 않는다면, 그것은 장군의 잘못이 아니라 짐의 잘못인 것이다."

어린 왕자는 조심스럽게 물었습니다.

"앉아도 괜찮을까요?"

"네게 앉기를 명하노라."

이렇게 대답하며 왕은 흰 담비 모피로 만든 망토 자락을 점잖게 끌어올렸습니다.

그러나 어린 왕자는 이상한 생각이 들었습니다.

'이 별은 아주 조그만데, 대체 이 왕은 무엇을 다스린다는 거지?'

"폐하…… 여쭈어볼 것이 있는데요……."

"질문하기를 명하노라."

왕이 재빨리 말했습니다.

"폐하께서는 무엇을 다스리시나요?"

"모든 것!"

왕은 아주 간단히 대답했습니다.

"모든 것요?"

왕은 손을 약간 들어 자기 별과 다른 모든 별들, 그리고 나머지 떠돌이별들을 가리켰습니다.

"이것들 전부요?"

어린 왕자가 물었습니다.

"이 모든 것을……."

그는 절대군주일 뿐만 아니라 모든 우주의 왕이었던 것입니다.

"그러면 별들이 폐하의 명령에 복종하나요?"

"물론이다. 바로 복종하느니라. 짐은 규율을 어기는 것을 용납하지 않는다."

어린 왕자는 왕의 권력에 감탄했습니다. 자기에게도 그런 권력이 있다면 의자를 뒤로 물리지 않고도 석양을 하루에 마흔네 번이 아니라 일흔두 번, 아니 백 번, 이백 번도 구경할 수 있을 거라는 생각이 들었습니다. 그러자 어린 왕자는 자신이 떠나온 작은 별이 떠올라서 약간 서글퍼졌습니다. 그래서 용기를 내어 왕에게 한 가지 청을 했습니다.

"저는 해가 지는 풍경을 보고 싶어요. 저에게 친절을 베풀어 주세요. 해가 지라고 명령해 주세요……."

"만약 짐이 어떤 장군에게 나비처럼 이 꽃에서 저

꽃으로 날아다니라고 하거나, 비극을 한 편 쓰라고 하거나, 바닷새로 변하라고 명령했는데 장군이 명령을 수행하지 못했다면 장군과 짐 중에 누구의 잘못이겠는가?"

"폐하의 잘못이에요."

어린 왕자는 당돌하게도 이렇게 대답했습니다.

"옳도다. 각자에게 그들이 할 수 있는 것을 요구해야 하느니라. 권위란 우선 그 터전을 이치에 맞도록 세워야 한다. 만약 너의 백성에게 바다에 빠지라고 명령한다면 그들은 반란을 일으킬 것이로다. 짐이 복종을 요구할 권리가 있음은 짐의 명령이 이치에 맞는 까닭이다."

"그러면 제가 부탁드린 석양은요?"

한 번 물어본 것은 잊어버리는 일이 없는 어린 왕자는 다시 물었습니다.

"너는 해가 지는 것을 구경할 것이다. 짐은 그것을 명령할 것이다. 그러나 짐의 통치관에 따라 조건이 갖추어지기를 기다려야 한다."

"언제 조건이 갖추어지나요?"

어린 왕자가 물었습니다.

왕은 커다란 달력을 보고 나서 대답했습니다.

"흠, 흠! 그것은…… 그것은…… 오늘 저녁 일곱시 사십 분경일 것이로다! 짐의 명령이 얼마나 잘 이행되는지 너는 보게 될 것이다."

어린 왕자는 하품을 했습니다. 석양을 못 보게 되어 섭섭했습니다. 그리고 어느새 지루해졌습니다.

어린 왕자는 왕에게 말했습니다.

"여기서는 할 일이 아무것도 없으니 저는 다시 떠나겠어요."

신하를 한 사람 갖게 된 것이 몹시 자랑스러웠던 왕은 대답했습니다.

"떠나지 말라. 떠나지 말라. 짐은 너를 장관으로 삼으리라."

"무슨 장관이요?"

"법…… 법무부장관!"

"그렇지만 재판을 받을 사람이 아무도 없는데요!"

"알 수 없는 일이다. 짐은 아직 나라를 순시한 일이 없노라. 짐은 매우 연로하고, 수레를 타고 다닐 자리도 없고, 그렇다고 걸어 다니면 피곤해지노라."

"오! 그렇지만 저는 벌써 다 봤어요."

어린 왕자는 허리를 굽혀 별 저쪽을 다시 한 번 둘러보며 말했습니다.

"저쪽에도 아무도 없어요……."

"그러면 너 자신을 심판하거라. 이것이 가장 어려운 일이다. 남을 심판하기보다 자기 자신을 심판하는 것이 훨씬 더 어려운 것이니라. 네가 너 자신을 제대로 심판할 수 있다면 너는 진정 지혜로운 사람이 되는 것이다."

왕이 대답했습니다.

"저는 아무 데서나 저 자신을 심판할 수 있어요. 여기서 살 필요가 없어요."

어린 왕자가 말했습니다.

"에헴! 에헴! 짐의 별 어디엔가 늙은 쥐 한 마리가 있는 것 같다. 밤에 그 쥐가 다니는 소리가 들리노라. 네게는 그 늙은 쥐를 심판할 자격이 있다. 그러니 이따금 그 쥐를 사형에 처하도록 해라. 그러면 쥐의 생명이 네 재판에 달려 있는 것이니라. 하지만 매번 그 쥐를 특별 사면하도록 해라. 쥐는 한 마리밖에 없으니까."

왕이 대답했습니다.

"저는 사형을 내리기 싫어요. 아무래도 저는 떠나야겠어요."

어린 왕자가 대답했습니다.

"아니로다."

왕이 말했습니다.

어린 왕자는 떠날 준비가 다 되었지만, 나이 많은 왕을 조금이라도 섭섭하게 하고 싶지는 않았습니다.

"폐하의 명령이 모두 지켜지길 원하신다면 제게 이치에 맞는 명령을 내리세요. 가령 일 분 안에 이별을 떠나라고 명령하세요. 제 생각에는 지금이 딱 좋은 조건인 것 같아요."

어린 왕자는 왕이 아무 대답도 하지 않자 잠시 망설이다가 한숨을 쉬며 길을 떠났습니다.

"짐은 너를 장관으로 임명하노라."

왕은 재빨리 소리쳤습니다. 그는 잔뜩 위엄을 부렸습니다.

'어른들은 정말 이상하지.'

어린 왕자는 길을 떠나며 속으로 생각했습니다.

11

두 번째로 찾아간 별에는 허영꾼이 살고 있었습니다.

"오! 오! 숭배자 한 명이 나를 찾아오는구나!"

허영꾼은 어린 왕자를 보자마자 멀리서부터 소리쳤습니다. 왜냐하면 허영꾼은 다른 사람들이 무조건 자신을 찬양하는 것처럼 느끼기 때문입니다.

"안녕, 아저씨! 모자가 참 이상하게 보여요."

어린 왕자가 말했습니다.

"이것은 인사하기 위해 쓴 거야."

허영꾼이 대답했습니다.

"사람들이 내게 갈채를 보낼 때마다 답례로 인사를 하기 위해 쓴 거야. 그런데 불행하게도 이리로 지나가는 사람이 아무도 없단 말야."

"아, 그래요?"

어린 왕자는 그의 말을 알아듣지 못했으면서도 그냥 대답했습니다. 그러자 허영꾼이 말했습니다.

"두 손을 마주쳐라."

어린 왕자가 손뼉을 치자 허영꾼이 모자를 벗어 들고 공손히 인사를 했습니다.

"이건 왕을 방문했을 때보다 더 재미있는데."

어린 왕자는 이렇게 중얼거렸습니다.

그리고 어린 왕자는 다시 박수를 치기 시작했습니다. 그러자 허영꾼은 또 모자를 벗어 들고 점잖게 답례를 했습니다. 어린 왕자는 5분쯤 박수를 치고 나자 시시한 생각이 들면서 싫증이 났습니다. 그래서 어린 왕자는 이렇게 물었습니다.

"그런데 어떻게 하면 모자가 떨어져요?"

그러나 허영심 많은 사람은 어린 왕자의 말을 듣지 못했습니다. 허영꾼의 귀에는 칭찬 외에는 아무것도 들리지 않는 법이지요.

"너는 진심으로 나를 찬양하니?"

그는 어린 왕자에게 이렇게 물었습니다.

"찬양한다는 게 무슨 말이에요?"

"찬양한다는 것은 내가 이 별에서 가장 잘 생기고, 가장 옷을 잘 입고, 누구보다 돈이 가장 많고, 최고로 똑똑하다는 것을 인정한다는 것이다."

"그렇지만 이 별에는 아저씨 혼자만 있잖아요!"

"나를 즐겁게 해다오. 그리고 나를 찬양해다오!"

"아저씨를 찬양해요."

어린 왕자는 어깨를 으쓱하더니 물었습니다.

"하지만 이런 게 다 무슨 소용이에요?"

어린 왕자는 그 별을 떠나 다시 여행길에 오르며 생각했습니다.

'어른들은 정말 이상하다니까.'

12

세 번째로 방문한 별에는 술주정꾼이 살고 있었습니다. 그 별에는 아주 잠깐만 머물렀지만 어린 왕자의 마음을 몹시 우울하게 했습니다.

"아저씨, 거기서 뭘 하세요?"

빈 병 한 무더기와 술이 가득한 병 한 무더기를 앞에 놓고 우두커니 앉아 있는 술주정꾼을 보고 어린 왕자가 물었습니다.

"술을 마신다."

술주정꾼은 몹시 침울한 얼굴로 대답했습니다.

"술은 왜 마셔요?"

어린 왕자가 물었습니다.

"잊어버리려고 마시지."

술주정꾼이 대답했습니다.

"무얼 잊어버려요?"

어린 왕자는 벌써 그 술주정꾼이 측은하게 생각되었습니다.

"부끄러운 걸 잊어버리려고 그러지."

술주정꾼은 고개를 숙이며 대답했습니다.

"뭐가 부끄러운데요?"

어린 왕자는 그를 구원해 주고 싶다는 생각이 들어 다시 물었습니다.

"술 마시는 게 부끄럽지!"

술주정꾼은 이렇게 말하고 다시는 입을 열지 않았습니다. 어린 왕자는 어쩔 줄 몰라 그 별을 떠났습니다. 다시 여행길에 오른 어린 왕자는 생각했습니다.

'어른들은 정말이지 너무너무 이상해.'

13

네 번째로 찾아간 별에는 사업가가 살고 있었습니다. 이 사람은 무엇이 그렇게 바쁜지 어린 왕자가 왔는데도 고개조차 들지 않았습니다.

"안녕, 아저씨. 담뱃불이 꺼졌어요."

어린 왕자가 말했습니다.

"셋에다 둘을 보태면 다섯, 다섯에 일곱이면 열둘, 열둘에 셋을 더하면 열다섯이라. 안녕! 열다섯에다 일곱 하면 스물둘, 스물둘에다 여섯 하니 스물여덟. 담배에 새로 불을 붙일 시간도 없구나. 스물여섯에 다섯을 보태면 서른하나라. 후유, 그러니까 오억 일백육십이만 이천칠백삼십일이 되는구나."

"무엇이 오억이에요?"

"응? 너 아직도 거기 있었니? 저어……오억 일백……잊어버렸군. 하도 일이 많아서 말이지. 나는 착실한 사람이야. 쓸데없는 짓은 하지 않아! 둘과 다섯이면 일곱……."

"무엇이 오억이란 말이에요?"

한 번 물어본 말은 결코 그냥 지나치지 않는 어린 왕자는 다시 물었습니다.

사업가가 고개를 들었습니다.

"내가 쉰하고도 네 해째 이 별에서 살고 있지만 방해를 받기는 이번에 세 번째야. 첫 번째는 스물두 해 전인데 어디선지 풍뎅이가 한 마리 떨어졌지. 그놈이 어찌나 요란스럽게 소리를 내는지 계산을 하다가 네 번이나 틀렸단다. 두 번째는 십일 년 전에 신경통이 도졌을 때야. 나는 운동 부족이지. 산보할 시간이 없으니까 말이야. 그리고 바로 세 번째가…… 바로 너다! 가만있자, 오억 일백만…… 이라고 했겠다……."

"무엇이 오억 일백만이란 말이에요?"

사업가는 조용히 일하기 틀렸다는 것을 깨달았다.

"종종 하늘에서 볼 수 있는 조그만 것들 말이다."

"파리요?"

"천만에! 반짝반짝 빛나는 조그만 것들 말이야."

"꿀벌이요?"

"아니라니까! 게으름뱅이들을 공상에 빠지게 하는 조그맣고 반짝반짝 빛나는 것들 말이다. 하지만 난 아주 중요한 일을 하는 사람이지. 공상에 잠길 시간이 없단 말이야."

"아! 별들이요?"

"그래, 별들이지."

"그럼 아저씨는 오억 개나 되는 별을 가지고 무얼 하세요?"

"오억 일백육십이만 이천이백삼십일 개야. 나는 중요한 일을 하는 아주 정확한 사람이야."

"그래서 아저씨는 그 별을 가지고 무엇을 하려는 건데요?"

"무엇을 하느냐고?"

"네."

"하긴 뭘 해? 그걸 차지하는 거지."

"아저씨가 별을 차지하고 있어요?"

"그럼."

"그렇지만 난 이미 왕을 만났는데, 그분은……."

"왕들은 차지하는 것이 아니라 '다스리는 것'이다. 그건 아주 다른 거야."

"별을 차지하는 게 아저씨한테 무슨 소용이에요?"

"내가 부자가 되는 데 소용이 있지."

"그럼 부자는 또 무슨 소용이 있어요?"

"부자는 다른 별을 발견하면 그걸 또 살 수 있지."

사업가의 말을 듣고 어린 왕자는 생각했습니다.

'이 사람도 술주정꾼과 비슷한 말을 하는구나.'

그러나 어린 왕자는 다시 이렇게 물었습니다.

"어떻게 별을 차지할 수 있어요?"

"별들이 누구의 것이냐?"

사업가는 투덜거리며 물었습니다.

"몰라요. 누구의 것도 아니에요."

"그러니까 내 거야. 내가 가장 먼저 그걸 생각했으니까 말이야."

"그러면 다 되는 거예요?"

"그럼 물론이지. 네가 임자 없는 다이아몬드를 얻으면 그 다이아몬드는 네 것이지. 임자 없는 섬을 네가 발견하면 그 섬이 네 것이 되지. 네가 무슨 생각을 맨 처음으로 하고 거기에 대해서 특허를 내면 네 것이지. 그 생각은 네 것이니까. 마찬가지로 별을 차지할 생각을 나보다 먼저 한 사람이 없으니까 별들이 내 차지가 된단 말이다."

"그렇군요. 그런데 아저씨는 그걸로 뭘 할 거예요?"

어린 왕자가 말했습니다.

"그걸 관리한다. 그 별들을 세고 또 세는 거지. 그건 아주 어려운 일이야. 하지만 난 아주 중요한 일을 하고 있는 사람이니까."

어린 왕자는 그래도 만족하지 않았습니다.

"난 목도리가 있으면 그걸 목에 두르거나 가지고 다닐 수가 있어요. 또 꽃이 있으면 그걸 따서 가지고 다닐 수도 있고. 그렇지만 아저씨는 별을 딸 수도 없잖아요."

"그럴 수는 없지. 하지만 나는 그것을 은행에 맡길 수가 있다."

"그건 또 무슨 말이에요?"

"조그만 종이에다 내 별의 수를 적어서 서랍에 넣고 잠근단 말이다."

"그뿐이에요?"

"그뿐이지."

어린 왕자는 생각했습니다.

'그거 재미있다. 꽤 시적인데. 그렇지만 그리 중요한 일은 아니야.'

어린 왕자는 중요한 일이라는 것에 대해서 어른들과는 생각이 아주 달랐습니다.

"나는 매일 물을 주는 꽃이 하나 있어요. 또 일주일에 한 번씩 청소해 주는 화산이 세 개 있고요.(불 꺼진 화산을 청소하는 줄은 아무도 모를 거예요.) 내가 화산하고 꽃의 주인이라는 건 화산과 꽃한테 도움이 되는 일이에요. 하지만 아저씨는 별들에게 도움을 주는 게 하나도 없어요."

사업가는 입을 열었지만 마땅한 대답이 떠오르지 않았습니다. 그리고 어린 왕자는 다시 그 별을 떠났습니다.

'어른들은 정말이지 아주 이상해.'

어린 왕자는 여행길에 오르며 생각했습니다.

14

다섯 번째로 찾아간 별은 아주 이상한 곳이었습니다. 아주 작은 별이어서 그저 가로등 하나와 그 가로등을 켜는 사람 한 명이 있을 자리밖에 없었습니다. 하늘 한구석에 집도 없고 사람도 없는 별에 가로등과 가로등 켜는 사람이 무슨 소용이 있는지 어린 왕자는 이해할 수가 없었습니다. 그러나 그는 이런 생각을 했습니다.

'이 사람이 어리석은 사람인지는 모르겠지만, 그래도 왕이나 허영꾼, 술주정꾼, 사업가보다는 덜 어리석겠지. 적어도 그가 하는 일은 뜻있는 일이니까. 그가 가로등을 켜면 꽃이나 별은 꿈나라로 가는 거야. 이건 아주 아름다운 일이야. 아름다우니까 정말로 이로운 일이지.'

어린 왕자는 그 별에 발을 들여놓으며 가로등 켜는 사람에게 공손히 인사를 했습니다.

"안녕, 아저씨! 왜 방금 가로등을 껐어요?"

"그건 명령이야. 안녕!"

가로등 켜는 사람이 대답했습니다.

"명령이 뭐예요?"

"가로등을 끄라는 명령이지. 잘 자거라."

그리고 나서 다시 가로등을 켰습니다.

"그런데 왜 가로등을 다시 켜세요?"

"명령이니까."

가로등 켜는 사람이 대답했습니다.

"이해가 안 돼요."

어린 왕자가 말했습니다.

그는 다시 가로등을 껐습니다. 그런 다음 붉은 바둑판무늬 손수건으로 이마의 땀을 닦았습니다.

"난 정말 힘든 직업을 가졌어. 전에는 괜찮았단다. 아침에는 가로등을 끄고 저녁에는 켜고 했지. 그리고 나머지 낮 동안에는 쉴 수도 있고, 나머지 밤 시간에는 잘 수도 있었으니까……."

"그럼 그 뒤로 명령이 바뀌었나요?"

"명령이 바뀌지 않았단다. 그런데 그게 바로 비극이지. 이 별은 해마다 자꾸자꾸 더 빨리 도는데 명령은 그대로 있으니 말이다!"

가로등 켜는 사람이 말했습니다.

"그래서요?"

어린 왕자가 물었습니다.

"지금은 별이 일 분에 한 바퀴씩 도니 이제 일 초도 쉴 시간이 없단 말이다. 일 분에 한 번씩 켜고 끄고 하니까!"

"그것참 이상하네요! 아저씨네 별에서는 하루가 일 분이라니!"

"조금도 이상할 것 없다. 우리가 말하는 사이에도 벌써 한 달이 지났으니."

가로등 켜는 사람이 말했습니다.

"한 달이요?"

"그렇지, 삼십 분이니 삼십 일이지! 잘 자라."

그리고 다시 불을 켰습니다.

어린 왕자는 가로등 켜는 사람을 바라보았습니다. 그리고 명령에 이토록 충실한 사람이 좋아졌습니다. 어린 왕자는 예전에 의자를 끌어당겨 석양을 보던 일이 생각났습니다. 그래서 가로등 켜는 사람을 도와주고 싶어졌지요.

"저기요…… 아저씨가 쉬고 싶을 때 쉴 수 있는 방법을 알려 드릴까요……."

"나야 당연히 쉬고 싶지!"

가로등 켜는 사람이 말했습니다.

명령을 충실히 수행하면서도 게으름을 부릴 수도 있는 방법이 떠오른 어린 왕자는 말을 이었습니다.

"아저씨 별은 하도 작아서 세 발자국이면 한 바퀴 돌 수가 있어요. 그러니까 언제든지 해를 볼 수 있게 천천히 걷기만 하면 돼요. 아저씨가 쉬고 싶을 때는 걸으면 되는 거죠. 그러면 아저씨가 원하는 만큼 낮이 계속될 거예요."

가로등 켜는 사람이 말했습니다.

"그건 내게 별로 도움이 안 돼. 내가 하고 싶은 것은 잠을 자는 것이니까."

가로등 켜는 사람이 말했습니다.

"안됐군요."

어린 왕자가 말했습니다.

"안된 일이지, 잘 잤니?"

그리고 가로등을 껐습니다.

어린 왕자는 다시 길을 가며 이런 생각을 했습니다.

'이 사람은 왕이나 허영꾼, 술주정꾼, 사업가 모두에게 멸시를 당할 거야. 우스꽝스럽게 생각되지 않는 사람은 이 사람 하나뿐이네. 그건 아마 자기를 위한 일이 아닌 다른 일을 하고 있기 때문일 거야.'

어린 왕자는 애석한 나머지 한숨을 내쉬며 또 이

런 생각도 했습니다.

'내가 친구로 삼을 만한 사람은 그 사람 하나뿐이 었는데. 그렇지만 그 별은 너무나 작아서 둘이 함께 있을 자리가 없어…….'

어린 왕자가 차마 고백을 못 하는 것은 하루 동안에 해가 1,440번이나 지는 것 때문에 이 복 받은 별을 못 잊는다는 사실이었습니다.

15

여섯 번째로 찾아간 별은 열 배나 더 큰 별이었습니다. 거기에는 엄청나게 큰 책을 쓰고 있는 할아버지가 한 분 살고 있었습니다.

"야! 탐험가가 왔다!"

어린 왕자를 보자 노인은 소리쳤습니다. 어린 왕자는 탁자 위에 앉아서 숨을 약간 몰아쉬었습니다. 긴 여행을 했으니까요.

"너는 어디서 오니?"

노인이 물었습니다.

"이 큰 책은 뭐예요? 할아버지는 여기서 무얼 하

세요?"

어린 왕자는 말했습니다.

"나는 지리학자다."

노인이 말했습니다.

"지리학자가 뭔데요?"

"바다가 어디 있고, 강이 어디 있고, 도시와 산과 사막이 어디 있는지를 알아내는 학자지."

노인이 대답했습니다.

"그것참 재미있네요. 이제야 정말 직업다운 직업을 가진 분을 만났네요!"

어린 왕자는 지리학자의 별을 한 바퀴 둘러보았습니다. 그가 본 별 중에 가장 훌륭한 별이었습니다.

"할아버지의 별은 참 아름다워요. 여기엔 큰 바다도 있나요?"

"말해 줄 수가 없구나."

지리학자가 대답했습니다.

"네……."

어린 왕자는 실망했습니다.

"그럼 산은요?"

"대답할 수가 없구나."

지리학자가 말했습니다.

"그럼 도시와 강과 사막은요?"

"그것도 말해 줄 수 없구나."

지리학자가 말했습니다.

"할아버지는 지리학자라면서요!"

"그렇다. 그러나 나는 탐험가는 아니거든. 내게는 탐험가가 한 명도 없단 말이야. 지리학자는 도시나 강, 산이나 바다, 또는 태양이나 사막들을 조사하러 돌아다니지는 않아. 지리학자는 아주 중요한 사람이니까 돌아다닐 수가 없지. 서재를 떠나지 못해. 그러나 서재에서 탐험가들을 만나기는 하지. 탐험

가들에게 여러 가지를 물어본 뒤에 그것들을 기록해 둔단다. 그러다가 흥미로운 이야기를 하는 사람이 있으면 지리학자는 그 탐험가의 인격과 도덕성을 조사하지."

"그건 왜요?"

"만일 탐험가가 거짓말을 하면 지리책에 커다란 착오를 일으킬 테니까. 또 술을 너무 마시는 탐험가도 그렇고."

"그건 어째서요?"

어린 왕자가 말했습니다.

"주정뱅이들은 사물을 두 개로 보니까 그렇지. 그렇게 되면 지리학자는 산이 하나밖에 없는 곳에다 둘로 적어 놓을 수도 있거든."

"나는 탐험가로 적당하지 않은 사람을 한 명 알고 있어요."

어린 왕자가 말했습니다.

"그래. 그래서 탐험가의 인격이나 도덕성이 훌륭하면 우리는 그가 발견한 것에 대해 조사를 한다."

"보러 가나요?"

"아니. 그러면 일이 너무 복잡해져. 탐험가더러 증거물을 내보이라고 한다. 가령 큰 산을 발견했다면 거기에 있는 큰 돌들을 가져오라고 요구하지."

그런데 지리학자가 갑자기 흥분했습니다.

"그런데 너는 멀리서 왔지? 탐험가지? 네가 살던 별이 어떤 별인지 이야기를 해다오."

그러면서 지리학자는 노트를 펼치더니 연필을 깎았습니다. 탐험가의 이야기는 우선 연필로 적어 두기 때문이었죠. 탐험가가 증거물을 내놓아야 잉크로 기록했습니다.

"자, 시작해 볼까?"

지리학자는 말을 재촉했습니다.

"오오, 제 별은 흥미로운 곳이 못 돼요. 아주 조그마한 별이에요. 화산이 셋 있는데 둘은 불을 뿜는 화산이고, 하나는 죽은화산이지요. 그렇지만 어떻게 될지 알 수 없어요."

"그래, 언제 어떻게 될지 알 수 없지."

지리학자가 말했습니다.

"꽃도 하나 있어요."

"우리는 꽃은 기록하지 않는다."

지리학자가 말했습니다.

"어째서요? 가장 예쁜 건데요!"

"꽃들은 일시적인 존재니까 그렇지."

"일시적인 존재라는 건 무슨 뜻이에요?"

"지리책은 모든 책 중에서 가장 귀한 책이다. 그것은 절대로 시대에 뒤떨어지는 법이 없지. 산이 자리를 옮기는 건 아주 드문 일이고, 큰 바다의 물이 말라 버리는 것도 아주 드문 일이야. 우리는 변치 않는 것만 기록한단다."

"하지만 꺼진 화산도 다시 불을 뿜을 수 있어요."

어린 왕자가 말을 가로챘습니다.

"그런데 일시적인 존재라는 건 무슨 뜻이에요?"

"화산이 꺼졌건 불을 뿜건 우리에게는 모두 마찬가지란다. 우리에게 중요한 것은 산이야. 그것은 변하지 않으니까."

"그런데 일시적인 존재라는 건 무슨 말이에요?"

한 번 물어본 것은 절대 그냥 지나치는 법이 없는 어린 왕자는 다시 물었습니다.

"그것은 '오래지 않아 사라질 염려가 있는 것'이란 말이다."

"내 꽃이 오래지 않아 사라질 염려가 있어요?"

"물론이지."

어린 왕자는 생각했습니다.

'내 꽃은 머지않아 사라질 존재구나. 외부의 적을 막기 위해 네 개의 가시만 갖고 있는 꽃인데. 나는 그런 꽃을 내 별에 혼자 버려두고 온 거야.'

어린 왕자가 처음으로 후회하는 순간이었습니다. 그러나 그는 다시 용기를 냈습니다.

"제가 어느 곳으로 가는 게 좋을까요?"

어린 왕자가 물었습니다.

"지구라는 별이 있는데, 그 별은 평판이 좋단다."

이렇게 해서 어린 왕자는 별에 두고 온 자신의 꽃을 생각하면서 다시 길을 떠났습니다.

16

일곱 번째로 찾아간 별은 지구였습니다.

지구는 시시한 별이 아니었습니다. 거기에는 왕이 111명, 지리학자가 7천 명, 술주정꾼이 750만 명, 허영꾼이 3억 1,100만 명, 사업가가 90만 명, 즉 20억쯤 되는 어른들이 살고 있었습니다.

전기를 발명하기 전까지 6대주를 통틀어 가로등에 불을 켜는 사람이 46만 2,511명이나 되었다는 사실을 말하면 지구가 얼마나 큰지 짐작할 수 있을 것입니다.

좀 떨어진 곳에서 보면 그것은 정말 찬란한 광경이었습니다. 이 무리의 움직임은 마치 오페라 발레단의 동작처럼 질서정연했습니다. 우선 뉴질랜드와 오스트레일리아의 가로등 켜는 사람들이 나타나서 이들이 등불을 켜고 자러 가면, 이번에는 중국과 시베리아의 가로등 켜는 사람들이 무대에 나왔습니다. 그리고 이들 역시 무대 뒤로 사라지면 다음은 러시아와 인도의 가로등 켜는 사람들이 나타났습니다. 그다음은 아프리카와 유럽, 다음은 남아메리카, 그리고 북아메리카, 이런 차례였습니다. 이들은 무대에 들어서는 순간을 한 번도 틀리지 않았습니다. 그것은 정말 웅장하고 장엄한 광경이었습니다.

다만, 북극과 남극의 하나밖에 없는 가로등 켜는 사람만이 한가하고 마음 편한 생활을 하고 있었습니다. 그들은 1년에 두 번만 일을 하면 됐거든요.

17

재치를 부리려다 보면 간혹 거짓말을 하는 수가 있습니다. 내가 말한 가로등 켜는 사람들 이야기는 아주 정직한 것은 아닙니다. 잘 모르는 사람들에게는 지구에 대해서 잘못된 생각을 갖게 할 염려가 있습니다. 사람들은 지구 위의 아주 작은 부분만 차지하고 있습니다. 지구에 사는 20억의 사람들을 무슨 집회 때처럼 촘촘히 줄을 세운다면 사방 20마일인 광장에 넉넉히 들어갈 수 있을 것입니다. 아니면 태평양의 아주 조그만 섬에 모두 들어가게 할 수도 있을 것입니다.

물론 어른들은 이 말을 믿지 않을 것입니다. 어른들은 자신들이 자리를 훨씬 더 많이 차지하고 있는 줄로 생각하니까요. 마치 바오밥나무처럼 아주 커다랗다고 생각합니다. 그러니까 어른들보고 계산을 좀 해보라고 해야 합니다. 어른들은 숫자를 대단히 좋아하니까 그렇게 하면 만족해할 것입니다. 그러나 여러분은 이 문제를 푸느라고 시간을 낭비할 필요는 없습니다. 그것은 쓸데없는 짓이니까요. 그냥 내 말을 믿으면 됩니다.

지구에 도착한 어린 왕자는 아무도 만날 수 없어 정말 이상했습니다. 그래서 다른 별을 잘못 찾아온 게 아닌가 하는 생각을 했습니다. 그런데 그때 모래에서 달빛 같은 고리가 움직이는 것이 보였습니다.

"안녕."

어린 왕자는 혹시나 하며 인사를 했습니다.

"안녕."

뱀이 대답했습니다.

"내가 지금 도착한 이 별이 무슨 별이니?"

어린 왕자가 물었습니다.

"지구야, 여기는 아프리카고."

뱀이 대답했습니다.

"그래, 그럼 지구에는 사람이 하나도 없니?"

"여기는 사막이야. 사막에는 사람이 없지. 그렇지만 지구는 아주 넓어."

뱀이 대답했습니다.

어린 왕자는 돌 위에 앉아 하늘을 쳐다보며 말했습니다.

"별들이 저렇게 빛나는 건 사람들이 언제든 자기 별을 찾을 수 있게 하려는 걸까? 내 별을 봐. 바로 우리 머리 위에 있어……. 하지만 너무 멀리 있지!"

뱀이 물었습니다.

"예쁜 별이로구나. 그런데 넌 여기 왜 왔니?"

어린 왕자가 대답했습니다.

"난 어떤 꽃하고 말썽이 생겼단다."

뱀이 말했습니다.

"그래?"

그리고 그들은 말이 없었습니다.

얼마 후 어린 왕자가 다시 말했습니다.

"사람들은 어디 있니? 사막에선 좀 외롭구나……."

"사람들 사이에 있어도 외로울 거야."

뱀이 대답했습니다.

어린 왕자는 뱀을 한참 바라보다가 말했습니다.

"너는 참 이상하게 생긴 짐승이다. 손가락같이 가느다랗기만 하구나."

"하지만 난 왕의 손가락보다도 강하단다."

뱀이 말했습니다.

어린 왕자는 빙그레 웃으며 말했습니다.

"그렇게 무섭지도 않은데…… 넌 발도 없고, 여행도 못하잖아……."

"난 배보다 더 멀리 너를 데리고 갈 수가 있어."

뱀은 어린 왕자의 발목을 금팔찌 모양으로 휘감으며 이런 말을 했습니다.

"내가 건드리는 사람은 자기가 나왔던 땅으로 돌아가게 되지. 하지만 너는 순진하고 또 별에서 왔으니까……."

어린 왕자는 아무 대답도 하지 않았습니다.

"그렇게도 연약한 네가 모래투성이의 땅 위에 있는 것을 보니 가엾은 생각이 드는구나. 네 별이 그렇게 그리우면 내가 언제든지 너를 도와줄 수 있어. 나는……."

"그래, 잘 알았어. 그런데 너는 어째서 수수께끼 같은 말만 하니?"

어린 왕자가 말했습니다.

"난 그걸 모두 풀어 주지."

뱀이 말했습니다. 그리고 그들은 또 말이 없었습니다.

18

어린 왕자는 사막을 가로질러 갔습니다. 그러다 꽃 한 송이를 발견했습니다. 꽃잎이 세 개인 아주 소박한 꽃이었습니다.

"안녕."

어린 왕자가 말했습니다.

"안녕."

꽃이 대답했습니다.

"사람들은 어디 있니?"

어린 왕자가 공손하게 물었습니다.

이 꽃은 예전에 상인의 무리가 지나가는 것을 본 일이 있었습니다.

"사람들? 예닐곱 명쯤 있어. 몇 해 전엔가 그 사람들을 봤거든. 그런데 어디로 가야 그들을 만날 수 있는지는 도무지 알 수 없어. 바람 따라 돌아다니니까.

사람들은 뿌리가 없지. 그래서 많이 불편할 거야."

"잘 있어."

어린 왕자가 말했습니다.

"잘 가."

꽃이 말했습니다.

어린 왕자는 높은 산 위로 올라갔습니다. 그가 아는 산이라고는 단지 무릎까지 오는 세 개의 화산밖에 없었습니다. 그리고 그 가운데 불 꺼진 화산은 의자로 사용했지요. 그래서 그는 '이렇게 높은 산에서는 한눈에 지구 전체와 사람들을 다 볼 수 있겠지……' 하고 생각했습니다.

그러나 그가 본 것은 바늘 끝처럼 뾰족뾰족한 바위산 봉우리들뿐이었습니다.

"안녕."

그는 무작정 말했습니다.

"안녕…… 안녕…… 안녕……."

메아리가 대답했습니다.

"누구니?"

어린 왕자가 말했습니다.

"누구니…… 누구니…… 누구니……."

메아리가 대답했습니다.

"나하고 친하게 지내자. 나는 외로워."

어린 왕자가 말했습니다.

"나는 외로워…… 나는 외로워…… 나는 외로워……."

메아리가 또 대답했습니다.

그래서 어린 왕자는 이런 생각을 했습니다.

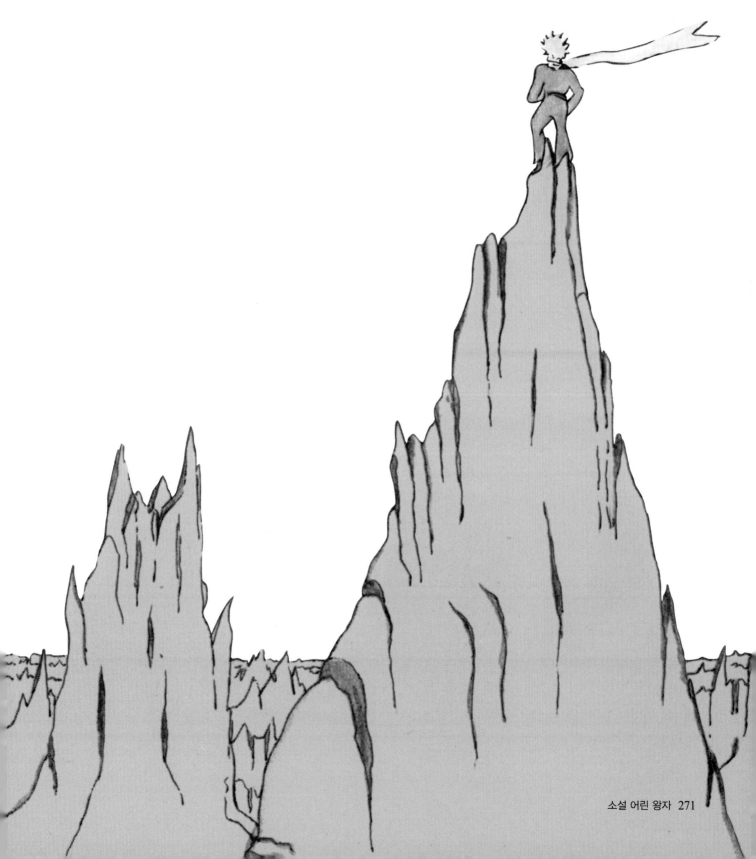

'이상한 별이야! 아주 메마르고 몹시 뾰족뾰족하고 험하고, 무서워 보여. 게다가 사람들은 도통 상상력이 없어. 남의 말만 되풀이하고……. 내 별에는 꽃이 하나 있지만, 그 꽃은 언제나 말을 먼저 걸어왔는데…….'

20

어린 왕자는 오랫동안 모래와 바위, 눈길을 헤맨 끝에 길을 하나 발견했습니다. 그 길은 사람들이 사는 곳으로 이어져 있었습니다.

"안녕."

어린 왕자가 말했습니다.

그는 장미꽃이 활짝 핀 정원에 서 있었습니다.

"안녕."

장미꽃들이 말했습니다.

어린 왕자는 꽃들을 바라보았습니다. 그런데 그 꽃들은 모두 어린 왕자의 꽃과 비슷했습니다.

"너희들은 누구니?"

어린 왕자는 놀라서 그들에게 물었습니다.

"우리들은 장미꽃이야."

장미꽃들이 대답했습니다.

어린 왕자는 갑자기 슬픈 생각이 들었습니다. 그의 꽃은 이 세상에 자기는 하나밖에 없는 꽃이라고 말했거든요. 그런데 정원에 똑같은 모양의 꽃이 5천 송이나 있으니 말입니다.

'내 꽃이 이걸 보면 꽤 속이 상할 거야……'

어린 왕자는 이렇게 생각했습니다.

'창피한 것을 감추려고 기침을 심하게 하고는 바로 죽는시늉을 하겠지. 그러면 난 간호해 주는 척해야겠지. 그렇게 하지 않으면 정말 죽어 버릴지도 모르니까……'

그리고 또 이런 생각도 했습니다.

'나는 이 세상에 하나밖에 없는 꽃을 가진 부자라고 생각했는데. 그저 수많은 장미꽃 중 한 송이밖에 가진 것이 없구나. 무릎까지 오는 화산 세 개하고. 또 그중 하나는 영영 불이 꺼져 있을지도 몰라. 그런데 그걸 가지고 어떻게 훌륭한 왕자가 되겠어.'

그는 풀밭에 엎드려 울었습니다.

21

여우가 나타난 것은 바로 그때였습니다.

"안녕."

여우가 말했습니다.

"안녕."

어린 왕자는 공손히 대답하며 뒤를 돌아보았으나 아무것도 보이지 않았습니다.

"나 여기 있어, 사과나무 밑에……"

조금 전의 그 목소리가 말했습니다.

"넌 누구니? 참 예쁘구나……"

어린 왕자가 말했습니다.

"난 여우야."

여우가 말했습니다.

"이리 와서 나하고 놀자. 난 아주 쓸쓸하단다."
어린 왕자가 말했습니다.

"난 너와 놀 수 없단다. 난 길들여져 있지 않거든."
여우가 말했습니다.

"아! 미안해."
어린 왕자가 말했습니다.

그러나 조금 생각한 뒤에, 어린 왕자가 다시 말했습니다.

"'길들인다'는 게 무슨 말이지?"

"넌 여기 사는 아이가 아니로구나. 뭘 찾는 거니?"
여우가 물었습니다.

"나는 사람들을 찾고 있어. 그런데 '길들인다'는 게 무슨 말이야?"
어린 왕자가 말했습니다.

"사람들은 총을 가지고 있고 사냥을 하지. 그게 참 곤란하단 말이야. 사람들은 또 닭을 기르기도 해! 유일한 즐거움이지. 그런데 너도 닭을 찾니?"
여우가 물었습니다.

"아니 난 친구들을 찾고 있어. '길들인다'는 게 무슨 말이야?"
어린 왕자가 물었습니다.

"이젠 잊혀진 일이긴 하지만 그건 '관계를 맺는다'는 뜻이야."
여우가 말했습니다.

"관계를 맺는다고?"

"그래."
여우가 말했습니다.

"내게 넌 아직 몇 천, 몇 만 명의 어린이들과 조금도 다름없는 아이에 지나지 않아. 그리고 나는 네가 필요 없고, 또 너는 내가 아쉽지도 않아. 네게는 내가 몇 천, 몇 만 마리의 여우 중 하나에 지나지 않지. 그렇지만 네가 나를 길들이면 우리는 서로를 필요로 할 거야. 내게는 네가 세상에서 하나밖에 없는 아이가 될 것이고, 네게는 내가 이 세상에서 하나밖에 없는 존재가 될 거니까……."

"이제 무슨 말인지 좀 알겠어."
어린 왕자가 말했습니다.

"내게도 꽃이 하나 있는데…… 그 꽃이 나를 길들였는가 봐."

"그래, 그럴 수도 있지. 지구에는 온갖 것들이 다 있으니까……."
여우가 말했습니다.

"으응, 그건 지구에 있는 게 아니야."
어린 왕자가 말했습니다.

여우는 몹시 궁금한 모양이었습니다.

"그럼 다른 별에서?"

"그래."

"그 별에도 사냥꾼들이 있니?"

"아니. 없어."

"야, 정말 괜찮은데! 그럼 닭은?"

"없어."

"이 세상에 완전한 건 아무것도 없구나."
여우는 한숨을 내쉬었습니다.

그러나 여우는 다시 하던 이야기로 돌아왔습니다.

"내 생활은 변화가 없어. 나는 닭들을 쫓고, 사람

들은 나를 쫓지. 닭들은 모두 비슷비슷하고, 사람들도 모두 비슷비슷해. 그래서 나는 좀 심심해. 그렇지만 네가 나를 길들이면 내 생활은 해가 비치는 것처럼 환해질 거야. 난 어느 발자국 소리하고도 다른 너만의 발자국 소리를 알게 될 거야. 다른 발자국 소리들은 나를 땅속으로 기어 들어가게 만들 테지만, 네 발자국 소리는 음악 소리처럼 나를 굴 밖으로 불러낼 거야. 그리고 저길 봐! 밀밭이 보이지! 난 빵을 먹지 않아. 다시 말해 밀은 나에게 소용이 없는 물건이지. 밀밭을 봐도 아무것도 떠오르지 않아. 난 그게 몹시 슬프단 말이야! 그런데 너는 금빛 머리카락을 가졌어. 그러니 네가 나를 길들이면 정말 근사할 거야! 밀은 금빛이니까 나는 금빛의 밀을 보면 네 생각이 날 거야. 그리고 나는 밀밭으로 지나가는 바람 소리도 좋아질 거야……."

여우는 입을 다물고 어린 왕자를 한참이나 쳐다보더니 말했습니다.

"제발…… 나를 길들여 줘. 부탁이야!"

어린 왕자가 대답했습니다.

"그래, 나도 그러고 싶어. 그렇지만 나는 시간이 별로 없어. 친구들을 찾아야 하니까."

여우가 말했습니다.

"누구나 자기가 길들인 것밖에는 알 수 없어. 사람들에게는 이제 무얼 알 시간조차 없어지고 말았어. 그들은 가게에서 이미 다 만들어 놓은 물건들을 사지. 그렇지만 친구를 파는 가게는 없어. 그래서 사람들은 이제 친구가 없게 되었지. 친구를 갖고 싶다면 나를 길들여 줘."

어린 왕자가 물었습니다.

"그럼 어떻게 해야 되니?"

여우가 대답했습니다.

"아주 참을성이 많아야 해. 처음에는 내게서 좀 떨어져서 그렇게 풀 위에 앉아 있어. 내가 곁눈으로 너를 볼 테니 너는 아무 말도 하지 마. 말이란 오해의 근원이거든. 그러면 매일 조금씩 가까이 다가가 앉을 수 있게 될 거야."

이튿날, 어린 왕자가 다시 왔습니다. 그러자 여우가 이렇게 말했습니다.

"같은 시간에 왔으면 더 좋았을 텐데. 가령 네가 오후 네 시에 온다면, 나는 세 시부터 행복해지기 시작할 거야. 시간이 지날수록 나는 점점 더 행복을 느끼겠지. 네 시가 되면 아마 나는 안절부절못할 거야. 행복이 얼마나 값진 것인지 알게 되겠지. 그러나 네가 아무 때나 오면 나는 몇 시부터 마음을 곱게 치장해야 할지 알 수 없지 않겠니? 의식이 필요하거든……."

"의식이 뭐야?"

어린 왕자가 물었습니다.

"그것도 잊혀진 일이긴 하지만 어떤 날을 다른 보통의 날과, 어떤 시간을 다른 보통의 시간과 다르게 만드는 거야. 가령 내가 아는 사냥꾼들에게도 의식이 있어. 그들은 목요일에는 동네 처녀들하고 춤을 추지. 그래서 목요일은 기막히게 좋은 날이란다! 나는 포도밭까지 산보를 가기도 하지. 그런데 사냥꾼들이 아무 때나 춤을 춘다고 생각해 봐. 그저 그날이 그날 같을 거고, 나는 하루도 휴가라는 것이 없게 될 거야……."

여우가 말했습니다.

이렇게 해서 어린 왕자는 여우를 길들였습니다. 그리고 떠날 시간이 가까워지자 여우는 말했습니다.

"아…… 난 눈물이 나올 것만 같아."

"그건 네 탓이야. 나는 네 마음을 괴롭힐 생각은 조금도 없었어. 그런데 네가 길들여 달라고 해서……."

어린 왕자가 말했습니다.

"그건 그래."

여우가 말했습니다.

"그런데 넌 울려고 하잖아!"

어린 왕자가 말했습니다.

"그래, 맞는 말이야."

여우가 말했습니다.

"그러면 너는 얻은 게 아무것도 없구나!"

"얻은 게 있지. 밀밭의 색이 있으니까."

여우가 말했습니다. 그리고 잠시 후 다시 말을 이었습니다.

"장미꽃들을 다시 가서 보렴. 네 장미꽃이 세상에 단 하나뿐이란 걸 알게 될 거야. 그리고 내게 다시 와서 작별 인사를 해줘. 그러면 너에게 선물로 비밀 하나를 가르쳐줄게."

어린 왕자는 다시 장미꽃들을 보러 갔습니다.

"너희들은 내 장미꽃과는 조금도 똑같지 않아. 너희들은 아직 아무것도 아니야. 아무도 너희들을 길들이지 못했고, 너희들도 누구를 길들이지 못했어. 내 여우도 너희나 마찬가지였어. 몇 천, 몇 만 마리의 여우 중 한 마리에 지나지 않았지. 그렇지만 그 여우를 내 친구로 만들었기 때문에 지금은 이 세상에 하나밖에 없는 여우가 되었어."

그러자 장미꽃들은 어쩔 줄 몰라 했습니다.

어린 왕자는 또 이런 말도 했습니다.

"너희들은 아름답긴 하지만 속이 텅 비어 있어. 누가 너희들을 위해서 죽을 수는 없단 말이야. 물론 내 장미도 지나가는 행인이 보면 너희들과 똑같다고 생각할 거야. 그렇지만 그 꽃은 너희들 전부보다 내게 더 소중해. 그건 내가 물을 주고 유리관으로 보호해 준 꽃이기 때문이야. 내가 벌레를 잡아준 것(나비를 보게 하려고 두세 마리는 남겨둔 것 말고는)도 그 장미꽃이지. 그리고 불평불만은 물론 허풍도 들어주고, 때로는 점잖게 조용히 있을 때도 모두 함께 한 내 꽃이니까. 그건 내 장미꽃이니까."

그리고 어린 왕자는 다시 여우한테 가서 작별 인사를 했습니다.

"안녕."

어린 왕자가 말했습니다.

"안녕."

여우가 말했습니다.

"잘 가렴. 내 비밀은 바로 이거야. 아주 간단하고 단순하지. 잘 보려면 마음으로 보아야 해. 가장 중요한 것은 눈에는 보이지 않는 법이야."

"가장 중요한 것은 눈에는 보이지 않는다."

오래 기억하기 위해 어린 왕자는 되뇌었습니다.

"네 장미꽃을 위해서 네가 보낸 시간 때문에 장미꽃이 그렇게 소중해진 거야."

"내가 내 꽃을 위해서 보낸 시간 때문에……."

어린 왕자는 계속 따라 말했습니다.

"사람들은 이 진리를 잊어버렸어."

여우가 말했습니다.

"하지만 넌 그것을 잊어버려선 안 된단다. 네가

길들인 것에 대해서는 영원히 책임을 져야 하는 거야. 너는 네 장미꽃에 대해서 책임이 있어."

"나는 내 장미꽃에 대해서 책임이 있다……."

어린 왕자는 기억해 두려고 또 되뇌었습니다.

22

"안녕하세요."

어린 왕자가 말했습니다.

"안녕."

전철기(철도에서 차량이나 열차를 다른 선로로 이동시키기 위하여 두 선로가 만나는 곳에 장치한 기계장치) 조종수가 말했습니다.

"아저씨, 여기서 뭘 하고 계세요?"

어린 왕자가 물었습니다.

"기차 손님들을 천 명씩 추리고 있단다. 그 손님들을 태운 기차를 어느 때는 오른쪽으로 보내고, 어느 때는 왼쪽으로 보내기도 하지."

전철기 조종수가 말했습니다.

그때 불이 환하게 켜진 특급열차가 천둥같이 요란한 소리를 내며 전철기 조종실을 뒤흔들었습니다.

"저 사람들은 정말 바쁘네요. 그들은 뭘 찾아가는 거지요?"

어린 왕자가 물었습니다.

"기관사도 그건 모른단다."

전철기 조종수가 말했습니다.

그러자 이번에는 두 번째 특급열차가 반대편에서 우렁찬 소리를 내며 달려왔습니다.

"그 사람들이 벌써 돌아오는 거예요?"

어린 왕자가 물었습니다.

"아까 그 사람들이 아니란다. 서로 자리를 바꾸는 거지."

"그 사람들은 자기들이 있던 곳이 만족스럽지 않았나 봐요?"

어린 왕자가 물었습니다.

"사람들은 자기가 있는 곳에서 만족하는 법이 없단다."

전철기 조종수가 말했습니다.

그러자 세 번째 특급열차가 힘차게 달려왔습니다.

"이 사람들은 앞 손님들을 쫓아가는 거예요?"

어린 왕자가 물었습니다.

"그들은 아무것도 쫓아가지 않아. 그들은 저 속에서 자거나 하품을 하거나 하지. 그저 아이들만이 유리창에다 코를 비벼 대고 있단다."

전철기 조종수가 말했습니다.

"그저 아이들만이 자기가 찾는 게 무엇인지를 알고 있어요. 아이들은 헝겊인형을 찾느라 시간을 보내고 있지요. 인형은 아이들에게 무척 중요한 거니까요. 그래서 누가 그걸 빼앗아 가면 우는 거예요."

"아이들은 운이 좋아."

전철기 조종수는 말했습니다.

23

"안녕."

어린 왕자가 말했습니다.

"안녕."

장사꾼이 말했습니다.

그는 갈증을 가라앉혀 주는 새로 나온 알약을 파는 장사꾼이었습니다. 그것은 일주일에 한 알씩 먹으면 목이 마르지 않는 약이었지요.

"아저씨, 그건 왜 파는 거예요?"

어린 왕자가 물었습니다.

"이건 시간을 굉장히 절약해 준다. 전문가들이 계산을 해봤는데 일주일에 오십삼 분이나 절약이 된다고 하더구나."

장사꾼이 말했습니다.

"그럼 그 오십삼 분을 가지고는 뭘 하는 거예요?"

"자기가 하고 싶은 걸 하지……."

어린 왕자는 생각했습니다.

'만일 나에게 오십삼 분의 여유가 생긴다면, 샘이 있는 곳을 향해 천천히 걸어갈 텐데…….'

24

사막에서 비행기가 고장 나 불시착한 지 팔일째 되는 날이었습니다. 나는 비축해 두었던 물을 마지막 남은 한 방울까지 마시면서 이 장사꾼에 대한 이야기를 들었지요.

"아! 네 이야기는 정말 아름다운 이야기다. 그런데 나는 아직도 비행기를 고치지 못했고, 이제는 마실 물조차 떨어졌구나. 나도 샘이 있는 곳을 향해 천천히 걸어갈 수 있으면 좋겠다!"

"내 친구 여우가……."

"얘야, 지금은 여우가 문제가 아니야!"

"왜요?"

"우린 목이 말라 죽게 되었으니까……."

그는 내 말을 알아듣지 못하고 대답했습니다.

"죽어 간다 할지라도 친구를 두었다는 건 좋은 일이에요. 나는 여우 친구를 둔 게 참 좋아요……."

'이 애는 위험이 어느 정도인지 짐작을 못 하는구나. 배도 안 고프고, 목도 안 마르고, 그저 햇볕만 조금 있으면 충분할 테니까.'

나는 속으로 중얼거렸습니다. 그런데 어린 왕자는 나를 바라보더니 내 생각에 대답하듯 말했습니다.

"나도 목이 말라요…… 우리 우물을 찾으러 가요……."

나는 맥이 탁 풀린 몸짓을 해 보였습니다. 광활한 사막 한가운데서 무턱대고 우물을 찾아 나서는 것은 당치도 않은 일이었습니다. 그렇지만 우리는 걸음을 옮기기 시작했습니다.

몇 시간 동안 아무 말 없이 걷고 나니 해는 지고 별들이 깜박거리기 시작했습니다. 나는 갈증 때문에 열이 조금 나고 있었기 때문에 그 별들이 마치 꿈에서 보이는 것처럼 느껴졌습니다. 어린 왕자의 말이 내 머릿속에서 춤을 추었습니다.

"그래, 너도 목이 마르단 말이냐?"

그러나 그는 내 물음에는 대답하지 않고 이런 말만 했습니다.

"물은 마음에도 좋은 것일 수가 있어요……."

나는 그의 대답을 이해하지 못했지만 아무 말도 하지 않았습니다. 물어서는 안 된다는 것을 알고 있었으니까요.

그는 지쳐서 자리에 앉았습니다. 나도 그의 곁에 앉았습니다. 그는 한동안 말이 없다가 다시 이런 말을 했습니다.

"우리에게 보이지 않는 꽃 때문에 별들은 아름다운 거예요……."

"그렇고말고"

나는 이렇게 대답하고 아무 말 없이 달빛 아래 펼쳐진 주름진 모래언덕을 바라보았습니다.

"사막은 아름다워요."

그는 이렇게 덧붙였습니다.

그것은 사실이었습니다. 나는 항상 사막을 좋아했습니다. 사막의 모래언덕 위에 앉아 있으면 아무것도 보이지 않고 아무 소리도 들리지 않습니다. 그런데도 무엇인가 침묵 속에 빛나는 것이 있지요.

"사막이 아름다운 건 어디엔가 우물이 숨어 있어서 그래요……."

어린 왕자는 이렇게 말했습니다.

나는 사막이 아름답게 빛나는 이유를 깨닫고 깜짝 놀랐습니다. 어린 시절 나는 낡고 오래된 집에 살았는데, 그 집에는 보물이 묻혀 있다는 이야기가 전해 내려왔지요. 물론 아무도 그것을 발견한 사람은 없었고, 또 어쩌면 찾아보지 않았는지도 모릅니다. 그러나 그 보물로 인해 그 집은 매력적으로 보였습니다. 우리 집은 은밀한 비밀을 갖고 있었으니까요.

"맞아. 집이건, 별이건, 사막이건, 그것들을 아름답게 하는 건 눈에 보이지 않는 법이지!"

내가 어린 왕자에게 말했습니다.

"아저씨가 나의 여우와 같은 생각을 하다니 정말 기뻐요."

나는 어린 왕자가 잠이 드는 바람에 그를 품에 안고 다시 길을 떠났습니다. 나는 가슴이 뭉클해졌습니다. 깨지기 쉬운 보물을 안고 가는 것 같았거든요. 이 세상에 그보다 더 여린 존재는 없으리라는 생각이 들었습니다. 그 새하얀 이마, 감긴 눈, 바람에 나부끼는 머리카락을 달빛 아래에서 바라보며 나는 이런 생각을 했습니다.

'내가 지금 보는 것은 껍데기에 지나지 않는다. 가장 중요한 것은 눈에 안 보이는 것이다…….'

반쯤 열린 그의 입술이 보일 듯 말 듯 미소를 띠고 있었기 때문에 나는 또 이런 생각을 했습니다.

'잠든 어린 왕자가 이렇게까지 내 마음을 깊이 감동시키는 것은 이 아이가 꽃 한 송이에 바치는 성실한 마음 때문이야. 잠을 자는 중에도 이 작은 가슴속에 등불처럼 밝게 빛나고 있는 장미꽃의 모습 때문이야…….'

어린 왕자는 더욱 더 여린 존재라는 느낌이 들었습니다. 등불은 잘 보호해 주어야 한다. 한줄기 작은 바람에도 꺼질 수 있으니…….

이렇게 걸어가다가 나는 동틀 무렵에 우물을 발견했습니다.

25

"사람들은 특급열차에 올라타지만 자신들이 무얼 찾아가는지 몰라요. 그러니까 초조해서 갈팡질팡하며 제자리를 맴돌고 있어요……."

어린 왕자는 이렇게 말했습니다.

"그건 소용없는 짓이야……."

우리가 찾아낸 우물은 사하라사막의 다른 우물들과는 달랐습니다. 사하라의 우물은 그저 모래에 파놓은 구멍이었습니다. 그런데 그 우물은 보통 마을에 있는 것과 같았습니다. 거기엔 마을이 없었기 때문에 꿈을 꾸는 게 아닌가 하는 생각을 했습니다.

"이상도 하지."

나는 어린 왕자에게 말했습니다.

"도르래며, 물통, 밧줄이 모두 마련되어 있구나."

그는 웃으면서 줄을 만져 보고, 도르래를 돌려 보기도 했습니다. 그러자 바람이 오랫동안 잠을 자고 났을 때 낡은 바람개비가 삐걱거리듯 도르래가 삐걱거렸습니다.

"아저씨, 이 소리가 들려요? 우리가 우물을 깨우니까 우물이 노래를 하는 거예요."

어린 왕자가 말했습니다.

나는 그에게 힘든 일을 시키고 싶지 않았습니다.

"내가 하마. 너에게는 너무 무거워."

나는 두레박을 천천히 우물 둘레의 귀퉁이까지 올려 떨어지지 않게 잘 얹어 놓았습니다. 내 귀에는 아직도 도르래의 노래가 계속 울렸고, 출렁거리는 물속에서 흔들리는 해가 보였습니다.

"난 이 물이 마시고 싶었어요. 물 좀 주세요……."

어린 왕자가 말했습니다.

그래서 그가 무엇을 찾고 있었는지 알았습니다.

나는 두레박을 그의 입술에까지 들어 주었습니다. 그는 눈을 감고 물을 마셨습니다. 그것은 마치 축제에서나 느낄 수 있는 그런 기쁨이었습니다. 그 물에는 보통의 물과는 다른 무엇이 있었습니다. 별빛 아래서 계속된 행진과, 도르래의 노래와, 내가 직접 끌어올린 것이었기 때문이지요. 그 물은 선물처럼 기쁨을 주었습니다. 그것은 마치 어린 시절 받은 크리스마스 선물이 크리스마스트리의 불빛과 자정 미사의 음악, 사람들이 서로 주고받는 상냥한 웃음으로 더욱 기쁘게 느껴진 것과 흡사했습니다.

"아저씨 별의 사람들은 한 정원에 장미꽃을 오천 송이씩이나 가꾸지만…… 거기서 그들이 찾는 것을 얻지는 못해요……."

어린 왕자가 말했습니다.

"그래, 찾아내지 못하지……."

내가 대답했습니다.

"그렇지만 그들이 찾는 것은 장미꽃 한 송이나 물

한 모금에서 얻어질 수도 있을 거예요…….”

“그야 그렇지.”

내가 대답했습니다. 그러자 어린 왕자가 다시 이렇게 덧붙였습니다.

“그러니까 눈으로는 보지 못해요. 마음으로 찾아야 해요.”

물을 마시자 숨쉬기가 훨씬 편해졌습니다. 떠오르는 햇빛을 받으면 모래는 꿀 같은 빛깔이 되는데, 그 꿀빛이 나를 행복하게 했습니다. 근심할 이유가 전혀 없었습니다.

“아저씨, 약속을 지켜주세요.”

어린 왕자는 내 옆에 앉으면서 상냥하게 이런 말도 했습니다.

“무슨 약속?”

“약속했잖아요, 내 양에게 부리망을 씌워 준다고. 나는 그 꽃에 대해서 책임이 있어요!”

나는 주머니에서 대충 그려 두었던 그림들을 꺼냈습니다. 어린 왕자는 그 그림들을 보고 웃으며 말했습니다.

“아저씨가 그린 바오밥나무 말이에요. 그건 어째 좀 뿔 비슷하게 생겼어요…….”

“그래?”

나는 바오밥나무 그림을 가지고 몹시 우쭐대고 있지 않았던가요!

“여우는…… 귀가 약간 뿔 비슷하고…… 그리고 너무 길어요!”

그리고 어린 왕자는 또 웃었습니다.

“얘야, 그건 공평하지 않아. 나는 속이 안 들여다보이는 보아뱀과 속이 들여다보이는 보아뱀 외에는 그릴 줄 모른단 말이다.”

“그래도 괜찮을 거예요. 아이들은 알아볼 테니까.”

나는 연필로 부리망을 그린 뒤 어린 왕자에게 주었는데, 그 순간 가슴이 저려왔습니다.

“내가 알지 못하는 다른 계획이 있구나…….”

그러나 어린 왕자는 내 말에는 대답하지 않고 이렇게 말했습니다.

“있잖아요, 아저씨. 내가 지구에 떨어진 게…… 내일이면 일 년이 돼요.”

그리고 잠시 말이 없더니 다시 말했습니다.

“바로 이 근처에 떨어졌어요.”

그러면서 그는 얼굴을 붉혔습니다.

그러자 왠지 모를 슬픔이 솟구쳤습니다. 하지만 그 와중에도 나는 한 가지 궁금한 것이 생겨 물었습니다.

“그럼, 팔일 전 내가 너를 알게 된 날 아침, 사람들이 사는 곳에서 수천 마일 떨어진 여기에 네가 혼자 거닐고 있던 것은 우연히 아니었구나! 네가 떨어진 곳으로 돌아가는 길이었니?”

어린 왕자는 다시 얼굴을 붉혔습니다.

그래서 나는 망설이며 말을 이었습니다.

“아마 일 년이 되어서 그런 거겠지?”

어린 왕자는 한 번 더 얼굴을 붉혔습니다. 그는 물어보는 말에 대답하는 법이 없었는데, ‘그렇다’는 대답 대신 얼굴을 붉히곤 했습니다.

“아! 난 두려워…….”

그러나 어린 왕자는 대답했습니다.

“아저씨는 이제부터 일을 해야 해요. 기계 있는 쪽으로 다시 가야 해요. 난 여기서 기다리고 있을 테니, 내일 저녁에 다시 돌아오세요.”

그러나 안심이 되지 않았습니다. 그 순간 나는 여우 생각이 났습니다. 길들여지면 두려워질 때가 있는 법이거든요.

26

우물 옆에는 해묵은 돌담이 하나 있었습니다. 다음 날 저녁, 일을 마치고 돌아오면서 보니 어린 왕자가 그 위에 올라앉아 다리를 늘어뜨리고 있는 것이 멀리서 보였습니다. 그리고 그가 이런 말을 하는 것이 들렸습니다.

"그래 넌 생각나지 않니? 정확히 여기는 아니야!"

그가 다시 대꾸하는 것을 보면 저편에서 대답하는 상대가 있는 모양이었습니다.

"아니야! 날짜는 맞지만, 자리는 여기가 아니야."

나는 그대로 담을 향해 걸어갔지만, 아무도 보이지 않고 말소리도 들리지 않았습니다. 그러나 어린 왕자는 다시 말을 건넸습니다.

"물론이지. 모래에 찍혀 있는 내 발자국이 어디서 시작하는지를 봐. 거기서 나를 기다리면 돼. 내가 오늘 밤에 거기로 갈 테니."

나는 담에서 20미터쯤 떨어진 곳에 있었는데, 여전히 아무것도 보이지 않았습니다.

어린 왕자는 잠시 침묵하더니 이런 말을 했습니다.

"너는 좋은 독을 가지고 있니? 날 오랫동안 아프

게 하지 않을 자신이 있어?"

나는 가슴이 두근거려 멈춰 섰습니다. 그러나 무슨 말인지 도무지 알 수가 없었습니다.

"이젠 가 봐. 난 내려갈 테야!"

어린 왕자가 말했습니다.

그제야 나는 담 밑을 내려다보았습니다. 거기에는 순식간에 사람을 죽여 버리는 노란 뱀이 어린 왕자를 향해 대가리를 쳐들고 있었습니다. 나는 깜짝 놀라서 권총을 꺼내려고 주머니를 뒤지며 뛰기 시작했습니다. 그러나 내 발소리를 들은 뱀은 마치 잦아드는 분수처럼 모래 위를 기어가더니, 별로 서두르는 기색도 없이 가벼운 쇳소리를 내며 돌 틈으로 사라졌습니다.

나는 담 밑에 다다르는 순간, 눈처럼 창백해져 떨어지는 어린 왕자를 간신히 받아 안았습니다.

"이게 대체 어떻게 된 일이야? 이젠 뱀들과 이야기를 하고 있으니!"

나는 그가 항상 두르고 있는 금빛 목도리를 풀고 그의 관자놀이에 물을 적셔 주고 물을 마시게 했습니다. 그러나 감히 그에게 물어볼 용기가 나지 않았습니다. 그는 나를 진지한 눈빛으로 쳐다보다가 양팔로 내 목을 껴안았습니다. 그의 가슴은 총에 맞아 죽어 가는 새처럼 뛰고 있었습니다.

"아저씨가 고장 난 비행기를 고치게 돼서 난 참 좋아요. 이제 아저씨는 집에 돌아갈 수 있을 거예요."

"그걸 어떻게 아니?"

나는 어린 왕자를 보자마자 비행기의 고장 난 곳을 수리하는 데 성공했다고 말하려던 참이었습니다!

어린 왕자는 내 물음에는 대답도 하지 않고 덧붙

여 말했습니다.

"나도 오늘 우리 집으로 돌아가요……."

그리고 슬픈 목소리로 말했습니다.

"내가 갈 길은 훨씬 더 멀고…… 훨씬 더 어려워요……."

어린 왕자가 말했습니다.

나는 무엇인지 심상치 않은 일이 일어나고 있다는 것을 깨달았습니다. 나는 그를 어린애처럼 품안에 꼭 껴안고 있었습니다. 그러나 내가 붙잡을 사이도 없이 그는 깊은 심연 속으로 빠져 들어가고 있는 것만 같았습니다.

그는 아득히 먼 곳을 바라보고 있었습니다.

"내겐 아저씨가 준 양이 있어요. 그리고 양을 넣어 두는 상자와 부리망도 있고."

그는 쓸쓸한 웃음을 지었습니다.

나는 오랫동안 그러고 있었습니다. 그러자 그의 몸이 조금씩 따뜻해지는 것이 느껴졌습니다.

"얘야, 무서웠지……."

어린 왕자는 물론 무서워하고 있었습니다. 하지만 부드럽고 상냥하게 웃으며 말했습니다.

"오늘 저녁이 훨씬 더 무서울 거예요……."

나는 영영 돌이킬 수 없는 일이 일어나고 있다는 생각에 눈앞이 캄캄해졌습니다. 그리고 이제는 그 웃음소리를 영영 듣지 못하게 된다는 생각이 들자 견딜 수 없는 아픔이 느껴졌습니다.

그 웃음은 내게 사막에 있는 샘과 같은 것이었습니다.

"얘야, 네 웃음소리가 듣고 싶구나."

그러나 그는 이런 말을 했습니다.

"오늘 밤이면 꼭 일 년이 돼요. 나의 별이 내가 작년 이맘때 떨어졌던 그 장소 바로 위로 올 거예요."

"얘야, 뱀이니, 약속이니, 별이니 하는 이야기는 모두 꿈에 지나지 않아……."

내 말에는 대답도 안 하고 그는 계속 말했습니다.

"중요한 것은 눈에 보이지 않는 거예요."

"그렇고말고."

"꽃도 마찬가지예요. 어떤 별에 있는 꽃을 좋아하면 밤에 하늘을 쳐다보는 게 정말 감미로울 거예요. 어느 별에나 모두 꽃이 피어 있을 테니까."

"그렇고말고……."

"물도 마찬가지예요. 아저씨가 내게 먹여 준 물은 음악 같았어요. 도르래와 밧줄 때문에요. 아저씨, 생각나요…… 물이 참 맛있었는데……."

"그래, 그렇고말고……."

"아저씨, 밤이 되면 별들을 쳐다보세요. 내 별은 너무 작아서 어디 있는지 아저씨한테 지금 가르쳐 줄 수가 없어요. 그런데 그게 더 잘된 일일지도 몰라요. 아저씨에게 내 별은 여러 별 중의 하나가 될 테니까요. 그러면 아저씨는 어느 별을 보든 좋아질 거예요. 그럼 그 별은 모두 아저씨하고 친구가 되는 거고요. 그리고 아저씨한테 선물을 하나 줄게요."

그는 또 웃었습니다.

"얘야! 얘야! 나는 네 웃음소리가 좋단다!"

"그게 바로 내 선물이에요…… 물도 마찬가지고."

"그건 무슨 말이니?"

"모든 사람들에게는 별이 있어요. 하지만 모두 같지는 않아요. 여행하는 사람에게는 별들이 길잡이가 되고, 어떤 사람에게는 작은 빛일 뿐이고, 학자에게는 연구 대상으로만 보일 뿐이지요. 전에 내가 말한 사업가는 별이 금으로 보일 테고요. 그렇지만 그 별들은 모두 말이 없어요. 그런데 아저씨는 그 사람들과는 다른 특별한 별을 갖게 될 거예요……."

"그건 무슨 뜻이니?"

"나는 수많은 별 중 하나의 별에 살고 있고, 그 별 중 하나에서 웃고 있을 거예요. 그럼 아저씨가 밤에 하늘을 쳐다볼 때 별들이 모두 웃는 것으로 보일 거예요. 아저씨는 웃을 줄 아는 별을 갖게 되는 거죠!"

그러면서 또 웃었습니다.

"그래서 아저씨의 슬픔이 가신 다음에는(사람은 언제나 슬픔이 가시게 되니까), 나를 알게 된 것을 기뻐하게 될 거예요. 아저씨는 언제까지나 나하고 친구로 있을 거고, 나하고 웃고 싶어 할 거예요. 그래서 가끔 창문을 열 거예요. 그럼 아저씨 친구들은 아저씨가 하늘을 쳐다보며 웃는 걸 보고 꽤나 놀려댈 테지요. 그러면 아저씨는 이렇게 말하겠죠. '그래, 별들을 보면 난 언제나 웃음이 나오거든!' 아마도 그들은 아저씨가 미쳤다고 생각할지도 몰라요. 내가 아저씨한테 너무 심한 장난을 친 것 같은데……"

그러면서 어린 왕자는 또 웃었습니다.

"그건 별이 아니라, 아저씨에게 웃을 줄 아는 조그만 종을 한 아름 준 거예요……"

그리고 또 한 번 웃더니, 이번에는 심각한 얼굴로 말했습니다.

"아저씨…… 오늘 밤엔 오지 마세요."

"난 네 곁을 떠나지 않을 거야."

"나는 아픈 것같이 보일 거예요. 어쩌면 죽는 것처럼 보일지도 몰라요. 그러니 보러 오지 말아요. 그걸 볼 필요는 없어요……"

"난 네 곁을 떠나지 않을 거란다."

그러나 그는 걱정이 되는 눈치였습니다.

"내가 아저씨한테 이런 말을 하는 건…… 뱀 때문이기도 해요. 아저씨가 뱀한테 물리면 어떻게 해요…… 뱀들은 위험해요. 괜히 장난삼아 물 수도 있거든요……"

"난 네 곁을 떠나지 않을 거야."

그러나 어린 왕자는 무슨 생각이 들었는지 곧 안심이 되는 모양이었습니다.

"하긴 두 번째 물 때는 독이 없긴 하지만……"

그날 밤 나는 그가 길을 떠나는 모습을 보지 못했습니다. 어린 왕자는 소리 없이 살며시 빠져나갔습니다. 내가 그를 뒤따라갔을 때 그는 빠른 걸음으로 걷고 있었는데, 나를 보고는 이렇게 말할 뿐이었습니다.

"아! 아저씨 왔어요?"

그러면서 내 손을 잡았습니다. 그러나 그는 다시 걱정을 했습니다.

"아저씨가 온 건 잘못이에요. 걱정을 하게 될 테니 말이죠. 난 죽는 것처럼 보이겠지만, 사실은 그게 아니에요."

나는 잠자코 있었습니다.

"아저씨, 거긴 너무 먼 곳이에요. 이 몸으로는 갈 수가 없어요. 너무 무겁거든요."

나는 잠자코 있었습니다.

"몸은 묵은 허물 같은 거예요. 묵은 허물, 그것 때문에 슬퍼할 필요는 없잖아요."

나는 잠자코 있었습니다.

그는 조금 풀이 죽은 듯 보였지만 다시 기운을 차렸습니다.

"아저씨, 그건 즐거울 거예요. 나도 별들을 바라볼 거니까요. 그러면 모든 별들이 녹슨 도르래가 있는 우물로 보일 거예요. 그리고 모든 별들이 내게 마실 물을 부어 줄 거고……."

나는 잠자코 있었습니다.

"참 재미있을 거예요! 아저씨에게는 작은 종이 오억 개나 있을 거고, 나에게는 샘물이 오억 개나 있을 거예요."

그러다가 그는 입을 다물고 아무 말이 없었습니다. 울고 있었던 것입니다.

"저기예요. 다 왔어요. 나 혼자 한 걸음 내디디게 가만히 내버려 두세요."

그러고는 두려웠는지 자리에 앉았습니다.

또 어린 왕자는 이런 말도 했습니다.

284

"아저씨…… 내 꽃 말이에요. 그건 내게 책임이 있어요! 그런데 그 꽃은 몹시도 약해요! 또 아주 순진하고, 별것도 아닌 가시 네 개를 가지고 바깥 세상으로부터 제 몸을 보호하려고 해요……."

나는 더 이상 서 있을 수가 없어서 주저앉았습니다. 그가 말했습니다.

"자, 이게 다예요……."

그는 또 잠깐 망설이다가 몸을 일으켰습니다. 그리고 한 걸음을 내디뎠습니다. 나는 꼼짝할 수가 없었습니다. 그의 발목 부근에서 노란빛이 반짝였습니다. 그는 꼼짝 않고 서 있었습니다. 어린 왕자는 소리를 지르지도 않았고, 그저 나무가 넘어지듯 조용히 쓰러졌습니다. 모래밭이었기 때문에 소리조차 나지 않았습니다.

27

이것은 벌써 지금부터 여섯 해 전에 있었던 일입니다. 나는 아직까지 이 이야기를 한 번도 한 적이 없습니다. 나를 다시 본 동료들은 내가 살아 돌아온 것을 매우 기뻐했습니다. 나는 슬펐지만 그들에게는 "피곤해"라고만 말했습니다.

지금은 그 슬픔이 조금 가셨습니다. 그러니까…… 아주 가시지는 않았다는 말이지요. 그러나 나는 그가 그의 별로 돌아간 것을 잘 알고 있습니다. 다음 날 해 뜰 무렵에 보니 그의 몸은 사라지고 없었으니까요. 그의 몸은 그렇게 무겁지 않았습니다. 그래서 난 밤이면 별들의 웃음소리를 듣는 것을 좋아합니다. 그것은 오억 개의 작은 종과 같으니까요…….

그런데 이상한 일이 하나 생겼습니다. 어린 왕자에게 그려 준 부리망에 깜빡 잊고 가죽끈을 달아 주지 않았던 거예요. 그는 아마 그 부리망을 양에게 씌워 줄 수가 없을 것입니다.

그래서 나는 '그의 별에 무슨 일이 생기지 않았을까? 양이 꽃을 먹어 치우지는 않았을까?' 하는 생각을 합니다.

그러다가 또 이런 생각도 했습니다.

'그럴 리가 없지! 어린 왕자는 밤마다 꽃에 유리관을 씌우고 양을 잘 지킬 테니까…….'

그러면 나는 행복해집니다. 그리고 별들은 모두 조용히 웃습니다.

어떤 때는 이런 생각도 했습니다.

'어쩌다 깜빡하는 수가 있을 텐데, 그러면 끝장이야. 어느 날 저녁에 어린 왕자가 유리관을 덮는 것을 잊거나, 양이 소리 없이 나가기라도 하면…….'

그러면 작은 종들이 모두 눈물방울로 변해 버리겠지요…….

이것은 커다란 수수께끼입니다. 어린 왕자를 사랑하는 여러분들에게나 나에게나, 우리가 알지 못하는 양이 어디선가 장미꽃을 먹었느냐, 안 먹었느냐에 따라서 천지가 온통 달라지니까요.

하늘을 보고 스스로 물어보세요.

'양이 꽃을 먹었을까, 안 먹었을까?'

그러면 모든 것들이 다르게 보일 거예요.

하지만 어른들은 그게 왜 중요한지 아무도 이해하지 못할 것입니다.

이것은 내게 세상에서 가장 아름답고도 슬픈 풍경입니다. 앞 페이지의 것과 똑같은 풍경이지만, 여러분에게 똑똑히 보여주려고 다시 한 번 그린 것입니다. 어린 왕자가 지상에 나타났다가 사라진 장소가 바로 여기거든요. 이 그림을 똑똑히 보아 두었다가 언제고 아프리카의 사막을 여행할 때, 이것과 똑같은 풍경이 나타나면 꼭 알아볼 수 있기를 바랍니다. 그리고 그곳을 지나게 되거든, 발걸음을 서두르지 말고 별빛 아래서 잠시 기다려 보세요. 만일 그때 어떤 아이가 여러분에게 다가와 웃으면, 머리칼이 금빛이고 말을 물어도 대답이 없다면, 여러분은 그 아이가 누군지 알 수 있겠지요. 그러면 제게 친절을 베풀어 주시기를 바랍니다. 그가 돌아왔다는 소식을 빨리 편지로 보내주시기를 바랍니다.

생텍쥐페리의
어린왕자백과사전

지은이 | 크리스토프 킬리앙
옮긴이 | 강만원
발행처 | 도서출판 평단
발행인 | 최석두

신고번호 | 제2015-000132호
신고연월일 | 1988년 07월 06일

초판 1쇄 인쇄 | 2016년 03월 10일
초판 1쇄 발행 | 2016년 03월 17일

우편번호 | 10594
주소 | 경기도 고양시 덕양구 통일로 140(동산동 376) 삼송테크노밸리 A동 351호
전화번호 | (02)325-8144(代)
팩스번호 | (02)325-8143
이메일 | pyongdan@daum.net

ISBN 978-89-7343-432-9 03860

값 · 24,500원